こうもり傘探偵①

村で噂のミス・シートン

ヘロン・カーヴィック　山本やよい 訳

Picture Miss Seeton

by Heron Carvic

コージーブックス

挿画／イオクサツキ

村で噂のミス・シートン

主要登場人物

ミス・シートン……美術教師
アラン・デルフィック……ロンドン警視庁の警視
ボブ・レンジャー……ロンドン警視庁の部長刑事
アーサー・トゥリーヴズ……牧師
モリー・トゥリーヴズ……アーサーの妹
ジョージ・コルヴデン……治安判事
メグ・コルヴデン……ジョージの妻
ナイジェル・コルヴデン……ジョージの息子
ソニア・ヴェニング……作家
アンジェラ・ヴェニング……ソニアの娘
マーサ・ブルーマー……村人
エリカ・ナッテル……村人
ノーラ・ブレイン……村人
ポッター……村の巡査
ヒューバート・トレフォールド・モートン……弁護士
ナイト……医師
アン・ナイト……ナイト医師の娘

1

〝恋はなんとかかんとか
……の子供……〟

派手な舞台だった。ロマンティックではなかったけれど。ええ、けっしてそうは言えない。むしろ、くだらないと言ってもいいほどだ。例えば、カルメンの気性が荒い。はっきり言って荒すぎる。また、年下の女性のほうにも同情する気にはなれない。婚約した男は母親にべったり。見るからに弱い性格で、すぐ人の言いなりになる。どうせろくな夫にはなれそうもない。でも、最後のシーンであんなふうにカルメンを刺し殺すなんて――そんな必要はなかったのに。わざとらしい。でも、色恋沙汰となると外国人の感性がわたしたちとは違うことも、もちろん忘れてはならない。海外では人々が感情的になって殺しあうことがしばしばある。たぶん、暑さのせいだろう。

ミス・シートンは木箱の山をよけようとして脇へ寄った。木箱に目を向けた。

セビーリャ産のオレンジ。あら、おもしろい。スペインだなんて。おかしな偶然。劇場の座席に戻ったような気がしてくる。温かな光に満ちた劇場に。

〝けっして、けっして（イル・ナ・ジャメ・ジャメ）けっして

なんとかかんとか〟

耳ざわりな声、調子っぱずれ。しかし、ミス・シートンの体内に温かな光が広がった。今夜オペラに出かけたのはお祝いのためだった。明日の朝、冒険の旅に出かけることになっている。いえ、その言い方は少々おおげさね。新しい人生に出発する。もしくは、少なくとも、新たな生き方を始めようとしている。もちろん、それ自体がすてきな冒険になるだろう。わたしにとって。

いまどのあたり？　ここで右に曲がれば――えっ、この路地ってずいぶん暗いのね。車はみんな路地の片側に止めなきゃいけないの？　片方のタイヤを歩道に乗りあげた形で？――この道を行けばトッテナム・コート・ロードに出られるはず。チャリング・クロス・ロードでバスに乗ってもいい。

こうして歩くことにしてよかった。足どりの軽さが実感できる。ゴム底の靴のおかげ？　いえ、もしかしたら――もしかしたら、あの成果が出ているのかもしれない。ミス・シートンは大きく息を吸って、脚に力をこめた。もちろん、この年でエクササ

イズを始めるなんてみっともない。でも、あの宣伝を見て、俄然（がぜん）やる気になったのだ。本が届いたあとで、かなり大変そうだと思ったけど、やる気は失せなかった。厄介な膝の痛みが薄れてきたのは間違いない。ポーズのなかには、自分でも恥ずかしくなるものがたくさんある。でも、誰に見せるわけでもないし——効果があるのなら。あら……。

ミス・シートンはすぐ横の戸口に身を寄せているカップルのそばを急いで通り過ぎようとした。そのとき、若い女が吐き捨てるように言った。

「くそ（メルド・トワ）、畜生（ピュタン）、この卑劣漢（サリゴ）！ 極悪人（セレラ）、あんた（テュ）が……」男が女の脇腹を殴りつけ、女はヒッとあえいで黙りこんだ。

まあ、ひどい。なんてことを。ミス・シートンは足を止めた。たとえ女が暴言を吐いたとしても——確かにそういう口調ではあったけど——なんの言い訳にもならない。紳士は女性を殴ったりしないものだ……ミス・シートンは傘の先で男を小突いた。

「ちょっと……」

男がはっとふりむき、飛びかかってきた。傘に邪魔をされて、よけようとしたミス・シートンのそばに倒れた。彼女のコートをつかんでひきずり寄せた。路地の先に止まっていた車のヘッドライトがつき、エンジンがかかったため、男はまばゆい光を浴びて凍りついた。あわてて逃げようとした。男が彼女のコートをつかんでいた手を放し、起きあがって逃げだすと同時に、ミス・シートンは仰向けに倒れて肘を突いた。傘の助けを借りてようやく立つことができた。まったくもう！　外国人の性格ね——すぐカッとなるのは。

車のドアが乱暴にあいた。男性が大声を上げた。「ここにいてくれ、メイベル」駆け寄ってくる足音。

「大丈夫ですか、マダム。何があったんです？」

ミス・シートンはあたりを見まわした。ライトのなかからがっしりした中年男性が現われ、急いでやってくると彼女の腕をつかんだ。

「乱暴な男だ——怪我はありませんか？」

ミス・シートンは荒い息をつきながら考えた。「いえ——いえ、大丈夫だと思います。ちょっと驚いただけで」

「しかし、地面に倒れたじゃないですか」男性は強く言った。「男につかまれて」

「不意のことだったんです。わたしが急に声をかけたため、向こうが飛び上がって、二人とも倒れてしまったの。それから、男がわたしをひき寄せました。たぶん、助け起こそうとしたのでしょう」

「だったら、男はどうして逃げだしたんです？」

ミス・シートンは困惑の表情になった。「そうだ、若い女性がいたわね——置き去りにするなんてひどい男。でも、もちろん、イギリス人じゃありませんもの」

「若い女性？　どこに？」

「男と一緒にそこの戸口のところにいました。彼女が何か叫んだため、男はカッとしたらしく、殴りつけたんです。わたし、思わず仲裁に入りました」ミス・シートンは熱心な口調で続けた。「若い人たちは礼儀作法を学ぶべきです。そう思いません？たとえ外国人であろうと」

男性は誰もいない戸口にちらっと目をやり、一歩前に出ると、駐車中の車の一台のボンネット越しに身を乗りだした。車のフェンダーと壁にはさまれるようにして、若い女がうずくまっていた。

「大変だ——あなたが言ったとおりだ！　殴られて倒れている。ちょっと待って。抱きおこしてドアにもたれさせよう」

ミス・シートンも手を貸そうとして近づいた。「たぶん気を失ったのね、かわいそうに。えっ……」衝撃の叫びを上げた。男性が女を抱きおこした瞬間、コートの前がはだけ、脇腹に刺さったナイフの柄がヘッドライトを受けてぎらっと光った。「いえ、待って。まだ動かさないで。医者を呼ばなきゃ。その人——見て、刺されてる」刺されている。やっぱり。刺されている。避けがたい運命だったのだ。このまばゆい光——スポットライト。路地がひどく傾いた。倒れまいとして、ミス・シートンは車にすがりついた。スポットライト。オレンジ。セビーリャ。そう。さっきも同じことがあった。この目で見た——舞台で同じことが起きるのを見た。

男性は切迫した声で彼女に言った。「医者が来ても手遅れです。すでに死んでいる。警察を呼ばなくては」目の前の小柄な女性に畏怖に近い視線を向けた。帽子が傾き、コートがねじれ、手袋をはめた手でいまも傘を握りしめている。「この現場を見たというのですか？　あの男はなぜこんなことを？」

ミス・シートンは身体を起こした。「そういう運命だったのです」と説明した。「最後の幕で」首を横にふった。急にひどい疲れを感じた。「でも、はっきり言って、愚かきわまりない行為だわ。そんな必要は——なかったのに」

「紅茶のおかわりはどうですか？」ボウ・ストリート警察署の巡査が気まずい沈黙を破ろうとして、誘いの言葉をかけた。

ミス・シートンは、カップの底に残っている甘みをつけたタールのようなどろっとした液体を見つめた。「ご親切にどうも」室内は暖かだが、彼女が少々寒気を感じているのは事実だった。「お砂糖なしの薄い紅茶にしていただければ――白湯とほぼ同じでもかまいませんから――喜んで頂戴します」

「待ってるあいだに、ほんとに何も食べなくていいんですか？」

「ええ、大丈夫です。劇場へ行く前に食事をすませましたから。でも――」ミス・シートンはためらった。「お手数ですけど、わたしのハンドバッグのことを調べていただけません？　ちょっと心配なんです。もう時刻も遅いですし、手持ちのお金がないものですから。それに、玄関の鍵もバッグに入ってるんです」

巡査はドアのところでふりむいた。「心配いりませんよ。お宅までちゃんとお送りします。それに、バッグのことは警官たちに説明してあります。現場に落ちていれば見つけてくれるでしょう。あなたにもすぐ連絡します。とにかく、もうしばらくお待ちください。じきに警視庁の者が来ますから。わたしは紅茶のおかわりを淹れに行ってきます」巡査は背後のドアを閉め、安堵の息をついた。変わったおばさんだ。普通ならおろおろするところなのに、落ち着き払っている。たぶん、子供たちに教えているからだろう。いまの時代、子供を相手にした経験があれば、どんなことだって対処できる。

ドアがあいた瞬間、ミス・シートンは顔を上げた。ヒースの荒野の曇り空がきびきびと入ってきた。サッカー選手をうしろに従えて。いえ——だめだめ、そんな想像は突飛すぎる。きっと疲れてるせいだわ。いま入ってきたのは、ツイードを着た、長身でがっしりしたごく普通の中年男性で、そのうしろにいるのも、黒っぽいスーツに身を包んだ、ひどく大柄ではあるが、ごく普通の清潔そうな若い男性だ。だが、それでも最初の印象は変わっていない。ミス・シートンの頭にはいまも、曇り空と風にそよぐヒースの風景が浮かんでいた。また、若い男性のほうは、スーツを着るだけ無駄だと思われた。長さ数メートルの縞模様の毛糸のマフラーと、ショートパンツと、『不思議の国のアリス』を連想させる靴下をはいたほうがよさそうだ。そのほうがはるかによく似合う。ただし、言うまでもなく、サッカー選手の靴下のほうが短くて分厚いけれど。

曇り空が、つまり、年上のほうの男性が笑顔で声をかけてきた。

「ミス・シートンですね？　いや、どうぞそのままで。わたしはロンドン警視庁のデルフィック警視、こちらは同じく警視庁のレンジャー部長刑事です」そう言うと、デスクの向こうへまわって腰を下ろした。部長刑事はデスクの脇の目立たない椅子にすわった。「待つことを承知してもらえて助かりました。ずいぶんお待たせしたようでお詫びしますが、二人とも非番だったため、それぞれ自宅からひきずりだされたというわけです」

「申しわけありません」ミス・シートンは困りはてた様子だった。「わたしのせいでこんなことに……」

警視は片方の眉を上げた。「けっしてあなたのせいではありません、ミス・シートン。逆にこちらが感謝しなくては。われわれがひきずりだされたのは、目下捜査中の別の事件と関連がありそうで、ならば最初からわれわれが担当すべきだと上層部が判断したからです。われわれもあの若い女性を知っていました」

「殺された気の毒な女性のことですね」

「そう気の毒でもありません」警視の口調はそっけなかった。「有名な娼婦でした」

「まあ、かわいそうに」ミス・シートンは叫んだ。「さぞ辛かったでしょう。あんなに遅くまで──もちろん、お天気のこともありますし。報われない一生だったのね」

「そうとも言えません。ほかの生き方にも共通することですが、その職業でどれだけ稼げるかによって人生は変わってきます」

レンジャー部長刑事は危うくペンを落としそうになった。デルフォイの御神託、いや、もとい、デルフィック警視、ちょっと浮かれすぎじゃないのか？　ミス・シートンのような人の前で〝娼婦〟という露骨な言葉を使い、次に料金のことを持ちだすなんて、普通だったらありえない。オブラートに包んだ表現にするものだ。自分で包んでみることにした。彼女は——そのう——娼婦でした。〝そのう〟を入れてもたいして変わらなかった。〝ええと〟に変えてみたが、よけい印象が悪くなっただけだった。たぶん、〈御神託〉のやり方が正しいのだろう。いずれにしろ、ミス・シートンは眉ひとつ動かさなかった。

「わたしなら彼女に同情するような無駄なことはやめておきます」デルフィック警視は話を続けた。「誰に聞いても、たちの悪い女でした。はい？」最後の〝はい？〟はドアのノックへの返事だった。

カップと受け皿を落とさないように気をつけて、巡査が入ってきた。「ご婦人のお茶をお持ちしました」ミス・シートンの横のデスクに置いた。

部長刑事は思わず文句を言った。「なんだ、それは？　流しに捨てる水か？」

「思いきり薄くという注文だったんです。砂糖抜きで」巡査は答えた。

「お世話さま」ミス・シートンは言った。「なにしろ、濃いお茶はちょっと苦手で……」

「焦げた糖蜜みたいなやつは、わたしも苦手です」警視は同意した。「できればわたしにも同じものを持ってきてくれ。それから、部長刑事には煮出した糖蜜を」

「はい、ただちに」巡査は部屋を出ていった。

ミス・シートンは紅茶をひと口飲んだ。さっきのよりずっといい。心が落ち着く。

「さて」警視はデスクの書類を一枚手にとり、目を通しながら話を続けた。「あなたの供述書には、襲いかかってきた男は外国人だったと書いてある。それで合っていますか？」部長刑事はノートから顔を上げた。ようやく話が進みそうだ。〝外国人〟というところに線をひいた。「どこの国かはわからない。ただ、イギリス人でないことは確かなのですね」ミス・シートンはうなずいた。「では、何か推測できないでしょうか？　例えば、男が言ったことを手がかりにするとか」

「いえ……」ミス・シートンは考えこんだ。「……無理です。だって、男はひと言もしゃべらなかったから」かすかな驚きのにじむ口調で返事を終えた。

「しかし、イギリス人でないという意見に変わりはないのですね。なぜそこまで断言できるのでしょう？　いや、いや」心配そうなミス・シートンの表情に気づいて、警視はあわててつけくわえた。「あなたの判断を疑っているのではありません。わたしが知りたいのは、そう断言するに至った理由です。可能な限りあなたの立場に立って考えてみたい。あなたがそのとき目にしたもの、感じたものを、わたしも目にし、肌で感じたいのです」

ミス・シートンはほっとした表情になった。「あの……理由はその女性にあります。男に話しかけていて――いえ、むしろ、わめいていて、それがフランス語っぽい響きだったんです。自信はないのですが。何を言っているのかよくわからなくて。ひどく早口でしたし、わたしはフランス語があまりできませんから。そのあとで男が彼女を殴りつけました。いえ、そのときはそんなふうに見えたんです。もし男がイギリス人なら、女性の言ってることは理解できなかったはず。そうでしょう？」

部長刑事はさきほど線をひいた〝外国人〟という言葉を見つめた。疑問符をつけた。さらに二つ疑問符を加えた。それでも自分の気持ちを表現しきれなかった。感嘆符を三つ加えて、ようやく気分がすっきりした。

「たぶん、おっしゃるとおりでしょう」警視も同意した。「女は英語もできるが、生まれはフランスだった。となると、あなたが耳にしたのがフランス語であったなら、それ以前の会話もおそらくフランス語でおこなわれたものと思われる」

部長刑事は〝外国人〟のあとにつけた疑問符を、いちばん小さいのを除いてすべてこっそり消した。

「あなたの供述によると」デルフィック警視はさらに続けた。「男の人相を正確に述べることはできないが、次に会えば見分けがつくとのこと。それで合っていますか？」

「ええ、そうですね。むずかしいとは思いますが」ミス・シートンは説明した。「すべてが一瞬の出来事で——しかも、あたりは暗かった。もちろん、予想もしていなかったことです……覚えているのは男の長い髪と独特の表情だけ。一瞬の印象といった感じでしょうか」

レンジャー部長刑事は自分の拙い字を見つめた。なんと貴重な情報だろう。独特の表情をした長髪の男を全署に緊急手配すればいいわけだ。事件はすぐさま解決。

「一瞬の印象ですか。なるほど」警視は微笑した。「そのときの状況を考えれば、それが精一杯でしょうな。要するに、その印象があなたの心に写真のように焼きつけられているわけだ。では、写真を現像する方法を見つけだし、捜査の参考にさせてもらいたい。そういう才能をお持ちということは」警視は紙の束を軽く叩いた。「絵を教えておられるのですね」

「とても小規模な学校ですけど」ミス・シートンはうなずいた。「ハムステッドにあります。ただ、正規の教員ではなく、非常勤にすぎません。それから、科学技術専門学校でも教えています——夜間のクラスで。また、何人か個人的に生徒をとっていて……」彼女の声が細くなって消えた。「すみません。話が脱線してしまいました」

「いや、そんなことはありません。そこが大事なんです。あなたが画家であることが。差し支えなければ、お願いしたいことがあります」警視はデスクに身を乗りだした。「その紙と鉛筆を手にして静かにすわり、頭に刻みつけられた印象に精神を集中して、そののちに紙に再現してみてほしいのです。できなくても構いません。闇夜に鉄砲だが、ひょっとしたら命中するかもしれない。ゆっくり時間をかけてください。そのあいだに、わたしはここにある供述書に目を通すことにします。入ってくれ」デスクの書類をかき集め、椅子にもたれて、警視は叫んだ。

巡査がトレイを持って現われ、ティーカップ二個をデスクに置いた。「こっちは濃いめで砂糖入り、そっちは薄めで砂糖抜きです」警視がうなずくと、巡査は出ていった。

闇夜に鉄砲、闇夜に鉄砲。ミス・シートンは目を閉じて集中した。闇夜に……。警視はいちばん長い供述書にざっと目を通した。〝メイベル・ドロシーア・ウォルターズ夫人、住所／ライム・アヴェニュー一四番地、バーネット市、ハートフォードシャー州。〝あんなショックなことはなかったわ……云々……わたしの神経が……云々……粉々に砕けてしまって……云々……一生のうち……云々……心から思うんだけど……云々〟女性のかかりつけ精神科医以外の者には利用価値なし。警視はメモをつけた。〝車から降りていない。何も目撃せず。検視審問に呼ぶ必要なし。検視官に連絡〟。次の供述書に移った。〝エドワード・シリル・ウォルターズ、住所／ライム・アヴェニュー一四番地……云々……ケンブリッジ劇場を出てから……云々……車のライトをつけ、エンジンをかけました……地面に人が倒れていて……男が逃げだし……わたしは駆け寄りました……女性を見つけました……女性が言いました……わたしは言いました……女性が「そういう運命だったのです」と言いました。それから、最後の幕だとかなんとかつぶやき、「そんな必要はなかったのに」と言いました〟警視は顔をしかめ、最後のふたつのセリフを丸で囲んだ。この供述書にもメモをつけた。〝単刀直入、事実のみ、だが、何も目撃せず。参考にならず。目撃者であるミス・シートンの供述を裏付けるのみ〟

レンジャー部長刑事は自分の紅茶を飲んだ。ふむ、悪くない。少なくとも風味がある。警視が頼んだ白湯みたいな紅茶よりずっといい。すわりこんで役立たずの供述書全部に目を通すとは、〈御神託〉も何を考えてるんだろう？　この調子だと、徹夜してもほとんど進展はなさそうだ。あのおばさんにどんどん質問して、男の人相を聞きだせばいいのに。絵なんか描かせなくてもいいのに。おやおや、おばさん、眠りこんでしまった。疲れてるんだな、気の毒に。無理もない。だが、おばさんが居眠りしてるあいだ、こっちが二人そろってすわりこんでても意味がない。部長刑事は立ちあがり、空っぽになったカップを壁ぎわのデスクまで運んだ。自分の席に戻る途中、ミス・シートンのうしろで足を止め、肩越しにのぞいてみた。

闇夜に……。

おや――ちゃんと描いてるじゃないか。いや、違う。ただの落書きだ。直線が何本かひいてある……そして、さらに多くの線がひかれ、からまりあっている。顔を上げると、警視が彼に視線を据え、動くな、息もするなと無言の圧力をかけていた。

闇夜に……。

縞模様……いや、違う。縞じゃない。鉄格子だ。目がひとつ……ふたつ。鉄格子のあいだからこちらを見ている。いや、やっとわかった。ふたつの目が闇のなかでぎらついてるんだ。けど、どうして鉄格子の奥に？　からまりあっているのはなんだ？　髪――長い髪……「こりゃたまげた！」思わず叫んだ。「セザールだ！」

ミス・シートンが飛びあがり、その拍子に紙が落ちた。「あ、いけない。髪をもっと描かなきゃ――もちろん、月桂樹の冠はいらないわね」

警視はひらひらと落ちてきた紙をつかみ、ちらっと見るなり、部長刑事のほうへ電話を押しやった。「ルベルの写真がファイルに入ってるかどうか確認してくれ」ふりむいて、「お手柄です」と、ミス・シートンに笑いかけた。「思いだしてもらえそうな気がしてました。いやあ、まったくみごとだ。おかげで大いに手間が省けました」

ミス・シートンもうれしそうだった。「じゃ、どこの誰かわかったんですね?」

「はい、セザール・ルベルに間違いない。ところで……」警視は絵をじっと見た。「なぜ鉄格子を?」

「いやだわ」ミス・シートンは唇を噛んだ。「ほんとに申しわけありません。無意識に描いてしまったんです。そういうことは避けるよう、いつも言っているのに。あ、生徒たちにという意味です。わたし自身にも。目の前にあるものだけを描くべきだと、わたしは信じています。もちろん、絵を勉強しているあいだは。それはもちろん、教える側にも言えることです。一人前になるまではね。一人前になれば自由にしてかまいません。そうでしょう? 基礎さえできていれば、ルールを破ることも許されます。でも、わたしはときどき、目の前に実在するものと、自分が見たと思いこんだものの区別がつかなくなってしまうのです。記憶を頼りに絵を描く場合はとくに。どういうわけか——」ミス・シートンはここでためらった。「あの若い男はわたしの記憶のなかで——檻(おり)に入れられた動物になっていました」

「まさにそのとおりです。やつは檻に入っていた。いずれまた入るでしょう。暴力的

な男だ。イギリス生まれ。両親はフランス人。子供のころから問題を起こしてばかり
だった」
「顔写真があるそうです、警視」横から部長刑事が言った。「じかに話をされます
か？」
「そうしよう」警視は受話器を受けとった。「ハリー？……よかった。何枚かプリン
トして、わたしのかわりにやつを緊急手配してくれないか……いや、〝捜査に協力し
てもらう〟などというたわごとではなく、〝ヒクソン夫人ことマリ・プレヴォー殺害
容疑により指名手配〟だ。記者連中にも情報を流してほしい……わかってるとも。だ
が、事件はもうじき解決という印象を与えたいんだ……いや、指紋はない。物証もな
い。目撃者一名の証言があるだけだ……まあな、そこが危険ではあるが。セザールと
その一味には、証言がもっと集まっていて、やつの容疑が固まったと思わせてやりた
い……恩に着る。ではまた近いうちに」警視は受話器を戻し、ふたたびミス・シート
ンのほうを向いた。「さて、もうしばらくつきあってもらえますか？　それとも、明
日の午前中に延ばしたほうがいいでしょうか？」

「さっさとすませてしまうのがいちばんだと思います。ご迷惑でなければ。そして、
深夜までかかったりしなければ。じつは……」ミス・シートンは申しわけなさそうに

言った。「明日の朝早く、田舎へ出かける予定なんです。ところで、わたしのバッグはまだ見つかってないようですね。連絡をくださる約束でしたけど。玄関の鍵がなくては家に入れません。スペアの鍵は机の引出しのなかですし」

「ハンドバッグでしたね、そうそう」警視は彼女に真剣な目を向けた。「そのことをお話ししようと思っていたのです。犯行現場にはありませんでした。盗まれたのはほぼ間違いないでしょう」

「盗まれた？　でも、あそこには誰もいなかったわ。ウォルターズさんという親切な人がいただけ。とても親切で、力になってくれて。そんな人がまさか……」

「いや、ウォルターズ氏ではありません。セザールの若造です」

「でも——そんな時間はなかったはずよ」

「コートをつかまれていたときも？」

ミス・シートンは考えこんだ。「そうね——なるほど。考えられなくもないですね」

「おそらくそうでしょう。あなたをひきとめた主な理由はそれなんです。バッグの中身に関するあなたの説明によると」警視は供述書に目を向けた。「財布に入っていたのは銀貨が数枚、一ポンド紙幣が二枚……」

「非常用のお金です」ミス・シートンは説明した。「バッグには必要以上のお金を入れないことにしています。いつどんな災難にあうかわかりませんもの。また、言うまでもなく、学校の生徒にとって――大きな誘惑になりますし。大金を持ち歩くのはよくないことだと、わたしはいつも思っています」

「まことに賢明だ」警視は同意した。「さて、ほかには――ハンカチ、櫛、鏡、フラットの鍵……ああ、これだ。ここに書いてある。あなたの名前と住所が書かれた手帳。近くの警察署にすでに連絡を入れ、目下、あなたの住まいを監視させています」

「監視？　どういうことか理解できませんけど」

「あなた自身の身が危険にさらされているのがわからないのですか？　セザールはおそらく、あなたを殺そうとするでしょう」

「わたしを？」ミス・シートンは反論した。「そんな馬鹿な。わたしはその男の顔もろくに知らないのに」

「一般社会のしきたりにこだわる男ではないのでね」警視は言った。「やつの顔を見分けられる目撃者はあなただけだと思えば、おそらく、あなたを始末しようとするでしょう。今夜はあなたのためにホテルを手配させてもらいたい」

ミス・シートンはあわてふためいた。「せっかくですけど、ホテルなんて困ります。だって――何も持ってませんもの。それに、旅行の荷造りをしなきゃいけませんし」

「なるほど。だったら、あなたの許可を得たうえで、女性警官をお宅に泊まりこませることにしましょう。明日の朝、その警官が駅までお送りします。では、その前に供述書の疑問点をひとつかふたつ、はっきりさせておきましょう。あなたはこう言っている。〝男はわたしに背中を向けていました。それから女を殴りました。わたしは男に声をかけました。すると、男がふりむき、飛びかかってきて、二人とも地面に倒れました〟。さて、飛びかかってきた理由が、わたしにはよくわからないのですが。男はなぜすぐに逃げようとしなかったのか？　男がふりむかなければ、あなたがその顔を見ることもなかったわけでしょう？」

「悪いのはわたしなんです。男の邪魔をしたので、向こうが逆上したんだと思います」

笑うまいとする努力も虚しく、警視の唇がひきつった。「想像がつきます」正直に言った。

「じつは――」ああ、困った。まったくきまりが悪い。乱暴な女だと思われそう。でも、正確に説明しなくては。「じつは、いささか腹立たしくなって――ずいぶん礼儀知らずなんですもの――だから、わたしの傘で男の背中を小突いてやりました。そのせいで男が飛びかかってきたんです」

たまげたな！　部長刑事のペンが床にころがった。続けてノートも投げ捨てたかったが、どうにか思いとどまったのは警官としてのきびしい訓練のたまものだった。このおばさんにジョージ勲章を進呈してみんなで拍手をしよう。弁護士資格も進呈しよう。警視総監になってもらい、あとの者はみんな家に帰るとしよう。いくら屈強な男でも、激怒したセザールの若造に飛びかかるのは躊躇するものだ。ところが、このおばさんは違う。信じられん。殺しの最中に男の背中を傘で小突いて、いますぐやめなさいと命じたんだからなあ。こういう人があと二、三人いれば、凶悪犯罪は姿を消し、世間のイメージどおり、警察は交通違反の取締りに専念できるようになるだろう。

「準備ができたら言ってくれ、部長刑事」

若き部長刑事は上司のきびしい視線を受けて赤くなり、ペンを拾って身体を起こした。「はっ、警視。失礼しました」〈御神託〉のやつ、なんで冷たいキュウリみたいに冷ややかな顔なんだ？　冷酷と言ってもいいほどだ。だが、よく見てみると、ふだんより顔が赤く染まり、唇の端が震えているようだ。

「説明をありがとう、ミス・シートン」警視の声はいかめしかった。「どういう状況だったのか、よくわかりました」部長刑事にもよくわかった。警視はミス・シートンの供述にショックを受けている！　そうだとも。ゆりかごの時代までさかのぼっても、警視がこんなに大きなショックを受けたことはないだろう。考えただけで愉快だ――だが、だめだ。おもしろがっている暇はない。それはあとにしよう。できれば一人になってから。部長刑事は顎に力をこめて、深刻なことに思いを向けようとした。車の衝突。殺人――いや、殺人はだめだ。いまはまずい。火事、飢饉、洪水。「もうひとつお尋ねしたいことがあります」警視は話を続けた。「ウォルターズ氏の供述に出てきたことです。ウォルターズ氏はセザールについて話すさいに、あなたの言葉を引用しています。〝そういう運命だったのです〟――それから、〝最後の幕〟だとか、〝そんな必要はなかったのに〟とか。どういう趣旨の発言だったのか、覚えておられますか？」

部長刑事はげんなりした。もうっ、いい加減にしてくれ。

「いえ、その男とはなんの関係もありません」ミス・シートンは答えた。「もう一人の男のことだったんです」

「もう一人の男？」〈御神託〉の声は鋭かった。どちらの刑事も猟犬のように身構えた。

「ドン・ホセ。最後の幕」ミス・シートンは説明した。

「おお」警視は表情をゆるめた。供述書のページをめくった。「あなたの供述書はこう始まっている。〃わたしがロング・エーカー通りを歩いていると……〃つまり、コヴェント・ガーデンのほうから来たわけですね。〈カルメン〉を観たあとで?」

「ええ、もちろん」

「もちろんですよね」警視は同意した。「ドン・ホセが彼女を刺したことについては、わたしもあなたと同意見だと認めざるを得ません。彼が最初にああいう愚かな行動に出るしかなかったのなら、最後は責任をとって自分の身に短剣を突き立てたほうがはるかに立派だったでしょう。そのほうが分別あるやり方だ。ただし、ドラマ性は低いですが」

レンジャー部長刑事は自分が最後にとったメモを読みなおした。無重力状態のような不快な感覚に包まれた。ここは夢想の国か? それとも宇宙空間か?

警視はメモ帳をひきよせた。「田舎の住所を伺っておいてもいいですか? 検視審問の前に連絡をとる必要が生じたときのために」

「検視審問?」一瞬、ミス・シートンは当惑した。「考えてもいませんでした……出席しなくてはいけないわけですね」

「避けては通れません。お気の毒ですが。ただ、短時間で簡単に終わるはずです。田舎のほうへは長くお出かけの予定ですか?」

「三週間ほど。田舎に小さなコテージがありまして。住所は〝ケント州、プラマージエン、スイートブライアーズ荘〟」

「あなたのハンドバッグにその住所を書いたメモが入っているというようなことはありませんか？」デルフィック警視はあわてて尋ねた。

「いえ、手帳にはまだ書き写していませんでした。後戻りできなくなるような気がして。コテージが自分のものだとは思えないんです。いえ、もちろん、わたしのものですけど——なんだか実感がなくて。母のいとこがわたしの名付け親になってくれたんですが、その人が最近亡くなって、わたしがコテージを相続することになったんです——生涯の大半をそこで暮らした人でした。また、お金も少し遺してくれて、おかげで好きなことができるようになりました。いろいろな手続きのために、一度か二度、そちらへ出かけたことはありますけど、泊まったことはありません。来年、退職を考えているのですが——どうするのがベストか、暮らしていけるのかどうかを考えると、なかなか決心がつきません。コテージがその答えになったような気がしました。今日から休暇が始まるので、しばらくそちらに滞在して、やっていけるかどうか確かめることにしたのです。いずれは終の棲家にしようと思っています。今回の滞在がうまくいけば」

「そちらに電話はありますか？」

「はい、プラマージェンの三五番です。幸い、名付け親が電話をひいていました。もっとも、晩年はほとんど使わなかったと思いますが。九八歳で亡くなり、耳が少々遠かったようです」

警視は立ちあがった。「いやあ、ありがとうございました、ミス・シートン。心からお礼を申しあげます。こんなに協力してもらえるとは予想外でした。もちろん、ここまでお手数をかけるつもりはなかったのですが」ミス・シートンも立ちあがり、手袋をはめた。「検視審問の連絡が行くように手配しておきますので、そちらでお目にかかりましょう。審問前にあなたを煩わせる必要のないことを願っています。ただ、運よくセザールを逮捕できたら、本人確認をお願いすることになるかもしれません。やつがどんな話をでっちあげるかによりますが。とりあえず、今回の不愉快な事件のことはすべて忘れて、ケント州の谷間での日々を楽しんでください」警視はミス・シートンと握手をした。「部長刑事が下までお送りして、女性警官を同行させる手配をします。車はすでに待たせてありますから」

ミス・シートンはためらいがちにドアのほうへ行った。心ここにあらずという様子だった。レンジャー部長刑事は彼女の傘を手にとり、彼女にのしかかるように立ってお辞儀をした。「あなたの小さな武器です」

ミス・シートンは曖昧な笑みを浮かべて部長刑事に礼を言うと、警視のほうへ視線を移した。「ご親切にしていただいてどうも。しつこいようで申しわけないんですが、わたしの鍵が……」

「心配いりません」警視は彼女ににっこり笑いかけた。「鍵はいずれ見つかると思います。お宅の玄関ドアをあける方法は警察のほうで考えてくれるでしょう。もっとも、明朝出発される前に鍵を変える手配をしておかれたほうが、わたしとしては安心です」

部長刑事がミス・シートンを廊下に連れて出て二人の背後のドアを閉めるのを、警視は見守った。滑稽(こっけい)な人だ。今夜は女性警官がついているし、地元警察も警戒しているから大丈夫だ。しかし、セザール・ルベルの身体に傘を突き立てたのは、雀蜂の巣に突き立てたのと同じではないかという、不吉な予感がしてならなかった。

2

ミス・シートンは手をふった。チャリング・クロス駅のホームが目の前を通り過ぎていくのを見ながら、列車の座席にもたれた。なんて魅力的な女の子かしら。それに、あの制服。すっきりしたデザインで、よく似合っていた。椅子にすわったまま徹夜をしたというのに、どうしてあんなに爽やかな顔でいられるの？　さぞ退屈な人生でしように。ソファベッドを使うように勧めたが、女性警官は応じようとしなかった。椅子にすわって本を読んでいるほうがいいと言った。

警官ってみんな、ほんとに頭がいいし、いろんなことを知ってるのね。フラットにどうやって入ればいいのかとミス・シートンは心配でならなかったが、警官の一人が錠を軽くいじっただけで、あっというまに玄関ドアが開いた。下の階に住む詮索好きなパーソンズ夫人がその瞬間を狙ったかのように、まったく似合わないガウン姿で階段をのぼってきて、「何か厄介なことでも？」と尋ねた。警官に囲まれていれば、厄介なことなんて起きるわけないでしょ。いえ、正確に言うと、囲まれているのではなく、女性警官が一人と、あと二人の警官がいるだけだ。でも、狭いフラットなので大人数に見える。

警官たちが室内を丹念に調べ、異常な点はないかと尋ねている。ありがたいことに、異常な点はどこにもなかった。いや、台所の窓がちょっと……。もちろん異常というわけではない。あいているだけだ。あなたが閉め忘れるはずはないですね？　窓を閉めたかどうか、ミス・シートンには思いだせなかった。だが、警官たちの興味を惹いたのは明らかで、粉末を使って指紋を採取したいと言いだした。もっとも、あらゆるものに粉を吹きつけて惨憺たる状態にしてしまうのを指紋採取と呼ぶのは、無理がありそうだが。警官の一人は外の非常階段まで行ってそこにも粉をふりかけた。残念ながら、指紋はひとつも見つからなかったようだ。ミス・シートンの指紋すらなかった。いわゆる〝きれいに拭きとられた〟状態で、きれい好きなミス・シートンからすれば満足のいくことだった。結局、ミス・シートンが窓を閉め忘れたのだろうということになった。

けさがまたひどかった。呼鈴と電話のベルが鳴りどおしで、両方同時に鳴ることもあった。必要な品をすべてカバンに詰めたかどうか確認しようとしても、気が散って仕方がなかった。おまけに、あのお節介なパーソンズ夫人がまたしても階段をのぼってきて、何か手伝うことはないかと尋ね――はっきり言って、ふだんはほとんどつきあいがないのに――次々とくだらない質問をよこした。女性警官がいてくれなかったら、どうやって乗り切ることができただろう。女性警官は冷静かつ有能で、錠の交換を手配し、タクシーを頼み、外にいた警官の助けを借りて、歩道に群がった人々のあいだをかき分けるようにしながらミス・シートンと二人でタクシーに乗りこんだ。あの人たちはたぶん新聞記者だろう。ほかにもっと大事な取材があるだろうに。しかも、太陽の下で写真を撮るのにどうしてフラッシュなんか使わなきゃいけないの？

ともかく、二人でタクシーに乗ってフラットをあとにし、ミス・シートンは列車に乗りこんだ。わくわくせずにはいられなかった。田舎にある自分の家へ向かうのだと思っただけで心が躍る。自分の家。そう、自分のものになるよう願っていた。家庭。田舎。ミス・シートンは窓の外に果てしなく続く街路とビルの景色を眺めた。もちろん、ここはまだ田舎ではない。

『タイムズ』紙を手にとった。〝首相、ニューヨークへ〟〝来年は月着陸？〟〝交通事故死件数、ふたたび増加！〟〝コヴェント・ガーデンで殺人〟新聞のページを開いた。あら、こっちの記事のほうが楽しそう。〝あなたの庭の植物はどうやって育つのか？〟

ほんと、どうやって育つの？　勉強しなきゃ。〝簡単で楽な方法としては……窒素……根覆い……リン酸塩……〟まあ、大変、ものすごくむずかしそう。でも、『園芸のコツ、教えます』という本を買っておいたから、向こうに着いたらじっくり読むことができる。

昔からの習慣で、プラマージェンの住民が出かけるときはブレッテンデンへ向かう。ブレッテンデンは買物の中心地でもある。ライに比べると少し遠いが、住民はかならずこちらを選ぶ。なぜなら、目的地はできるだけ出発地に似た場所であってほしい、というイギリス人の基本的欲求を満たしてくれるからだ。ブレッテンデンは、ひとことで言うなら、プラマージェンの拡大版である。

ブレッテンデンの町はただ一本の大動脈であるハイストリートを中心にしている。イースト・クロスからウェスト・クロスまで二キロ弱にわたって延びる広い道路で、そのうち半分は並木に縁どられ、両側に商店が並んでいる。路地や横道が無数にあるが、そちらにはほとんど店がないため、町を訪れた者はあまり興味を示さない。イースト・クロスまで行くと、ハイストリートは左右に分かれる。左側の道はヴァージンズ・レーンという名前に変わり、ゆるやかなカーブを二つ過ぎたあとで、一軒のパブのところで左へ急カーブを描き、長い丘をのぼって町のはずれに出る。ヴァージンズ・レーンは広い道路で、住宅より店舗のほうが多いが、正式なブレッテンデンの一部とはみなされず、このあたりは一般にレス・メアリーズと呼ばれている。イースト・クロスから右へ向かう住宅の多い道路には、プラマージェン・ロードという標識が出ている。この道を通ってプラマージェンまで行くと、そちら側にはブレッテンデン・ロードという標識が出ている。道路の正式な名称についてはいささか疑問が残るものの、出かける者からすれば、どちら側から出発するにしても、目的地に疑問を抱かずにすむ。多くの生活必需品を買いそろえるにはブレッテンデンの大型店へ出かける必要があるが、プラマージェンのほうもけっして商店がそろっていないわけではない。

村の通りは、いや、もっとふさわしい呼び方をするなら〈ザ・ストリート〉は――なにしろプラマージェンには通りが一本しかなく、村もそれを認めているのだ――一直線に続く広い道路で、街路樹に縁どられていて、長さは四〇〇メートルほどあり、道の両側には、約四〇〇年にわたるさまざまな建築様式の住宅、コテージ、商店、パブ二軒、鍛冶屋一軒、警察署、ガソリンスタンドが並んでいる。美しい通りではないが、それなりの魅力はある。最後に言い添えておくと、村の人口は五〇一人。

ショーウィンドーが弓形に張りだした小さなパン屋では、お菓子、煙草、ケーキ、パンを売っているが、ケント州とサセックス州のパン屋のほとんどに製品を卸している〈ワインズアート〉帝国の末端に連なることになったため、自家製のパンはもう置いていない。働き者の肉屋では肉と卵を売っていて、七面鳥も数日前に注文すれば一年のどの時期でも買えるが、店の表が粗末な板張りのせいで、少なくとも二〇〇年前から仮建築のような印象を与えている。そして、この二軒のほかに、買物のできるところが三軒ある。食料雑貨店と生地屋と郵便局。三軒とも食料品を置いている。葉物野菜とその他の野菜、お菓子、煙草、ワイン、蒸留酒。そして、三軒とも在庫豊富な冷凍庫を備えている。生地屋では、中国土産、絵ハガキ、服、綿製品、毛糸も売っている。郵便局は三軒のなかでいちばん大きくて、金物、陶器、ガラス食器、化粧品、ゴム長靴、本なども置いてあり、ベーコンとチーズとバターの棚のうしろの薄暗い一隅には、郵便物を扱う格子窓つきの小さなカウンターまである。

ミス・シートンのコテージがあるのは村の一方の端で、〈ザ・ストリート〉に面していて、道路からやや奥まったところに建てられ、小さな前庭がついている。門に出ているスイートブライアーズ荘という名前は、よその土地の者が手紙を書くときの住所として使われる。簡潔な表現こそがいい文章の基本なのに、半径五〇キロよりも遠くに住む者にはそれが理解できないのだ。よその土地の連中は住所を詳しく書いておかないと不安らしく、〝ケント州プラマージェン〟だけでは満足できなくて、〝ブレッテンデンの近く（六キロ北）〟とか、〝ライの近く（七キロ南）〟などという余計な情報を加えておくものだから、配達が少なくとも三日ぐらい遅れてしまう。というのも、郵便局では青鉛筆で〝……の近く〟という部分を消し、宛先を〝アシュフォード〟（二四キロ東）に訂正することになるからだ。郵便局の視点からすると、そこが〝いちばん近い〟住所というわけだ。

ミス・シートンのコテージは現在、村の人々から〈バネット老夫人の家〉と呼ばれている。村の住宅とコテージにはたいてい、以前の所有者の名前がついている。変化を毛嫌いするからではなく、現実的な理由によるものだ。家の売買は頻繁におこなわれる。村に新しく越してくる者が家を買う場合もたまにあるが、村人どうしの売買のほうが多い。家族が増えると、もっと広い家に移る。子供が大きくなって独立すると、逆のプロセスをたどる。そのため、始まりの場所で終わりを迎えるのは、つまり、生まれた家で生涯を閉じるのは珍しいことではない。バネット夫人の場合、早くも生前からコテージにその名前がついていたのは名誉なことと言うべきだろう。八〇歳になり、同じ家で約五〇年暮らしてきた老夫人が転居することは、おそらく、道路を渡って墓地へ行く最後の移動のときまでないだろう、というのがみんなの意見だった。

教会は、ノルマン征服以前の時代から残っている建造物のひとつで、〈ザ・ストリート〉の南端にひっそりと建ち、〈バネット老夫人の家〉と道路をはさんで向かいあっている。教会の横に牧師館があって、庭が墓地と隣接している。ヴィクトリア朝様式の建物で、見栄えのよくない正面部分は常緑樹の木立によって人々の目から遮られている。ヴィクトリア時代の家族と使用人が暮らせるように設計された家なので、いまの時代には広すぎることがわかって、二家族用に分けられ、玄関も別々につけられた。だが、面積が半分になっても、現在の牧師であるアーサー・トゥリーヴズには広すぎる。牧師は妻帯しておらず、未婚の妹が家事をとりしきっている。それだけではない。牧師に指図をし、教会全般の事柄に対しても指図をし、要するに、法衣の陰に身を潜めた実力者と言っていい。妹が話をするときは単刀直入で現実的、浮世離れした頼りない兄とは対照的だ。

アーサー・トゥリーヴズは聖職者になったあと、いつしか信仰心をなくしていた。失ってしまったという意味ではなく、歳月と共に腐食が進み、削りとられ、縮んでいったのだ。教会を去ってほかの仕事に就くだけの勇気を持たない自分を恥じているが、神の召命（しょうめい）にもはや魅力を感じなくなったというだけの理由から職業を変えるのは、人生も後半に入り、遊んで暮らせるだけの資産を持たない身にとって容易なことではない。誠実な人間で、牧師としての義務も進んで果たしているが、信者の家をまわるときは気力をふるい起こす必要があり、つねに、信者の誰かが牧師を喜ばせるために神学論争を始めようとするのではないかと恐れていた。かつては緑の芝生だった神学の世界も、彼の足の下で泥沼に変わってしまい、いずれ自分もそこに呑みこまれそうな気がして怖くてならないのだ。二〇歳のころはすべての悩みをすっきり解決してくれるように思えた教義も規則も、いまではそれ自体が悩みになっていた。いまの彼は、人間の行動に付随するあらゆる問題に多くの面があることを見てとり、そのすべてに共感できるようになっている。問題には解決法などない。ただひとつの問題を除いては。その問題とは、故意に冷酷な仕打ちをするということ。

「はい、コーヒーよ、アーサー」ミス・トゥリーヴズは新聞を置き、兄の手にカップを渡した。その朝刊は牧師館で購読しているものではなかった。村じゅうの人が新聞を熱心にまわし読みしているのだ。〝女教師、刺殺犯を震えあがらせる〟が〝コヴェント・ガーデン殺人事件のヒロイン〟と交換され、〝戦うこうもり傘〟が〝美術教師、ギャングを一喝〟と交換され、そのうち、自分がどこの家の新聞を手にしているのか、誰にもわからなくなってしまう。「お茶の前にこのミス・シートンを訪ねるのが親切だと思わない？」

アーサー牧師は返事をしようとして、受け皿にコーヒーをこぼしてしまった。「こんなに早く？　それはよくない」先延ばしにする口実を探し、うまく見つけだした。「来週にしよう。少し時間を置くほうが、あちらも落ち着くだろう」

「こちらに滞在するのはわずか数週間なのよ」妹は指摘した。「そもそも、バネット夫人はうちと古いおつきあいだったんだし、ミス・シートンはその名付け子なんですからね」

「あ、そうだね。うん、もちろんだ」牧師は立ち上がって窓辺へ行き、外を眺めた。そろそろ芝生を刈る必要がある。「慰めの言葉をかけなくては」テーブルに戻ってコーヒーをかきまぜた。「いつ到着するんだい？」

「もう着いてるわ。ブルーマー夫妻の話だと、こちらでランチの予定なんですって」

「ランチ？　うちで？」牧師はコーヒーのスプーンを落とし、そわそわと室内を見まわした。「弱ったな！　夢にも思わなかった……」ドアのほうへ行こうとした。「支度をしないと……」

「すわって、アーサー。コーヒーを飲んで。うろたえるのはやめてちょうだい。うちのお昼はすんだばかりでしょ。ランチはここでじゃなくて――ミス・シートンの自宅」妹は忍耐強く説明した。「ブルーマー夫人が親切に居残って、ミス・シートンのランチを用意してくれたの。列車は時間どおりに到着したようよ。車がやってくるのを見たわ」

「ミス・シートンは車を持ってるのか？」牧師の考えが先へ飛んだ。老人会——彼女の車にみんなを乗せてもらおう。海辺の行楽。可能性が無限に広がる。「ミス・シートンは運転できるのか？」牧師は熱のこもった声で尋ねた。

妹はため息をついた。「知りませんよ。たぶん無理だと思うわ。とにかく、ちゃんと話を聞いてちょうだい。ガソリンスタンドのクラブさんの車が駅でミス・シートンを出迎えて、コテージまで送り届け、ブルーマーが荷物を運ぶのを手伝ったの」

「ブルーマーが？」牧師は歓声を上げた。信者の一人が然るべきタイミングで、然るべき場所にいて、然るべき行動をとったわけだ。「それはすばらしい。メンドリの扱いにかけては、あの男の右に出る者はいない。午後にでもコテージを訪ねて、お悔みを言うことにしよう」

「だめよ、アーサー、だめ」妹は子供に話しかけるときのように言葉を区切って言った。「喜んでるって言わなきゃ。ミス・シートンを迎えることができて、どんなに喜んでるかって」

「あ、そうだね、もちろん」牧師はコーヒーを飲みおえると、勢いよく立ちあがった。「当然のことだ。わたしだって言うべきことは弁えているから、安心してくれ。だが、お悔やみもひとこと言っておくほうがいいと思う。なんといっても、わたしはミス・シートンの母親と親しくしていて、この手で埋葬したのだから」

「もうっ、たまには話をちゃんと聞いてちょうだい。名付け親よ、アーサー。何回注意しなきゃいけないの？」

「わかったよ、そう言うつもりだったんだ」牧師は不機嫌に答えた。「文句を言うのはやめてくれ、モリー」ふたたび窓の外を見た。やはり芝生を刈る必要がある。

「それから、ゆうべ何があったのか、詳しく聞きだしてちょうだい」

「ゆうべ？」牧師は驚いてふりむいた。「だが、ゆうべ、ミス・シートンはこちらに来ていなかったんだぞ。だから……」

「あのね、アーサー、村の噂になってるのよ。どの新聞にも出てるわ。ゆうべロンドンで殺人事件が起きて、ミス・シートンがそれに巻きこまれたの。噂の内容はまちまちだけど、どうやら、ミス・シートンが犯人を殴りつけたみたい」

一瞬、牧師の注意のすべてが妹に向いた。衝撃だった。「適切な話題とは言いがたい」妹を咎めた。

モリー・トゥリーヴズは憤慨した。「馬鹿言わないで。悪夢のような経験だったに違いないわ。ミス・シートンに話をするよう勧めて心の重荷をとりのぞいてあげるのが、親切というものでしょ。委員会の用事を抱えてなかったら、わたしが行きたいぐらいだわ」

「ううむ、よし、わかった」牧師は考えこんだ。「おまえがそんなふうに言うのなら……もちろん、わたしにできることがあればなんでも――どんな力にでも……言うべきことは心得ているから、安心して任せてくれ」牧師はフランス窓を開いた。「空気を入れ替えたほうがよさそうだ――わたしは芝生を刈るとしよう」そう言って逃げだした。モリーにも困ったものだ。善意のかたまりではあるが、配慮が足りないこともあって………。困っている人がいる、自分が力になれる――そう思って、牧師はうれしくなった。ずいぶん不幸な人のようだ。ロンドンで喧嘩騒ぎ――怪しげな仲間――そして、最後は死。気が滅入る。自分が役に立てるかもしれないという思いが強まった。わたしのような人間と理性的に話をすれば、ミス・シートンもものの見方が変わるかもしれない。芝刈り機をとりに行くため、牧師は小走りで部屋を出た。

妹は苦笑を浮かべて牧師を見送った。アーサーにも困ったものね。初めての相手に会うことを考えただけで動揺するなんて。メモ／今夜は忘れずにマグネシウム乳剤を飲むべし。兄さんが動揺するといつも庭仕事を始めるのはいいことだわ。おかげで庭がきれいになるし、運動は兄さんのためになる。

「コーヒーのおかわりがほしい人は？」

「もらおう」新聞のスポーツ欄から顔も上げずに、サー・ジョージがナイジェルのほうへ自分のカップを押しやると、ナイジェルはそれを母親に手渡した。母親がコーヒーを注いで息子に返した。息子は父親の新聞の端をそっとめくって、カップをその下に押しこんだ。サー・ジョージはうなり声で答えた。

レディ・コルヴデンが無邪気そうに大きな目を開いた。「今日の午後は忙しい？」

母親に劣らず大きな息子の目が細くなった。「なんで？」

「わたしのかわりに村でちょっとした用事を頼めないかと思って。自分で行くつもりだったけど、委員会が五時まであって、どうしても抜けられないの」

「正直に言ったら？　母さんがそういう無邪気な顔をするのは、たいてい人をだまそうとするときだ。何を企んでるのかな？」

「企んでなんかいないわよ。ただ、あちらも喜んでくださるんじゃないかと思っただけ。あのおばさまは古くからの村の住人だったし、その姪御さんがこちらにいらっしやるわけでしょ。せめて、様子を見に行って、歓迎の挨拶ぐらいしておかなきゃ」

新聞がわずかに動いた。ナイジェルは父親の目をとらえた。その目がウィンクした。ナイジェルはニッと笑った。「うん、そうだね」コーヒーを飲みおえ、席を立って、午餐（ごさん）の皿を重ねはじめた。「ヒロインを歓迎する仕事がぼくにできると思う？　何をすればいいのかなあ。金箔を貼った傘を進呈するとか？　あるいは、スクラップブックを銀の盆にのせて贈るとか？」

レディ・コルヴデンは考えこんだ。「そうねえ、卵を何個か届けようと思ったんだけど」

「けど、あそこにはメンドリがいるだろ。ブルーマー夫妻と共同で飼ってるやつが」

「知ってるわよ。でも、ほかに何も思いつけなくて。本当はケーキを焼いて持っていきたいところだけど、わたしがケーキを焼くとどうなるか、あなたも知ってるでしょ」

新聞の向こうで絞め殺されそうな声が上がった。「知ってるよ。父さんもぼくも」

「だから、ケーキは無理なの」レディ・コルヴデンはナイジェルのカップをとり、コーヒーポットを置いたトレイにのせると、台所のハッチの向こうへ押しやった。「ブルーマー夫人にケーキを焼いてもらうつもりだったけど、あの人、午前中の予定を変えてしまったし。ミス・シートンを出迎えるために。でも、キャベツかカリフラワーを手土産にするなんてみっともないことはできないでしょ。そうなると、卵以外に何があるというの？」

「すてきな自家製ワインはどう？」ナイジェルが小皿と大皿を持って、ハッチのところにいる母親に近づいた。

「馬鹿なこと言わないで」

「はいはい、卵だね。ぼくは何をすればいいんだい？　ミス・シートンに反対尋問をするとか？　それとも、署名入りの供述書を手に入れるとか？」

「あなたの欠点は、はしたないってことよ」母親はテーブルに戻り、薬味入れとバター皿をとってパン切り台にのせた。「ゆうべの恐ろしい出来事に同情するのは当然のことでしょ。あなたが年配の独身女性で、悪夢のような騒ぎのあとで知りあいが誰もいない新しい土地にやってきて、孤独に包まれ、訪ねてくる人も、気にかけてくれる人もいなかったら、どんな気持ちになるかしら——とっても悲しいことだわ」悲しみに気をとられて、レディ・コルヴデンはパン切り台を傾けていた。上にのった品々がすべりはじめた。

ナイジェルがそちらへ手を伸ばした。「そこから落ちてしまう前に、ぼくが片づけよう」

母親の表情が明るくなった。「わたしはグラスを集めてくるわ」さらに続けた。「もちろん、本当は何があったのかをあなたがもう少し聞きだしてくれても、なんの害もないわけでしょ？」サー・ジョージが新聞をたたんでテーブルに置いた。「あら、話の仲間に入ってくれるのね。うれしいわ。ナイジェルが今日の午後、卵を持って〈バネット老夫人の家〉を訪ねることにしたのよ」

「なぜだね？」サー・ジョージは彼のコーヒーカップを手にして台所に入った。

妻がグラスをハッチまで運び、開口部に首を突っこんだ。「なぜかって？　同情と感激の気持ちを伝えるために決まってるでしょ」ハッチを閉め、新聞をとり、夫と息子を追って台所に入った。食洗器の扉をあけた。「流しに置いてあるお鍋を洗ってくれない、ナイジェル。それから、ジョージ、あなたは残りのお皿を渡してちょうだい。わたしが戸棚にしまうから」

夫は重ねられた皿を妻に渡した。「なぜ卵なんだ？」

「くだらない質問はやめて。ほかに適当な品がないから。それが理由よ。ゆうべロンドンで殺人事件があったの」彼女は新聞を手にして、ページをめくりはじめた。「あなたは何も知らないでしょうね。おもしろい記事をぜんぜん読まない人だから。でも、ほら、ここに出てるわ。警察と一緒に犯人を追ってコヴェント・ガーデンのあたりを走りまわったとか、そんなようなことが書いてある。バネット老夫人の姪のことよ」

サー・ジョージは野菜の皿を妻に渡した。「いとこの子供だ」

「誰がいとこの子供なのよ？　なんの話をしてるの、ジョージ」妻は非難の声を上げた。「わたしの話なんてひとことも聞いてないのね」新聞を雑にたたんだ。「何かを捜そうとすると、どうしても見つからないのはなぜ？」

サー・ジョージはトレイを棚にしまった。「第一面、四列目の見出し」

レディ・コルヴデンは夫に渋い顔を向けた。「ひどい人。いつも読んでるのね」

「バネット老夫人はミス・シートンの母親といとこ同士だった。つまり、ミス・シートンは老夫人のいとこの子供にあたる。また、老夫人の名付け子でもある」

「ふざけないで、ジョージ、どうしてあなたにわかるの？」

「ミス・シートンに尋ねたからだ」

ナイジェルは洗い終えた最後の深鍋を壁にかけた。「父さん、ぼくたちに内緒にしてたんだね。戦うこうもり傘とどこで出会ったんだい？」

「会ったのは二回だ。一回は、彼女が日帰りでバネット夫人を訪ねてきたとき。もう一回は、夫人が亡くなってから後始末をしにきたとき」

「それなのに、いままでずっと秘密にしてたわけね」レディ・コルヴデンは食洗器の扉を乱暴に閉めた。「ジョージったら。殺してやりたい」

「くだらん」サー・ジョージは腰をかがめると、開いたままの新聞を手にとり、しわを伸ばし、きちんとたたんでテーブルに置いた。「つねに妻が第一容疑者となる。わたしを殺すなら、誰かを雇うといい。金をぼられないようにするんだぞ」

「はいはい。でも、冗談はさておき、前からミス・シートンと顔見知りだったのに、ひとことも言わなかったのね。どんな人なの？　どうして黙ってたの？」

「では、殺すのはやめるね？」

ナイジェルが指をパチンと鳴らした。「よし、決めた。ミス・シートンを知ってるのなら、卵は父さんが届けてよ」

サー・ジョージのでっぷりした姿がドアのほうへ向かった。「無理だ。ベッドに入る」

「ベッドに入る？」レディ・コルヴデンはオウム返しに言った。「なんのために？」

「睡眠」

「あら、昼寝なんかしてる場合じゃないでしょ」突然、心配そうな顔になった。「ジョージ、ひょっとして、具合が悪いとか？　ねえ、お願い、どこが悪いのか言って」

「あとでウサギ狩りに出かける」サー・ジョージは妻にそう言ってドアを閉めた。

「紅茶のおかわりは、エリカ？」

「えっ？」エリカ・ナッテルは新聞から顔を上げた。「もらうわ。喉が渇いちゃって。なぜだかわからないけど。大豆ミートに塩を使いすぎたのかしらね。ずいぶん塩辛い気がしたわ」自分のカップを渡した。ブレイン夫人がライムティーを注いでエリカに返した。

ミス・ナッテルとノーラ・ブレインが村の中心部にある家で一緒に暮らしはじめて一一年になる。ガソリンスタンドの向かいなので、徒歩や車で行き来する村人たちの様子を監視するのにうってつけだ。人々の日常に関して二人が知らないことはほとんどなく、あれこれ推測したり、勝手なでっちあげをしたりしている。村人たちは二人が悪意に満ちた根も葉もない噂を広めると言ってぼやいている。根も葉もないのは事実だが、悪意に満ちたというのは不当な言いがかりだし、広めるという点に関しては、村人たちにも同じく責任がある。何か説明のつかない面倒なことが起きると、とりあえずなんらかの解釈がなされ、それがこの二人の議論を通じて改良され、飾り立てられ、ついにはそれが明確な事実とみなされることになる。真実が明らかにされたあともこうした興味深い神話が長く残るというのは、福音を説く者の過ちであると同時に、その弟子たちの責任でもある。

彼女たちは熱心なベジタリアンで、二人まとめて〈ナッツコンビ〉と呼ばれている。ミス・ナッテルは背が高く、骨ばった体形に色黒の馬面という女性で、〝クルミ割り（ナットクラッカー）〟というあだ名がついている。ブレイン夫人のほうはずんぐりした温厚そうなタイプに見えるが、黒スグリみたいに小さな目の印象からすると、どうもそうではないようで、〝ホット・クロス・バン〟と呼ばれている。復活祭のころに食べる十字架の印がついたパンのことだが、ミス・ナッテルが彼女のことをバニーと呼んでいるので〝バン〟はそこからの連想だし、〝ホット・クロス〟にはカッとなりやすいという意味がある。気に入らないことがあると穏やかな表情の陰から顔を出す意地悪な性格を、人々は無言のうちに見抜いているのかもしれない。二人が暮らす家は、正しくはリリコット荘といって、古い家を現代的に改装したもので、大きなガラス窓をはめこみ、ナイロン製の網戸をとりつけているが、当然ながら〝ナッツハウス〟と呼ばれている。

「塩辛かった？」ブレイン夫人は批判されるのが好きではない。「どうしてそんなことを言うのかわからないわ。以前は大豆ミートがお気に入りだったじゃない。いつもと同じ味よ。レシピどおりに作ったんだから。こう言っちゃなんだけど、原因はあなたのパースニップじゃない？　ずいぶんたくさん塩を入れるのねと思ってたのよ。よく知ってると思うけど、パースニップに塩を使いすぎるのは禁物よ。甘みが消えてしまうわ」

「ええ、そうかもね――口論するほどのことじゃないわ、バニー。ところで、このシートンって女性のことだけど――」エリカ・ナッテルは骨ばった人差し指を新聞の紙面に突きつけた。「こちらから訪問すべきだと思う？」

ブレイン夫人はたちどころに答えた。「もちろんよ。行きましょう。何があったのか、詳しいことを聞きださなきゃ。何を口実にすればいい？　そうだわ、タンポポ酒を持っていきましょ。うちに大量に貯蔵してあるし、ビタミンたっぷりだから」

「名案だわ。元気回復にうってつけ――ウィスキーに負けないおいしさだわ。去年作ったもののほうがいいわね――悪い年のやつ。どうせ違いなんてわかりゃしないわよ」

「そうね。お昼の片づけがすんだら、すぐ出してくるわ。〈バネット老夫人の家〉を訪ねるのはいつにする？　お茶の時間がいい？　このミス・シートンって人、ずいぶん勇敢だと思わない？」

「わたしには、救いがたい馬鹿に思えるけど。お茶の時間はやめましょう――露骨すぎるわ。印象が悪くなりそう。少し早めて、三時きっかりに」

「ママ――」アンジェラは家に飛びこみ、居間のドアを勢いよくあけた。「ママ、あの人、着いたわよ――どの朝刊にも大きく出てたあの女性」

ヴェニング夫人はタイプを打つ手を止めた。「あなた、ちゃんと食べた？」

「ううん」アンジェラはコートを椅子の上に放ると、踊るような足どりでデスクまで行き、タイプライターの横に積みあげられた紙の山を見た。「新しい本の進み具合はどう？　ランチに帰れなくてごめん。けど、ブレッテンデンでおしゃべりにひきずりこまれて、いろんな話が出て――ほら、ママにもわかるでしょ」

「ナイジェル・コルヴデンから電話があったわよ」

「ナイジェルから？　なんの用だった？」

「何も言わなかったわ」

「ふうん。ま、いいか――」アンジェラはソファの肘掛けに腰をのせ、バッグから煙草とマッチをとりだした。「あとで電話しとく。帰る途中、ガソリンを満タンにしようと思って村に寄ったら、ジャック・クラブが詳しく話してくれたわ。駅まで迎えに行ったんですって」

「何か食べてきたほうがよかったんじゃない？」

「うるさいわね、食べろ、食べろって」アンジェラはマッチを暖炉に投げこんだ。

「あとで食べるから」デスクに戻ってきた。「でも、ママ、あの人、すごいと思わない？」

「誰のこと？」

「やあね、ママったら」アンジェラは母親に抱きついた。「そんなもったいぶらないでよ。さっき言ったでしょ。新聞に出てる人。ゆうベロンドンで殺人事件に巻きこまれたその人がこの村に来てるのよ。ランチの少し前に着いたんだって。会うのが待ちきれないわ。きっと、有名人とかいっぱい知ってるわよね」

「誰の話をしてるの？」

「えっと、名前が思いだせない。ミス・なんとかって人」

アンジェラはコートをとって片方の肩にかけた。「でも、バネットおばあさんのコテージに泊まってるそうよ。て言うか、いまはその人がコテージの持ち主みたい。バネットおばあさんと何か親戚関係にあるらしいの。会いに行ってみようよ」

「だめだめ。知らない人なんだし、あなたの話からすると、お近づきにならないほうがいいみたい。フラターズ夫人のところへ行って、何か食べさせてって頼んでらっしやい」

「うん、わかった。けど、ママって冴えないわね。せっかく楽しそうなことがあっても、避けて通るんだもん」ドアが乱暴に閉まった。

ソニア・ヴェニングはため息をついた。身じろぎもせずに窓の外を見つめた。それから首を横にふり、メモを参考にしながら、ふたたびタイプライターを打ちはじめた。

ウサギのジャックは踏み越し段をさっと飛びこえました。赤い羽根が高くゆれている帽子をとりました。宮廷ふうのおじぎをして、かわいいルーシーに手をさしだしました。

「おや、顔色がよくなりましたね、アンジーお嬢さん」フラターズ夫人がローラータオルで手を拭き、電気ケトルのところへ駆け寄ってスイッチを入れた。「けさお顔を見たときは、風邪で寝込むんじゃないかと思いましたよ。お昼も食べ損ねるなんて、なんの用で出かけてたんです？　お母さんがずいぶん心配してたのに。しかも、今回が初めてじゃないし。ここしばらく、どうしたっていうんです？　もっと分別を持ってください」

「もうっ、そうガミガミ言わないでよ、フラット」アンジェラは台所のテーブルにコートを放り投げ、食料がストックしてある戸棚をごそごそ探りはじめた。「けさはぐったりだったけど、もう元気よ」

「何を捜してるんです？」

「あなたが作った杏ジャム」

「ジャムなんてだめですよ。おなかの足しになりません」フラターズ夫人は身をかがめ、ガス台の下にある保温用のトレイをひっぱりだした。「念のため、お嬢さん用にステーキ・アンド・キドニーパイを少し温めといたんです。さあ、どうぞ」テーブルに皿を置き、引出しからナイフとフォークを出した。「黙ってここにすわって食べてください」

「はい、はい、すぐ食べます」アンジェラは戸棚からジャムの壜を一個とりだし、メモ帳の紙を一枚はぎとってからテーブルについた。〝ヴェニング夫人と娘からのご挨拶です。ハンドバッグをかきまわしてペンと輪ゴムを捜した。〝プラマージェン、メドウズ荘〟と書いた。ジャムの壜に紙を巻きつけて輪ゴムで留めた。「さて、これでよし」

「じゃ、そろそろ失礼しますね」マーサ・ブルーマーが居間に入ってきて、コートをはおった。芝生に向かって開け放たれたフランス窓のところで、ミス・シートンがふりむいた。マーサは微笑した。「食器は全部洗って戸棚にしまったし、お茶の支度もしてあります。肉の冷製は冷蔵庫のなか、アップルパイの残りはテーブルにのせて覆いをかけ、野菜もたっぷり用意しときましたから、夕食はお好きなものをどうぞ。何かほかのものがよければ、缶詰があるし、もちろん卵もあります。自分のところで産ませた卵はぜんぜん味が違いますからね。店で買う卵だって新鮮そのものだけど、家で卵を産ませれば、どんなに新鮮かわかります。六個置いときますけど、朝食用にもっと必要だったら、スタンがお茶のあとでニワトリに水をやりに行くとき、拾ってきます」

マーサ・ブルーマーはロンドン生まれ、一〇年前にこちらの農家に嫁いできた女性で、バネット夫人に頼まれて週に二回ずつコテージの掃除に通ってきていた。自宅がすぐそばなので、どちらにとっても都合のいい取決めだった。村の住まいはたいていそうだが、バネット夫人のところも庭は家の裏にある。ブルーマー家が暮らしているのは、小さく区切られた長屋の一軒で、細い路地がコテージの庭と長屋を隔てている。この路地は〈ザ・ストリート〉から続いている道で、バネット夫人のコテージの横を通って運河を越え、最後は海岸道路と合流する。ブルーマー夫婦はバネット夫人に、ニワトリを何羽か飼って餌には庭の草を使うよう勧めた。使われなくなっていた鶏小屋をスタン・ブルーマーが修理して、ニワトリの世話をし、バネット夫人と彼の一家が食べる卵と鶏肉を手に入れ、余った分は売って、手間賃として彼のふところに入れることにした。双方にとって満足のいく取決めだったので、花と果物と野菜まで同じ形をとるようになった。

「さて」最後にマーサは言った。「わたしが帰る前に、ほかに何かご用は?」

「いいえ、何もないわ、マーサ、ありがとう。すべてきちんとやってもらって、言葉にできないぐらい感謝してるわ」

「よかった。じゃ、ベッドに入ってください。湯たんぽを入れておきましたから」

「あら、昼日中からベッドに入るなんてできないわ」ミス・シートンは抵抗した。

「カバンの荷物を出さなきゃいけないし……それから……」不思議なことに、考えてみたら、急ぎの用なんて何もなかった。あとまわしにできるものばかりだ。

「何言ってるんです?」マーサが言った。「とりあえず必要な品は、全部出したじゃないですか。さあ、ベッドへ行って。とにかくベッドに入るのがいちばん。疲れた顔ですもん。無理もありません」

ミス・シートンは人から指図されることに慣れていなかった。だが、けっこう快適なものだと思った。「白状すると、ちょっと疲れてるのは事実よ。ゆうべは寝るのがかなり遅くなったし、さっきみたいなたっぷりしたお昼には慣れてないから。もちろん、とってもおいしくいただいたわ」そう言いながらドアのほうへ行った。

マーサはミス・シートンに続いて廊下に出ると、彼女の身体越しに手を伸ばして、階段の下に作りつけになっている戸棚の頑丈なオーク材の扉を閉めた。しっかりとかんぬきをかけた。「気をつけてくださいよ。いまも扉にぶつかりそうになったでしょう。掛け金がゆるくて、すぐはずれてしまうんです。だから、ちゃんとかんぬきをかけといてください。でないと、勝手にあいてた扉に激突ってことになりかねません。いろいろ騒ぎがあったうえに旅の疲れも重なってるでしょうから、とにかく体力を回復させなきゃ。さあ、二階へ行ってぐっすり寝てください。訪ねてくる人はいないだろうから、眠りを邪魔される心配はないし、もし誰か来たとしても、寝室はずっと奥のほうなんで、何も聞こえやしません。そのあとは、のんびりと静かな夜を過ごして、そしたら明日の朝はもう元気はつらつです」

「たぶん、あなたの言うとおりでしょうね」ミス・シートンはゆがんだ小さな階段をのぼりはじめた。「やっぱり、横になることにするわ。それから、マーサ――」足を止めて相手を見下ろした。

「なんでしょう?」

ミス・シートンはまだためらっていた。「あの――あの、どうお礼を言えばいいのか。なんだか――あなたとスタンのおかげで――わが家に帰ったような気分だわ」

マーサはくすっと笑った。「まあ、そう思ってもらえてよかった。わたしは勝手口から帰ることにします。スタンのお茶のときに出すレタスがほしいんで、途中で二個収穫して、裏のゲートから出ていきますね。そのほうが近道だから。じゃあね、今度会えるのは早くて金曜日かしら」

なんて運がよかったんだろう。親切なマーサ、しゃべりだしたら止まらない人だけど。口から先に生まれたに違いないって、バネット老夫人がいつも言っていた。

寝室に入ると、ミス・シートンは帽子とバッグを化粧台に置き、しばらく立ったままで庭を眺めた。自分の庭。他人には知らん顔のロンドンとはずいぶん違う。横になったときにまぶしくないようカーテンを閉め、コートとスカートを椅子にのせてからベッドにもぐりこんだ。温かい。気持ちがいい。そして、とても静かだ。静寂を乱す者はどこにもいない。昼下がりの休息に疚(やま)しさを感じるなんて馬鹿だった。マーサの言うとおりだ。まさにこれがわたしに必要なもの。睡眠が。

3

「ねえ、ひとこと言わずにはいられないわ、エリカ。ずいぶん異常だと思うけど」

「ちょっと変ね、確かに」

「変なんてもんじゃないわ。異常よ。到着したとたん寝てしまうなんてありえない。しかも、昼下がりよ。もちろん、理由があれば話は別だけど。ねえ、あなた、そんなことする?」

「しないわ。理由がないかぎりは」

「お酒を飲むか何かして、酔いがさめるまで寝ることにしたんじゃない?」

「ありそうな話ね」

「ああ、エリカ、ぞっとする。あのたんぽぽ酒、置いてくるんじゃなかったわ。彼女がさらにお酒に溺れるだけよ」

「でも、違うかもしれない。何かほかの事情があるのかも。病気がちなんじゃないかしら」

「重い病気だとは思えないけど。でなきゃ、ロンドンからはるばる旅をしてくるなんて無理よ。ただ、たまたま気がついたんだけど、寝室のカーテンが閉まってたわ。様子を探ろうと思って、小道をそっと下りていったからわかったの。昼下がりに寝室のカーテンを閉めるなんて、よっぽどの理由がないかぎりしないわよ。どう？」

「そうね。何か隠したいことがないかぎりは」

「隠したいこと？　そうよ、それで説明がつくわ。でも、彼女、いったい何を……？ああ、エリカ、考えただけでぞっとする。まさか——ありえないわよね——麻薬だなんて。どう思う？」

「ありうるわ、もちろん。可能性あり。かなり大きな可能性」

〈バネット老夫人の家〉から歩いてきた二人の女性は郵便局に入り、食料品のカウンターの列に並んだ。

「考えただけで耐えられないわ、まったく」ブレイン夫人は声をひそめた。二メートル以上離れている連中だって聞き耳を立てているかもしれない。「バネット夫人が知ったらどんな気持ちになるかと思うと……」

「忘れないで、バニー。そうと決まったわけじゃないのよ」ミス・ナッテルは彼女をなだめようとした。

「そりゃそうだけど」ブレイン夫人の番になった。店員に笑顔を見せた。「ナツメヤシの実を二箱、ダイジェスティブ・ビスケットをひと袋。ええと、それから、プルーンをラージサイズの袋で」店員は棚のほうを向いた。ブレイン夫人は話題を戻した。

「でも、ほかにどんな説明がつけられるというの？　このうえなく奇妙な行動にだって理由があるはずよ、エリカ。そうじゃない？」

「あの人は何か隠している。それは確かね」ミス・ナッテルも同意した。

「ぜったいそうよ。答えはそれしかないわ。もちろん、そう言ったところでどうにもならないけど。ありがとう」ブレイン夫人は注文した品を持参した買物袋に入れてもらい、財布を出した。「三ポンド、八シリング、八ペンス、半ペニー」。よかった。ちょうど小銭があった。考えたくもない話だわ」カウンターを離れた。

スキャンダルの風に乗って飛んでいく種とも言うべき客が数人、二人とドアのあいだにさりげなく移動した。「あら、こんにちは、ゴーファー夫人。おたくのチビちゃんのエフィーは元気？　いたずらばかりしてないといいけど。じゃ、失礼するわ――おや、スパイス夫人。お元気そうだこと。それにしても、まさに事実なんだから怖くなるわね」人々のあいだを抜けてドアへ向かいながら、ブレイン夫人は話を続けた。

「ほら、新聞にいつも出てるでしょ。各地で麻薬が蔓延してて、とくにロンドンがひどいって」二人は郵便局を出た。

「暗褐色の毛糸を買い足すつもりだって言ってなかった？」

「そうそう。うっかりしてたわ。忘れるところだった」二人は道を渡りはじめた。

「でも、暗褐色じゃなくて赤紫よ。最初は縁どりに使うつもりだったけど、全体に編みこんだほうがずっとよさそうな気がするの。そう思わない？」

「辛子色に赤紫ってちょっと強烈じゃない？」

「そんなことないわよ、エリカ。いまのところ辛子色しか使ってないけど、コントラストの強い配色が必要だわ。ところで、ヴェニング夫人ったらジャムの壜なんか届けにきて、どういうつもりかしら」

「ジャム？」

「ええ。ジャムの壜がどっさりあったのを覚えてるでしょ？　村じゅうの人が置いてったんだわ。でね、杏ジャムの壜にカードがついてるのをたまたま目にしたの。こう書いてあったわ。〝ヴェニング夫人と娘からのご挨拶です〟って」

「ヴェニング家がそんなことするなんて、ちょっと変ね」

「異常すぎるわよ。そもそも、ヴェニング夫人は最近どこへも出かけなくなってるのよ。まったく顔を見てないわ。理由を知りたいものね。以前はすごく明るい人で、しょっちゅう出かけてたのに、突然、外出をやめてしまった。小さなアンジェラがかわいそう」

「もうそんなに小さくないわ。一七か一八になってるはずよ」

「ええ、きっともう、それぐらいの年齢ね。いつもほんとに明るい子」

「わたしに言わせれば、明るすぎるわ。暗すぎることもあるけど。感情の浮き沈みが激しいのよ。たぶん、ヒステリックなタイプね」

「まあ、馬鹿言わないで、エリカ。若くて元気がいいだけのことよ。元気がいいと、逆に落ちこむこともあるわ。わたしも娘時代はそんな感じだった。あなたには理解できないでしょうね。いつだってぶっきらぼうで、無遠慮にものを言う人だから。ところで、あの子、ナイジェル・コルヴデンといずれ一緒になるんじゃないかって、わたしは前から思ってたのよ」

「そりゃないんじゃないの、アンジェラはいつもあの小さな車で出かけてる。かなりのスピード（ファスト）運転よ。それから、アンジェラが入り浸ってるブレッテンデン郊外のあのクラブだけど、あそこも派手（ファスト）ね」

「まあ、家に人を招くことがなくなってしまったから、あの子もきっと退屈でたまらないんだわ。それを考えると、新しく越してきた人にヴェニング夫人が挨拶の品を贈るっていうのはやっぱり変よ」二人は足を止めて生地屋のショーウィンドーをのぞいた。「あら、いつもはブレッテンデンまで行かないと買えないマンゴーチャツネが入荷してる。ねえ、二人はロンドンで顔を合わせたことがあるんじゃない？」

「かもね。ヴェニング夫人は以前よくロンドンへ出かけてたから。出版社の人に会うために。まあ、本人の言葉だけど」ミス・ナッテルがドアを押すと、ベルがチリンと鳴った。

「ほら、あの人が書いてるくだらない児童書——」ブレイン夫人もミス・ナッテルのあとから店に入った。「こんにちは、ミセス・ウェルステッド」店の女主人に挨拶した。

「いらっしゃい、ミセス・ブレイン」

「——ええ、それで説明がつくわね。二人がロンドンで顔見知りだったとすれば」カウンターまで行った。「赤紫の毛糸を買い足したいんだけど」

「はいはい、ミセス・ブレイン、どれぐらい？」

「もちろん、ミス・Sに関してすでにわかったことからすると、ゆうべの恐ろしい事件には見かけ以上のものがあるっていうのが明々白々だわ。どれぐらい？」ブレイン夫人は女主人の言葉をくりかえした。「ええと、そうね、無地のセーターの縁どりに使うつもりだったけど、かわりに編み込み模様にすることにしたの。ねえ、エリカ、理由もなしに殺人事件やなんかに巻きこまれるはずはないわ。そうでしょ？」

ウェルステッド夫人は自分の娘を呼んだ。「マージェリー、ブレイン夫人が編み込み模様のアンサンブルを作ろうと思ったら、赤紫の毛糸は何オンスぐらい必要かしら」

「そう言われれば、バニー、わたし自身は殺人事件に巻きこまれたことなんて一回もないわ」ミス・ナッテルは丈夫そうな園芸用手袋をカウンターに出した。「おいくら？」

「一〇シリング六ペンス」ウェルステッド夫人が答えた。「お買い得よ」

「いただくわ」

マージェリー・ウェルステッドが計算を終えた。「ブレイン夫人に必要なのは一六オンスね」

「ねえ、エリカ」ブレイン夫人は叫んだ。「きっと、ミス・Sが顔見知りになった恐ろしい人たちが関わってるんだわ――わかるでしょ――そういうことって、つねに厄介ごとをひきおこすものよ」

「はい、毛糸と手袋」ウェルステッド夫人がブレイン夫人に包みを渡した。「辛子色の毛糸も追加が必要かもしれないから、入荷したらあなたのためにとっておくわね。ほかに何かお入り用の品は、ミセス・ブレイン？」

「いいえ、あとは何もないわ、ミセス・ウェルステッド」ブレイン夫人は包みを受けとり、店を出ることにした。「わたしが思うに、V夫人のこともそれで説明がつくんじゃないかしら。つまり、突然、家にひきこもってしまって、誰にも会わなくなったでしょ。わたしの推理が聞きたければ教えてあげる」ドアを開いて支えた。「V夫人は怯えてるんだわ」

ミス・シートンは帽子をかぶった。張りのあるリボンがニワトリのトサカみたいな飾りになってて個性的だわ、と思った。午後三時半。あらあら、一時間半以上も眠ってしまった。ほんとにマーサの言ったとおりね。ずいぶん疲れがとれた。新鮮な空気、そう、いま必要なのはそれだわ。しかも太陽が出ていて、理想的なひとときだ。庭をひとまわりしてこよう。階段を下りた。

ミス・シートンは昔からこのコテージが好きだったが、それが自分のものになり、たぶんここが自分のいるべき場所だと初めて気づいたときから、コテージに愛着を覚えたのは――いや、正直に言うなら――愛しくてたまらなくなったのは、なんとも不思議なことだった。あら、あれはなんなの？　台所のドアのところで向きを変え、廊下を急いだ。玄関ドアを入ってすぐのところに小さなテーブルがあり、そこに置かれた電話の横に包みがいくつか並んでいた。どれも包装紙に手紙がはさんである。さっきは何もなかったのに。いったい誰が……わたしが眠ってるあいだに村の人たちが訪ねてきたの？　まあ、どうしましょう。応対に出ない礼儀知らずな女だと思われてなきゃいいけど。手紙に書かれた名前を読みはじめた。ところが、知らない人ばかり。すぐにピンときた。自然に理解できることだった。これは彼女の名付け親であるフローラ・バネットのためなのだ。村のみんなから慕われていたに違いない。でも、そうだとしても、よそ者のわたしをこんなに歓迎してくれるなんて、ほんとに――ほんとに優しい人たち……玄関にノックが響いた。ミス・シートンはドアをあけた。

「ミス――ええと――シートンですね？」

「そうですけど？」

「わたしは――ええと――トゥリーヴズ――村の牧師です」

「まあ、初めまして。お訪ねくださるなんて光栄です」ミス・シートンは一歩下がった。「お入りになりません？」

「あの――ええと――わたしは――」アーサー・トゥリーヴズは躊躇し、それから思いきって答えた。「なんとご親切な。わたしは――ええと――お目にかかれて光栄です」

ミス・シートンは玄関ドアを閉めて台所へ向かった。「お茶でもいかがですか？」

「お茶？　いやいや、そんな面倒をおかけしようとは夢にも思っておりません」

「あら、ちっとも面倒じゃありませんわ」

「はあ、そうですか。でしたら――いや、だめです。妹がいやがります」

「妹さん？」ミス・シートンは驚いて足を止めた。「お茶がお嫌いなんですか？」

「いや、違います。とんでもない。いや、お茶はずいぶん飲みます。わたしと同居しております。わたしがあなたに負担をおかけしたら、妹がいやがるでしょう」

「でも、負担じゃありませんわ。大丈夫。お茶の支度はすっかりできてますから。居間でお待ちいただければ、わたしはお湯を沸かしてきます」

台所へ行って電気ケトルのスイッチを入れ、戻ってくると、牧師はまだ居間の入口でうろうろしていた。脇へどいた拍子に玄関ホールのテーブルにぶつかった。

「そうか、買物に出ておられたんですね」彼女のあとから居間に入りながら、牧師は言った。「村の店の印象はいかがです？」

「いえ、外へはまだ出ておりません。そこにある数々の包みもさっき目にしたばかりで、感激しています。あれはたぶんプレゼントで、村のみなさんからの挨拶みたいなものでしょうね。カードを読もうとしていたら、牧師さまがお越しになったんです」

ミス・シートンは暖炉のそばのアームチェアに腰を下ろした。「おすわりになりません？」

「どうも」牧師は明るい表情になり、向かいの椅子の端に腰かけた。「村の人々の親切心がよく出ていますね。とてもうれしく思います。わたしは人々をそんなふうに見ております――と言うか、そう願っております。つまり、思いやりのある善意の友人であってほしいと」牧師は彼女に断言した。「人は本来そうあるべきです。その実例をここで目にすることができて、心から幸せに思います」明るかった顔が曇った。

「おお、いけない、訪問の主な理由を忘れるところでした。妹とわたしからお悔やみを申しあげ、共に悲しんでいることをお伝えしようと思ったのです。お祖母(ばあ)さまは古くからの大切な友達でした」

ミス・シートンは微笑した。「いえ、違うんです。祖母ではなく(ノット・グランド……)、名付け(ゴッド)――」

偉大ではないが(ノット・グランド)、神(ゴッド)である？　牧師はたじろいだ。理神論者か？　しかも狂信的なタイプ？「なるほど、なるほど」あわてて立ちあがった。「人はみな、自分の考え、信念、信仰を持っております——どのような呼び方をなさろうと自由です。〝自分は自分、人は人〟というのがわたしの信条です。教義や主義は人によって異なるかもしれませんが、基本のところでは——いや、〝心の底では〟と言うべきですね——誰もが同じだとわたしは思いたい。さて、本当にもうお暇しなくては。お時間をとらせては申しわけないので」

「でも、牧師さま、お茶は？　お湯がそろそろ沸きますから」

「お茶？　あ、いやいや、そのようなお気遣いはご無用です。面倒をおかけしようとは夢にも思っておりません」牧師はあわてて部屋を出た。「すでに約束に遅れている。急がなくては。失礼します、ミス——ええと——」掛け金をつかんだ。「お目にかかれて光栄でした」玄関ドアを大きく開いた。「おっと……」制服姿の警官が目の前に立っていたので、あわててあとずさり、テーブルにぶつかった。数々の包みがぐらついた。ミス・シートンが間一髪のところでテーブルの揺れを止めた。「とんだ失礼を。不器用なもので」

「ご心配なく。包みは無事ですから。ちょっと失礼、ケトルのスイッチを切ってこなくては」ミス・シートンは急いで台所へ行った。

「おお、ポッターか」牧師は温厚そのものの表情になった。法と秩序の番人が救出に来てくれた。「わたしを捜してここに?」

「いえ、違います」

「違う?」では、まったくの偶然か。わたしの脱出に神のご加護があったわけだ。「だったら、わたしはもう行かなくては。何か力になれることはないだろうか? 一瞬、きみがこの家を訪ねてきたのだと思ってしまった」

「はい、そうです、牧師さま。ミス・シートンという人がここにおられるはずですが」

「シートン?」アーサー牧師は戸惑い――わけがわからなくなった。「うん、そのとおり。だが、会うのはやめたほうがいい。彼女がきみの力になれるようなことは何もない。こちらに到着したばかりだから」しかし、牧師の心に小さな疑惑が芽生えた。モリーが何か言っていた。わたしから言うべきことが何かあったはず。何か――なんだった?――ロンドン? なんらかのトラブルだ。何か悲惨なこと。教区民の一人がそれに関わっている。ここに残らなくては。自分が必要とされるかもしれない。たぶん、力になれるだろう。

ミス・シートンが戻ってきた。「すみません、お待たせして。湯気がこもっていたので、勝手口をあけて空気を入れ替えてましたの」

「ミス・シートンですね？」ポッター巡査が尋ねた。

「そうですが？」

「あなたが出席を求められている集まりの日付をお伝えするよう、命じられてきました」

「集まりだと、ポッター？」牧師は心のなかで棍棒を手にとり、ふりまわした。「そのようなことを看過するわけには……」

「大丈夫です、牧師さま」ミス・シートンは請けあった。「なんのお話かわかっていますので」

「だが、わたしにはわかりません」牧師は断固たる態度に出た。「何に出席するのです？　説明してくれ、ポッター」

「検視審問です。ミス・シートンは証人として出席を求められているのです」

アーサー・トゥリーヴズは動揺した。「検視審問？　それは大変だ。だが、誰も亡くなってはいないが」いや、誰かが亡くなった。モリーがそんなことを言っていたのでは？　ロンドンの喧嘩騒ぎで誰かが亡くなった。そして、このミス・シートンが――なんてことだ、まったくもう。この人が全面的に悪いわけではないはずだ。事情がわかりさえすれば、情状酌量の余地もあるだろう。わたしの義務は明白だ。ミス・

シートンに付き添って出かけ、支えとなるのだ。「その検視審問はいつどこで開かれるのだね、ポッター」

「明後日の一一時半です。詳しいことはここにメモしてあります」巡査はミス・シートンに紙を渡した。

「一一時半か、大変だ。早朝の列車に乗らなくては。わたしに任せてくれ、ポッター。二人でちゃんと行くから」

「いえ、牧師さまがおいでになる必要はありません」ミス・シートンは止めようとした。「そんなことはさせられません。短時間ですむそうです。ほんとに災難ですけど」

「だったら、なおのこと、わたしも行かなくては」

「いえ、ご親切は本当にありがたいんですが……」

「それ以上おっしゃらないでください。一緒に行きます。明日、列車の時間をご連絡します。それから、車を出してくれるよう、クラブに頼んでおきましょう。さて、そろそろ失礼しなくては。ところで、このありがたくない出来事について、くよくよ思い悩まないようにしてください。何かが起きればそれに立ち向かうしかないのです」

牧師はコテージを辞去し、ポッター巡査も一緒に帰ることにした。「なんとも不幸なことだ」牧師はつぶやいた。「だが、付き添うことがわたしの義務だと思う」

「一緒に行ってもらえば、ミス・シートンも喜びますよ、牧師さん。ここだけの話ですけどね、ロンドンの連中から、つまり警視庁のほうから、ミス・シートンから目を離さないようにって指示があったんです」すべての警察本部の頂点に立つ警視庁からじかに連絡をもらった誇りが、巡査の制服についたすべてのボタンのなかで輝きを放っていた。

「本当か？」これまでの暗い推測が事実のように思えてきた。牧師は陰鬱な面持ちで首をふった。「本当にそんな指示が？」考えに沈みながら家路をたどった。

「ミス・シートン？」

玄関をノックしても返事がなかったので、ナイジェルはコテージの横をまわって庭に入った。午後の訪問者の多くと同じく、プレゼントにメモを添えて置いてくることもできたが、彼なりの理由があってミス・シートンと直接会いたかったのだ。母親に頼まれた用事が格好の口実になった。最初のうち、庭には人の気配がなかったため、ミス・シートンも自分の運も消えてしまったのだと思ったが、芝生の先端を縁どる草むらの向こうに茂みがあって、鶏小屋と家庭菜園を視界から遮っているその茂みの奥で何かが動いているのに気づいたので、草むらを通って調べに行った。するとそれはミス・シートンの帽子で、最初に想像したような鳥の羽ではなかった。

「コルヴデンという者です」ミス・シートンがふりむいてこちらに顔を向けたので、ナイジェルは続けて言った。「勝手に入ってきてすみません。玄関ドアをノックしても返事がなかったんで、家の横をまわったら、ここにおられるのが見えたんです。うちの父のことはご存じだと思いますが」

「ええ、もちろん、サー・ジョージには二回お目にかかっています。初めまして、コルヴデンさん」

「ナイジェルと呼んでください。今日は母の代理でやってきました。本当は母が自分でこちらに伺ってご挨拶をしたかったのですが、今日の午後は用事があって抜けられず、父はウサギ狩りのことで頭がいっぱい、あとはぼくしかいないので、卵を一ダース届けにきたわけです」

「まあ、どうしましょう、コルヴデンさん。なんてご親切なんでしょう。でも、これ以上ご厚意に甘えるわけにはいきませんわ。図々しすぎますもの。卵のことはとくに。ほら」ミス・シートンは鶏小屋を指し示した。「うちでも卵を産ませているので」

短いが輝かしき一瞬のなかで、ナイジェルはこんな幻覚に襲われた。トサカみたいな飾りのついた帽子をかぶったミス・シートンが特大の産卵箱にすわり、メンドリたちを率いて秒読みをしている——三……二……一……幻覚が薄れた。思わず噴きだした。「すみません」笑いをこらえた。「頭に浮かんだことがあったもので。ニワトリの話が出たついでに言っておくと、鶏小屋の奥のあの壁、少なくともあと一メートルは高くしたほうがいいですよ」

ミス・シートンはそちらに目を凝らした。よく見ると、小道に面した横の壁に比べて、奥の壁のほうが確かにかなり低い。もちろん、角のところに木が茂っているため、ぱっと見ただけではわからない。ミス・シートン自身も、指摘されなければ気づいたかどうか怪しいものだ。鶏小屋の屋根よりやや高い程度で、小屋の前面の金網に比べてもやはり低い。ふりむいてコテージのほうを見た。ああ、なるほど。これが理由ね。運河添いの並木とその向こうの畑に向かって傾斜している景色を邪魔しないためなんだわ。だったら、このままのほうがいい。どうして高くしなきゃいけないの？「どうして？」ミス・シートンは訊いた。

ナイジェルは笑いだした。「地元の不良どもが卵を盗みに来るからです。ニワトリが大騒ぎだ——あなたはたぶん、狐だと思うでしょう——スタン・ブルーマーが雀蜂よりも激怒する」

「なるほどね。だからマーサが横手のドアの合鍵を持ってて、かならず施錠しておくようにとうるさく言うんだわ」

「あの……」ナイジェルはそこで黙りこんだ。馬鹿だった。この人は予想とまるっきり違う。新聞記事の印象から、てっきり……いや、考えてみたら、自分が何を予想していたのかよくわからない。たぶん、横柄で戦闘的な女性を想像していたのだろう。押しが強くて主導権を握りたがる偉そうなタイプ。この小柄なお人好しの老婦人には、そうしたところがまるでない。彼が想像していたミス・シートンは、彼の悩みをついに解決してくれる人のように思えた。ところが、現実のミス・シートンは問題を理解することすら無理なようだし、理解すれば、おそらくヒステリーを起こすだろう。ミス・シートンが期待に満ちた顔でこちらを見つめ、話の続きを待っていることに気づいて、ナイジェルは困惑した。戸惑いと驚きのなかで、ぎこちない沈黙を埋めるための社交辞令を何か考えようとするうちに、思わず尋ねていた。「ひとつ質問していいですか？」

「いいですとも、コルヴデンさん」

「あの刑事さんたち——ほら、あなたがロンドンで会われた警視庁の人たちですが……」

「えっ？」ミス・シートンは驚いた様子だった。

「あのう……」ナイジェルはいささか動揺した。「あのう、会われたんですよね？」

ミス・シートンは驚愕の表情で彼を見つめた。「なんだかよくわからないけど……どうしてそこまでご存じなの？」

「誰だって知ってますよ。どの新聞にも出てたから」そこではっと気がついた。「まいったな、知らなかったんですか？」

「もちろんよ。知るわけが……どうしましょう。とんでもない話だわ――新聞に出たなんて」ミス・シートンはここで初めて、ゆうべの出来事を自分の立場から客観的に見てみた。「なんて悪趣味な人たちなの。考えもしなかった……何も気づかないなんて、わたしもほんとに愚かだった。だから、けさも……」ひどい嫌悪感に襲われた。「あのカメラマンたちも――ああ、ショックだわ」すでに最悪の事態になっていたのだ。「ほんとに悪趣味だわ」力なくくりかえした。

「あのう、狼狽させてしまって、ほんとに申しわけありません。何もご存じなかったなんて、夢にも思わなかったから……」

「いいのよ、コルヴデンさん。わたしが愚かだっただけ。ああいうことには慣れていなくて。考えもしなかった……ああ、どうしましょう」

ナイジェルは危うく笑いだすところだった。信じられない。自分の苦境に気づいてもいなかったとは。それなのに、ぼくはこの人に助けを求めようとしていた。でも、もしかしたら、この人を巻き添えにすることなく、こちらの目的を果たすことができるかもしれない。「あなたに会いにこっちまで来るんですよね？」さりげなく訊いてみた。「その刑事さんたち」

「とんでもない。来ませんよ。どうしてわざわざ来なきゃいけないの？」

「そ、そうでしたか。ただ、事情聴取とか、供述書とか、そういうのがあるんじゃないかなと想像したもので。でも、当然、そういうのは全部終わったわけだ。馬鹿な質問をしてしまった」

ナイジェルはこの話題を軽く投げ捨てた。ところが、それがミス・シートンの耳に届いたときには、絶望的な悲しい響きになっていた。ミス・シートンは彼の横顔をじっと見た。「どうしたの、コルヴデンさん。なぜその刑事さんたちに会いたいと思ったの？」

「ぼくが？」ナイジェルは無邪気そうに言った。「ああ、理由なんてないです。漠然と興味があったから。それだけです。どうしても会いたいわけじゃないし」

ミス・シートンは彼を見つめつづけた。「ええ、もちろんそうでしょうね」

もうたくさんだ。言葉も同じ――声の調子も同じ。ナイジェルは幼稚園の園長室にひきもどされていた。ぱちんこで教室中に万年筆のカートリッジを飛ばしたと言って叱られ、否定すると、園長先生から、少々うんざりしたような〝ええ、もちろんそうでしょうね〟という言葉が返ってきたものだった。反抗的な子供の言葉に大人が同調するときの、軽蔑(けいべつ)に満ちた無関心な口調。あのころと同じように、ナイジェルは思わず本当のことを口走ってしまった。

「泥沼状態なんです。いえ、ぼくというより、ぼくの友達が。というか、もうじき泥沼になりそうなんです。それでぼくも困ってて。助言を求められる人はいないし、相談できる人もいない」

「あら、お父さまに相談すれば……」

「とんでもない。ぜったい無理です。あなたにもじきにわかるでしょうけど」

ミス・シートンは気をとりなおし、コテージのほうへ歩きはじめた。「お茶はもうすませたの、コルヴデンさん」

「お茶?」ナイジェルは面食らって立ちつくし、それから小走りであとを追った。「お茶? いいえ。なぜです?」

「だって」ミス・シートンはてきぱきと言った。「わたしはまだだから。あなたはどうだか知らないけど、わたしはお茶が飲みたいの。家に戻ってお茶を淹れましょう。

外にお茶とお菓子を運んで太陽の下にすわり、くつろいで、それから話したいことをなんでも話してちょうだい」

ミス・シートンは台所に入って電気ケトルのスイッチを入れた。さきほど一度沸かしたばかりなので、ケトルはたちまち頼もしい沸騰音を立てはじめた。「さっきのお話からすると、わたしでは何も役に立てそうにないけど」村人が届けてくれたケーキ二個のうち大きいほうを選んで包み紙をはがしはじめた。「お話に出てきた泥沼のことなんて、わたしは何も知らないし、そこにはまりこんだときにどうすればいいかも知らないのよ」ケーキを皿にのせて、用意されていたお茶のトレイに加え、全体を眺めた。バターを塗ったパン、ビスケット、ジャム、サンドイッチ、プチケーキ、大きなケーキ――これだけあれば充分だわ。マーサが考える一人分のお茶のセットは、わたしにとっては二人分。でも、若い人はたくさん食べなきゃ。「ときには、悩みを打ち明けると心が軽くなるものよ。口に出すのがいいことなのね。そして、ときには悩みが小さくなる。もちろん、ならないこともあるけど」ミス・シートンは正直につけくわえた。「警察が関わってる事柄については」さらに話を続けた。「わたしじゃ、まったく役に立たないわ。警察のお世話になったことなんて一度もないんですもの」顔を上げると、ドアのところに立ったナイジェルの左の眉が上がっているのが見えた。

ミス・シートンはうっすらピンクに頬を染め、笑いだした。「いえ、ほとんどないと言うべきだったわね」ケトルが沸騰していたので、ティーポットをとった。「わたしがお茶を淹れるあいだに、あの折りたたみ椅子とテーブルを庭に出してちょうだい」

　太陽の下で腰を下ろし、お茶とお菓子を目の前にし、好きなものをとるようにと言われて、ナイジェルは自分が空腹だったことに気づいた。ミス・シートンが二人のカップにお茶を注いだ。

「さあ、コルヴデンさん」

「ナイジェルと呼んでください」

「わかったわ、ナイジェル。そのトラブルか泥沼って、いったい何なの？　どうしてお父さまにも知りあいの誰にも相談できないの？」

「それはたぶん」ナイジェルはのろのろと答えた。「たぶん、ぼくがみんなをよく知ってるからだと思います。地元に密着したことなので――そこが困るんです。もちろん、父は相談相手として理想的な人だけど、いまの状態だと相談できません。なぜって父は治安判事を務めてて、現在ぼくにわかってることを残らず父に打ち明けたりしたら、あとになって、父が治安判事として困った立場に立たされるからです。この件が露見したとき――いずれそうなるでしょうが――その友達が巻き添えにならないようにぼくが守り通すとすれば、ほかにも関係者がいてぼくがその連中を庇っているのを知りながら事件を裁くなんて、父にできるはずはありません」

ミス・シートンはうなずいた。「なるほど。あなたのそのお友達は、じっさいに法律に触れることをしたわけ？」

「かなりのことを」ナイジェルはうなずいた。ケーキ用のナイフを手にとり、それをもてあそびながら、母親の義務と子育てについてソニア・ヴェニングに一度だけ説教したのがこんな結果になったことについて、じっと考えこんだ。あの母親はまさに冷凍のすっぱいラズベリーだった。〝よけいなお節介はやめて〟――冷たいラズベリー。〝いつからそんな偉そうな口をきくように――〟――氷にのせて出されたラズベリー。〝本気でそんな妄想を？〟――あらゆるものに霜がついていた。ミス・シートンは子供を扱うコツを心得ていたので、それ以上何も言わないことにした。黙って待った。ナイジェルは彼女の冷静な視線を前にして、そこに批判の色はなく、控えめな同情と関心があるだけだと知って、ついに折れた。

「知りあいの女の子なんです」唐突に言った。「すごく若くて、まだ一七で、無責任な子です」ミス・シートンに笑みを向け、ケーキにナイフを入れて切り分けた。「ええ、わかってます。ぼくと一歳しか違わない。でも、ぼくは無責任じゃないつもりです。その子とは昔からの知りあいで、お母さんと一緒にこの村に越してきたときはたったの六歳だったから、一緒に育ったようなものです。いまのような生き方をしてる彼女を、何もせずに黙って見ていることは、ぼくにはできません。とにかく、すべてあのお母さんが悪いんです。ヴェニング夫人が……」

「ヴェニング？」ミス・シートンはすわりなおした。「待って。それって確か――そうよ、ヴェニング夫人とそのお嬢さんって人が、今日の午後、壜詰めのジャムを置いていったわ」

「じゃ――」ナイジェルはケーキを下に置いてミス・シートンを見つめた。「じゃ、あの親子と知りあいなんですね？」

「いいえ、違うの」ミス・シートンは否定した。「ただ、何人かがプレゼントを置いてってくれたのよ。わたしは昼寝をしてたから、顔を合わせることができなかったけど。でも、どの品にもメモがついてて、そのなかのひとつに〝ヴェニング夫人と娘からのご挨拶です〟って書いてあったの」

「ヴェニング夫人から？」ナイジェルはしかめっ面になった。「変だなあ。あの人、最近はぜったい外に出ないし、人にも極力会わないようにしてるのに。それが現在のトラブルの原因なんです。だからアンジーが非行に走ってしまったんだ。寂しさを紛らそうとしたんだと思います」

「でも、ナイジェル、非行に走るチャンスなんて、小さな村にはあまりないでしょ」

「わかってないんですね」ナイジェルは短い笑い声を上げた。「このあたりのトラブルについてあなたが知るわけはないけど、最近、ブレッテンデンのあちこちで頻繁に犯罪行為が起きてるんです。しかも、悪質になるばかりだ。ぼくが知ってるだけでも、強盗事件が二回起きてて、二番目の事件は先週だったけど、ある夫婦がさんざん殴られました」

「まあ、なんて恐ろしい」ミス・シートンは愕然とした。しかも田舎で。よけいぞっとする。「でも、あなたが知ってるんだったら、もちろん——警察に知らせて……」

「ええ、わかってます。だけど、ぼくには証拠がない。それに、たとえあったとしても、警察に知らせるわけにはいきません。だって、二回とも、アンジーがそいつらの車に乗ってたから」

「でも、やっぱり警察に行くべきだわ」ミス・シートンは言い張った。「あなただってわかってるはずよ。強盗傷害だなんてきわめて悪質よ。その夫婦が怪我をさせられたわけでしょ？ 放っておいてはいけないわ。たとえ証拠がなくても、知ってることを警察に話さなきゃ。ほかの人々に危険が及ぶのはもちろんだけど、今後何かが起きたとき、あなたにも責任の一端があることになるのよ」

ナイジェルは何も見ていない目で運河のほうを見つめた。「ぼくがそれを知らないとでも思ってるんですか？　だけど、もしあなたの妹さんが巻きこまれてるとしたら――アンジーはぼくにとってまさに妹なんです――あなたは警察へ行きますか？　大騒ぎになる前に妹をそこからひっぱりだそうとして、もう一度努力してみるものじゃないですか？」

「もう一度？」ミス・シートンはこの言葉が気になった。「じゃ、すでに何かしたわけ？　その子に話をするとか、説得を試みるとか？」

ナイジェルは悲しげに微笑した。「はい、両方ともやってみました。それから、どなりつけてもみました。鞭(むち)をふるう以外のことはすべてやったつもりです。会うたびに口論になって、いまでは彼女から疫病神みたいに避けられてます。二、三カ月前に警察が〈シンギング・スワン〉に踏みこみました。そこがあいつらのたまり場になってるクラブで、ホットな音楽を流し、ソフトドリンクと称した飲みものを出すんです。場所はブレッテンデンの向こう端まで行ってレス・メアリーズを越えたあたりなんだけど、そのときはなんの成果もなかった。警察にとっての成果という意味ですよ。先週、ふたたび踏みこみました。強盗傷害事件があった日の前夜、アンジーがその場にいなかった夜のことです。匿名で密告があったから。だけど、だめだった。怪しいことなんて何もなし」ナイジェルは肩をすくめた。「クラブのほうにも匿名で密告があったのかもしれない。証拠はないけど」

「でも、警察への密告のことを、あなたはどうやって知ったの？　警察の誰かが教えてくれたの？　そういうことは極秘にされるものだと思ってたわ」

「ぼくもそう願ってました」苦い笑いでナイジェルの口元がゆがんだ。「密告のことを知るのは簡単でした。だって自分で密告したんだから。そのあと、ヴェニング家のガレージに忍びこんで車が動かないようにしてから、〈シンギング・スワン〉まで送ろうと言ってアンジーをぼくの車に乗せ、まっすぐブライトンへ向かったんです」そのときのことを思いだして、ナイジェルはくすっと笑った。「アンジーと大喧嘩になりました」立ちあがり、落ち着かない様子でポケットに両手を入れてうろつきはじめた。「その夜、何かが起きるのはわかってたんです。アンジーが口をすべらせて、あわててごまかそうとしたし、態度も変だったから。目をぎらぎらさせて、やたらと興奮してました」

「まあ、そうだったの」ミス・シートンは途方に暮れて彼を見つめた。「どう言えばいいのかわからないわ。力の及ぶかぎりがんばったのね。それ以上はもう無理だと思うわ。あなた一人の力では限界よ」

「そうなんです。村の人に協力を頼んでも無駄だし。だって、みんな、薄々感づいてるみたいだから。それに、ぼくだってこれ以上何かやったら、アンジーの遊び仲間にボコボコにされてしまう。そこで考えたんです」ナイジェルはミス・シートンのほうを向いた。「どうにかしてぼくからロンドン警視庁の人に話をして、遠くからでも何か手を打ってもらえたら、効果があるかもしれないって。でも、警視庁の人がこっちに来るチャンスがないのなら」ナイジェルは椅子にすわり、熱心に身を乗りだした。「ひょっとして、あなたの事件を担当した刑事さんに、あなたから話をしてもらうわけにいかないでしょうか――例えば、事件の犯人みたいなタイプの男を〈シンギング・スワン〉のあたりで見かけたとか」

「そんな、だめよ」ミス・シートンは困惑して叫んだ。「できないわ。事実でもないのに」

「事実かもしれない」ナイジェルは反論した。「あるいは、事実に近いかも。朝刊に出てた記事からすると、そのセザールって男は〈シンギング・スワン〉の連中とよく似たタイプだ。ぼく、母の車を借りて、あのあたりによく出かけてるんです。目を光らせておこうと思って。そのうち、夜に一緒に来てください。遠くからだと、連中の誰を見てもそのセザールと間違えると思いますよ」

ミス・シートンは首を横にふって立ちあがった。「いいえ、ナイジェル、悪いけどできないわ。嘘をついて捜査を混乱させることになってしまう。そんなことは許されないのよ。それに、捜査のことはよく知らないけど、要請もされないのに警視庁が勝手に介入できると思う？」ナイジェルの打ちのめされた表情が目に入った。かわいそうに。この若者がこんなことに巻きこまれるなんて気の毒すぎる。サー・ジョージに相談して……いえ、だめ。それは不可能だというナイジェルの意見はもっともだ。ナイジェルが恐れているように、犯罪行為であることが明らかになった場合、彼の父親は治安判事という立場上、ミス・ヴェニングの罪に目をつぶるわけにはいかない。でも、こともあろうに、ナイジェルがこのわたしに泣きついてくるなんて……わたしに何ができるというの？　無力な自分が歯がゆかった。もちろん、馬鹿げたことだが、相手の信頼を裏切ったような気分だった。「いまのわたしに思いつけることはひとつだけ」ミス・シートンはためらいがちに切りだした。「あなたが望むなら――わたしが多少は役に立ちそうだとあなたが思うのなら――いま聞いた話をデルフィック警視に伝えてみましょうか。もちろん、あなたの名前もミス・ヴェニングの名前も伏せたままで。そして、この窮状をわたしにできる範囲で警視に説明して、助言を求めてみるわ。検視審問には警視も顔を出すという話だったから、たぶん、そこで会えると思うの。とても親切な人で、分別もあるから、何か提案できそうなら、あるいは、なんらかの形で力になれそうなら、かならず協力してくれるはずよ」

4

検視審問を終えて村に戻るまでのあいだ、会話はほとんどなかった。午前中の審問はデルフィック警視の予想どおり短時間で終了した。殺人罪で有罪というセザール・ルベルへの評決は最初からわかっていたことだが、ミス・シートンと牧師の二人にとっては、いろいろと考えさせられる機会になった。

ミス・シートンはわが身に降りかかった悪評のことを教えてくれたナイジェル・コルヴデンに感謝していた。賢明にも、避けられない事態は耐え忍び、できるかぎり黙殺しようと決心した。今後はよくよく気をつけて、さらなる噂の的になるような行動は慎むつもりでいたが、生まれついての性格が身の破滅をもたらしかねないことには、幸か不幸か気づいていなかった。本人は自覚していないものの、ミス・シートンは窮地に立たされやすいタイプなのだ。骨の髄まで因襲的な人間だが、異例の事態に直面したさいに筋の通った自然な行動に出ると、周囲の者にはそれがきわめてエキセントリックなことに映るらしい。

検視官が彼女の勇気と大胆さを称えたとき、ミス・シートンは自分の名前が公の場で述べられたことにすくみあがり、検視官のあとの言葉には耳をふさぐことにした。評決が出たあと、警視がランチに誘ってくれた。牧師が同行しているのを知って彼にも声をかけてくれたが、牧師は辞退し、列車の出る時刻に合わせて駅で待ちあわせることになった。

魅力的な警視とのランチは楽しいひとときで、警視は如才なさと率直さを織りまぜながら、ああして事件に巻きこまれたのは仕方のないことだったのだ、とミス・シートンを納得させてくれた。自分が正しいと信じる行動をとると、ときとして有名税という代償を払わなくてはならないことも彼女に理解させてくれたが、彼女の身がいまだに危険かもしれないことと、検視官の評決は出たものの、彼女が証言台に立てなくなったらルベルの有罪が覆るおそれもあることまでは、うまく伝わらなかった。

牧師が同席を辞退したおかげで、ミス・シートンは〈シンギング・スワン〉の件を楽に持ちだすことができた。警視が興味を示したのが意外だった。通り一遍の丁重な反応を予想していたのに、逆にいろいろと質問されてミス・シートンはひどく戸惑い、個人名やアンジェラ・ヴェニングと悪い仲間との関わりを伏せたままでは、ナイジェルから聞いた事実の数々を警視に伝えるのは困難だと悟るに至った。しかし、どうにかうまく伝わったようで、内密に調査をして何か手が打てないか考えてみよう、と警視が約束してくれたときには心の底からほっとした。

デルフィック警視も満足していた。ミス・シートンとの食事はいい気分転換になったし、新聞記者連中から彼女を遠ざけておくことができた。もちろん、村ではさまざまな噂が飛びかうだろうが、そういう噂がロンドンまで届くことはないはずだ。

村では確かに噂の花が咲いていた。警視には知る由もないことだが、噂に興じる人々はすぐさま二つの大きなグループに分かれていた。片方のグループはミス・シートンのことを、ロンドンの麻薬密売組織の人間で、ヴェニング夫人に対して落とし前をつけるために——具体的にどういう落とし前かは不明——やってきたのだと言い、もう一方のグループは、ミス・シートンは薬物依存症になった気の毒な人で、ロンドンでクスリが入手できなくなったため、主な供給元だったソニア・ヴェニングにじかに会って自分の権利を主張するため、こちらに来たのだと噂している。

デルフィックは部下をミス・シートンと同じ列車に乗せて、彼女を尾行する者がいないか、目を光らせておくことにした。そうすれば、彼女の住所が事件関係者に知られることのないよう、打てるだけの手を打ったと安心することができる。ところが、牧師の存在を忘れていた。

　アーサー・トゥリーヴズ牧師にとって、検視審問は屈辱の体験だった。思慮のなさや経験不足から悪い仲間にひきずりこまれて、導き手を必要とし、精神的な支えを求めているであろう教区民の一人の力になろうとして、ここまでやってきたのに、自分がエスコートしてきたのは世紀のヒロインだったことを知っただけだった。自分の愚かな疑念を思うと恥ずかしくてならず、こんな誤解をするに至った責任の一端は自分の妹にあると思わずにはいられなかった。警視がランチに誘ってくれたが、困惑と屈辱のあまり、応じることができなかった。頭のなかを整理し、いわれなき疑いを抱いたことを詫びるために、然るべき謝罪の言葉を考える時間が必要だった。そのため、法廷でミス・シートンの傍らにいた牧師の姿に気づいていた記者連中が、警視に獲物を奪い去られたあとで、パン屑を見つけた鳩の群れのごとく牧師に駆け寄ると、牧師は罪を贖（あがな）う機会ができたと思って有頂天になり、ミス・シートンがプラマージェンで暮らすようになったことを村人たちがどれだけ誇りに思っているかについて語った。「ミス・シートンの生き方は村人にとっていい刺激となり、彼女の祖母よりもさらに明るい輝きを放つことでしょう。祖母も長年にわたって村で暮らした人で、現在、そのコテージにミス・シートンが住んでいるのです」などという話もした。かくして、警視が数日かけて立てた計画は一撃で打ち砕かれたのだった。

帰りの列車がブレッテンデンに近づくころ、アーサー・トゥリーヴズ牧師はようやく問題を解決し、謝罪の言葉を頭のなかで練りあげることができた。咳払いをした。「わたしが——ええと——そのう」牧師は言った。ミス・シートンは怪訝(けげん)そうな顔をした。「わたしが——ええと——思いますに……つまりその、こちらからお詫びを——いや、まことに不幸な出来事だったとあなたに申しあげるのがわたしの義務でして……」牧師は説明した。

「確かにそうですわね」ミス・シートンは答えた。「ほんとに不幸な出来事でした。でも、やはりわたしが悪かったんです。いまならわかりますが、他人のことに干渉するなら、その結果に対して責任を負う覚悟が必要です。もちろん恐ろしい経験でしたが、もう終わったことです。その話はこれ以上したくありません。心に決めました。これから数日は新聞も読まないことにします。そのうち村のみなさんはこの件を忘れ、わたしも忘れることができるでしょう」

コテージに帰り着くと、ナイジェルが来ていた。一瞬、ミス・シートンの心は重く沈んだ。疲れていて、早く一人になりたかった。しかし、最初は苛立(いらだ)ったものの、そのうち、彼の陽気な態度に心地よさを感じはじめた。彼はすでにケトルで湯を沸かしていて、ミス・シートンから帽子とコートを受けとり、アームチェアまで連れていき、居間に用意しておいたポットでお茶を淹れ、カップに注ぎ、ミス・シートンが最初のひと口を飲むのを見届けるまでは彼女にひとこともしゃべらせようとしなかった。自分の小遣いでブラックチョコレートのビスケットまで買ってきていて、それがたままミス・シートンの好物でもあった。彼女は椅子にもたれて彼に笑顔を向けた。ナイジェルは話を聞きたくてたまらない様子だが、常識を弁えていた。ミス・シートンは思った——この子を無駄に待たせてはいけない。心を落ち着けて、デルフィック警視が言ったことを残らず思いださなくては。要約してみればたいした内容ではないとしても。

ナイジェルが先に口を開いた。「二回連続であなたのお茶をくすねてしまって、気を悪くしないでくださいね。だけど、帰ってきたときは疲れてくたくただろうと思ったから、マーサのとこへ行って、コテージに入れてくれるよう頼んで、お茶の支度をしといたんです」

「とっても感謝してるわ」ミス・シートンはもごもごと言った。

ナイジェルは大笑いした。「そう、感謝してもらわないと。あなたが帰宅したら、マーサは自分が出迎えるつもりでいたんです。けど、あの人、グランドスラムの最中で、とてつもなく騒々しかったから、勝手だったけど、ぼくが出迎える約束になってるからと言ってマーサには帰ってもらったんです」

「まあ」ミス・シートンはため息をついた。「マーサのどこがいけないの？　それから、グランドスラムってなんのこと？」

「グランドスラム参戦中のマーサを見たことはないですか？」ミス・シートンは首を横にふった。「おやまあ、そいつは残念だな。〝ゴシップ好きな人間がいたら、誰かがきびしく叱りつけてやるべきです〟というのがマーサの信念でね」ナイジェルは説明した。「その〝誰か〟というのはもちろんマーサ自身のことで、ゴシップ好きの人間を見てムッとすると、マーサはドアや、鍋や、ブラシや、とにかく手近なものに八つ当たりして、派手に叩きまくる（グランドスラム）わけです。ドアや鍋を叩くかわりにゴシップ屋を殴りつけてくれれば、世の中はずっと静かになり、マーサの周囲の者も疲れずにすむと思うんだけどな。ゴシップ屋が減るという余禄まであるかもしれない」

ミス・シートンは笑いだした。「あらあら。でも、あなたがマーサのことにそんなに詳しいなんて思いもしなかったわ」

「じつは詳しいんですよ。マーサはもう何年もうちで通いのお手伝いさんをしてくれてて、だから、ぼくも小さなころからマーサを知ってるんです」

「マーサはどうしてそんなに動転してたの?」

「噂のせいで」ナイジェルは暗い声で言い、それからおどおどした表情になった。

「あなたに関する噂。村の連中が新聞記事をねじ曲げて解釈したんでしょうね。いや——」ミス・シートンの表情に気づいて、あわててつけくわえた。「落ちこむことないですよ。噂なんてすぐ消えるから。ただ、村のゴシップがどんどん膨らんで、ぼくがマーサの話から推測したかぎりでは、あなたが過去にヴェニング夫人と共謀していろんな悪事を働いたことになってるらしい」

「でも、わたし、ヴェニング夫人に会ったこともないのよ」ミス・シートンは主張した。

「村人からすれば、そんな些細な事実はどうでもいいんです。ぼくが思うに」ナイジェルは話を続けた。「噂を広めたのは〈ナッツコンビ〉でしょう。ミス・ナッテルとブレイン夫人。ハリウッドのゴシップ新聞みたいな二人組です。二人が住んでるナッツハウスでは、不愉快なゴシップをどんどん作りだし、おまけとして、『マクベス』に登場する魔女たちのように、毒蛇の舌をいくつか放りこむんです。二人はあの日の午後、ろくでもない手土産をこの家に置いていったときに、ジャムの壜に〝たまたま気づき〟、壜についてたカードを〝たまたま目にした〟に違いない。二人がジャムを〝たまたま味見した〟としても、ぼくは驚きませんね」

ミス・シートンは椅子の上で身を乗りだし、カップを置いて、お茶道具がのったワゴンを脇へ押しやった。「放っておくしかなさそうね。あなたが聞きたいのは、警視さんがどう言ってたかってことでしょ」

ナイジェルは笑みを浮かべた。「ええ、まあね」と認めた。「でも、急き立てちゃいけないと思って我慢してたんです」

ミス・シートンがデルフィック警視に言ったこと、警視が彼女に言ったこと、どちらかの発言の背後もしくは行間に潜んでいる可能性のありそうな意味や、二重の意味や、ほのめかしについて、二人は余すところなく検討した。対策を講じ、成果を得たのだ。曖昧模糊としているかもしれないが、とりあえず進展があったことで、ナイジェルは心が軽くなった。ワゴンを台所まで押していき、皿洗いの手伝いを申しでたが断わられたので、帰ることにした。母親のMGのスポーツカーを貸してもらえたら、もっと情報が集まることを期待してクラブの見張りを続けてみる、とミス・シートンに約束した。

後片付けをすませたミス・シートンは疲れていたので、軽い夕食をとって、早めにベッドに入ることにした。しかし、その前に日課をこなさなくてはならない。寝室へ行った。折りたたんだ旅行用膝掛けを隅の壁ぎわに置いた。靴とワンピースを脱ぎ、本をとりだしてすわった。

『ヨガで毎日若返り』のページを開くと、トロイアの神官ラオコーンと彼の息子たちが海蛇と格闘する像を一人で再現しているような男性の写真が出ていた。〝星のポーズ――上級ヨガ〟少々上級すぎるかもしれない。いずれにしろ、このポーズをマスターしたとしても、片脚を頭のうしろにまわして足先を反対側の肩にのせることがなんの役に立つのか、どうにも理解できない。あ、これだわ。ここにあった――〝三点倒立〟。〝見える場所に時計を置きます。目を閉じてゆっくり呼吸しましょう〟まったくもう、何を考えてるんだか。どこに時計を置けば、逆立ちをして目を閉じたときに見ることができるというの？　ゆで玉子用のタイマーを三分後に鳴るようにセットした。膝を突き、手を組み、その手を床に置いて頭をのせてから、膝を床から離し、足を少しずつ頭に近づけ、最後に足を上げて全身を壁につけた。

デルフィック警視は中身があふれそうな既決書類入れを脇へ押しやり、空っぽの未決書類入れを満足そうに眺めた。ドアにノックが響いた。「どうぞ」という声に応えて、巡査が大量の書類を抱えて入ってくると、未決書類入れに放りこみ、既決書類入れの中身をとりだし、敬礼してから出ていった。デルフィック警視は賢明にもコメントを差し控えた。

「ボブ」

レンジャー部長刑事は目を通していたファイルを下に置いた。「はい？」

「アシュフォード警察に電話してくれ。いいな？　ブリントン主任警部に指名通話だ。警部がいない場合はキャンセルしろ」

デルフィック警視はいま届いたばかりの書類に急いで目を通すと、先延ばしにできないものは何もないと判断し、デスクの引出しからノートを出して何やら書きはじめた。しばらくすると、部長刑事が声をかけた。

「ブリントン主任警部が電話に出ました、警視」

デルフィックは受話器をとった。「クリス……うん、久しぶりだな。きみが悪いんだぞ。そっちが平穏無事すぎるか、もしくは、きみが有能すぎるせいだ……この前会ったあとで謙虚な性格になったなんて言わないでくれよ……なあ、クリス、ここだけの話だが、〈シンギング・スワン〉に関する情報がそっちに何か入ってないか？……まあまあ、お忘れのようだが、わたしのスパイは至るところにいる……」警視はしばらくのあいだ耳を傾け、ときおりメモをとった。「なるほど」ようやく言った。「興味深い。誰がリークしたかわからないんだな？　誰かいるとすればだが……いや、いや、まだだ。だが、そうなりそうな予感がする。とにかく、そうなった場合は、きみに連絡しよう。恩に着る……ではまた」デルフィックは電話を切って部長刑事のほうを見た。「ボブ、もしかしてブレッテンデンの住民のなかに、きみの知りあいが誰かいないかね？――レス・メアリーズだったらもっといい」

「両方とも聞いたこともありません、警視」

「残念だな。短い休暇をとって、友達や年老いた親戚を訪ねれば、きみもリフレッシュできると思ったのだが。だが、きみの地理的知識の欠如をすぐに埋める方法を、わたしのほうで思いついたぞ」

「どこにあるんです？」

「ケント州だ、ボブ、ケント州。ブレッテンデンとレス・メアリーズは隣どうしで、両方ともプラマージェンの近くにある」

「プラマージェン？　しかし、そこはミス・シートンの……あの人がまた誰かをぶん殴ったなんて言わないでくださいよ、警視」

「品のない言い方をしてはならん、ボブ。この世のミス・シートンたちは人をぶん殴ったりしない。傘の石突きを使って不快な気持ちを示すだけだ」いったん言葉を切り、考えこみながらつけくわえた。「だが、そういう人たちが嘘をついたときは、それがわたしの興味をかきたてる」

「ミス・シートンならなんだってやりかねませんが、嘘だけはつかないと思います」

「まさしくそう、彼女の主義に反することだ。〝ごまかす〟と言ったほうがいいかな。検視審問のあとで一緒に昼食をとったのだが、ミス・シートンはブレッテンデンの近くにある〈シンギング・スワン〉というクラブのことででたらめを並べ立てた。まじめな口調ではあったが、それでも、でたらめであることには変わりがない。そのクラブについて当人にはなんの知識もなく、人から聞いた話しか知らないのだが、どういうわけか、すべてをわたしに伝えたわけではなかった。しかし、ミス・シートンがその話を聞かされて、次にわたしに話した理由と、聞いた話の一部を伝えなかった理由に、わたしは興味を覚えている。きみ、わたしの説明が理解できるかね？」

「できません、警視」

「ミス・シートンは誰かを庇っていて、その誰かは別の誰かを庇っているのだ。きみに理解できないときのために言っておくと、それが筋の通った結論となる」

ボブ・レンジャーは〈御神託〉とミス・シートンが一緒に昼食をとる光景を想像し

た。その想像にぞっとした。〈御神託〉がミス・シートンと仲良くする気なら、異動願を出したほうがいいのではないかと考えた。

「心配そうな顔だな」彼の上司が言った。

「いえね、警視一人でも充分に厄介です――何を言いだすかわからない人だから。ところが、ミス・シートンは何を言いだすかわからないうえに、何をしでかすかわからない」

「きみにはがっかりだ、ボブ。ミス・シートンともっと親しくなったほうがいい」

「くわばら、くわばら」

「こっちは大まじめなんだぞ。そこもきみの素養に欠けている点だ。ミス・シートンのことが理解できるようにならないと、刑事として大成しないぞ。あの人はみんなの良心なんだ、ボブ――永遠なる未婚のおばか、いとこか、姉といったところか。人類のバックボーンとなってくれる人だ。太古からの歴史を通じて、人類のために何度も何度も火刑台にのぼった人だ。けっして英雄気どりではなく、自分の主義を通すためであり、それ以外の行動をとることなど考えもしないからだ。きみのために床を磨き、きみのために縫い物をし、きみのために食事を作り、きみの看病をし、災難に見舞われたときはかならずきみを支えてくれる」

部長刑事は災難に見舞われてミス・シートンに支えてもらう自分の姿を想像した。部署異動では足りない――移民しよう――カナダあたりへ。騎馬警官になろう。いつも募集している。女性の騎馬警官募集という話はまだ聞いたことがない。

デルフィックがペンを投げ捨てて椅子にもたれた。「事件全体が曖昧模糊としている。若い女が殺された二つの事件が関係しているのは確かだ――同じ手口。被害者はどちらも娼婦で、どちらも薬物常用者で、売人もやっていた。二件目の犯人はルベルと見て間違いない。あとはやつが見つかりさえすればいいんだが、ルベルもしくは二件目の被害者のプレヴォーを一件目の被害者に結びつけるものが何もない。充分な証拠が出ないかぎり、あれこれ推理しても役に立たない。次の動きを待つとしよう」憤慨の口調で言いおえた。

電話が鳴った。

「ゴスリン警視正からです」

デルフィックは電話に手を伸ばした。「デルフィックです、警視正……夕刊？　いえ、まだ……」受話器から響く声に耳を傾けるうちに、デルフィックの渋面がひどくなった。ついには「いえ、大丈夫です。よくあることですから……助かりました、警視正」と言って電話を切った。「くそ！」

「何があったんです、警視」

「まだ何もない」デルフィックは険悪な口調で言った。「だが、ミス・シートンの居場所を隠しておくためにわたしがとった幼稚な予防措置は、あのぽんこつのでくのぼうに、すなわちプラマージェンの牧師に打ち砕かれてしまった。牧師はミス・シートンの付添いとして検視審問に顔を出し、そのあと、われわれとランチをとるのを断わった。どうやら、新聞のインタビューを受けて、より輝かしき昼食時間を過ごしたようだ。ミス・シートンの家族の歴史と、コテージの所在地と、在宅時間を、これから襲ってくるであろう人殺し連中に教えたようなものだ。警視正が新聞の最新版に目を通したばかりで、検視審問の記事にそうしたことがすべて出ていたそうだ。だから、いつ次の動きがあってもおかしくない。おそらくケント州のほうで」

ナイジェルは闇のなかに身を潜めていた。身体が冷え、居心地が悪く、出来の悪いメロドラマのつまらない脇役を演じているような心境だったが、ガーデンセット用のクッションを二個持参した自分の思慮深さに満足しつつ、じっと身を潜めつづけた。情報を集めようとするとき、これまでは折に触れてクラブに顔を出して、とるに足らない会話の断片を盗み聞きし、そして何よりもまず、アンジェラ・ヴェニングの軽率なおしゃべりを彼なりに解釈するという方法に頼ってきた。いま考えてみると、クラブに顔を出すたびに、こちらが疑いをかけていた連中から逆に怪しまれていたことがわかる。ブライトンの一件以来、アンジェラには避けられている。外で見張るしか方法がなかった。

悪事の中心グループとして彼が目星をつけているのは、少年五人と少女二人だった。少年のうち二人は車を所有しているか、誰かの車を借りるかしていた。先週のナイジェルは少し離れたところに車を止め、その二台かアンジェラの車のなかでいちばん尾行しやすそうなのを選び、距離を置いてあとをつけるだけにとどめていた。連中がまたしても押し込み強盗を働く気なら、自分の車のヘッドライトで現場を照らして連中を追い払うか、自分も仲間に入るか、警察に駆けこむか、とにかくその場で最善と判断した方法をとろうと決めていた。アンジェラがまたしても直接関わっていた場合にどうするかは、まだ考える気になれなかった。だが、監視しながら待っていても、収穫と言えるのは、私立探偵の単調で退屈な役割りは自分に向いていないと確信できたことだけだった。先週はそれぞれが自宅で車を降り、大声でおやすみの挨拶を交わし、車がガレージに入れられた。グループの面々は前回の成果だけで満足している様子だった。

なんらかの薬がからんでいることはナイジェルにもわかっていた。しかし、ただの興奮剤なのか、それとも、もっと危険な薬が使われているのかは、いまだに突き止められない。とりわけ、アンジェラがどんな薬をのんでいるのかが彼のいちばんの懸念だった。数カ月前、アンジェラから、彼女が〝栄養剤〟と呼んでいる薬を試してみるよう勧められた。ナイジェルは何錠かのんで、効果が現われるのを興味津々で待った。自分で経験すれば彼女のことがもっと理解できるようになり、交際もうまくいくかもしれないと思ったのだ。しかし、だめだった。薬が強すぎたか、もしくは、彼がアレルギー体質だったのだろう。頭が少しふらつき、リラックスした気分になれたが、ふだんのリラックスとはどこか違うと気づいた瞬間、吐き気に襲われた。

クラブの駐車場は木の柵に囲まれている。柵の陰で、ナイジェルはびっしり茂った灌木(かんぼく)の下にしゃがんでいた。木の葉が夜露に濡れ、地面も同じように濡れている。クモやハサミムシやその同族が上から下りてきて襟元からもぐりこみ、一方、下からは、アリやムカデやその同族がズボンに包まれた彼の脚を這いあがってきて、みぞおちのあたりで集会を開いているような気がしてならなかった。さきほども感じたように、身体が冷えていた。また、夜露に濡れ、むずむずしていた。

ナイジェルはミス・シートンから報告を受けたあと、警官の大群が行進してくる様子のないことにがっかりしたものの、少し考えてみて、警視庁の人が彼女に細かく質問し、何か手を打とうと約束してくれただけでも大きな前進だ、と思えるようになった。これに勇気を得て、体力の続くかぎり、もしくは、母親がMGを息子にこころよく使わせてくれるかぎり、見張りを続けようと決心した。この日の午後、母親はこう言っただけだった——夫は昼間は寝ていて夜になるとウサギ狩りに夢中だし、息子はわたしの車で夜遊びに出かけてしまう毎日だから、わたしは見捨てられた妻で、見捨てられた母親で、見捨てられた人生を歩んでいくんだわ。

柵の向こうを見ると、アンジェラの車が仲間の一人の車と並んで置いてあり、もう一台もそう遠くない場所に止まっていたので、何か興味深いことを耳にするにはいまいるこの場所がうってつけだ、とナイジェルは思った。クラブの客が次々と出てきた。夜も更けてきた。ドアが大きく開いて、光の筋のなかに、石段のあたりに群がる騒々しい若者たちの姿が浮かびあがった。ドアが閉まり、月の光が照明にとってかわるにつれて、いくつもの黒い人影の輪郭がはっきりしてきて、声高にしゃべりながらナイジェルの隠れ場所のほうにやってきた。

「何を寝ぼけたこと言ってんだよ。例のヒロインがこっちに来てるって？　ふざけんな」

ナイジェルが聞いたことのない声だった。木の葉の陰から覗いてみた。見たことのない顔が二つあった。彼が以前ミス・シートンに言ったことはやはり正しかった。新聞に出ていたルベルの写真からすると、この七人の誰にしろ、至近距離で見てもルベルと見分けがつかないだろう。

「だって、ほんとだもん」アンジェラの声は軽やかで、透明で、熱がこもっていた。

「ここから一〇キロもないよ」ほかの少女の一人が横から言った。「行こう」

「生身のヒロインか――ぜひ見てみたいな。いまから押しかけたらどうだ？　顔を拝ませてもらわないか？」

「大賛成。あたしもずっと会いたかったの」あと二人の少女の黄色い歓声に負けじと、アンジェラが叫んだ。

少年のうち四人も歓声を上げたが、一人だけ反対した。「馬鹿騒ぎはやめろよ。こんな遅い時間だぜ」と指摘した。「もう寝てるに違いない」

「だったら、おれたちが起こしてやればいい。耳が遠いとか、そんなことないんだろ？」

同意の叫びが上がった。「そうよ、賛成」アンジェラは乗り気だった。「さあ、行きましょ」

「頭がおかしいのかよ」別の少年が反対した。「女のコテージは〈ザ・ストリート〉に面してるんだぞ。村の連中がみんな起きちまう」

ここでまた議論が始まったが、新顔の少年がみんなを黙らせた。「けど、おれはやっぱり、生身のヒロインが住んでる家を見てみたい」執拗に言った。「村の連中がこんなクソ早い時間からベッドに入ってんのなら、車で通り過ぎるだけにすればいいじゃないか。敬意かなんかを表するために、ライトを消せばいいんだし」

「じゃ、出発」アンジェラが叫んだ。「あたしが道案内するから。沼沢地をまわって裏のほうから行こう。そうすれば方向を間違えずに行けるから」アンジェラは自分の車のほうへ走り、飛び乗ってエンジンをかけた。あとの者も残った車に騒々しく乗りこんだが、新顔の少年だけは別で、無言でコートを手にした仲間と二人で駐車場の入口近くに止めてある車のほうへ向かった。

ナイジェルが息を潜めているあいだに、アンジェラの車が道路に飛びだして、タイヤをキキーッといわせながら右へ曲がり、あと二台がそれを追い、最後に新顔の少年の車が続いた。

ナイジェルは隠れ場所から這いだすと、急いであたりを見まわした。どこにも人影がなかったので、クッションを柵の向こうに投げてから柵を乗り越え、クッションを拾い、MGのほうへ走った。警察に電話したほうがいいだろうか？　興奮したら何を始めるかわからない連中だし、どこでやめるかもわからない。だけど考えてみたら、みんな、今夜はそれほど荒れていなかった。ぼくが〝アート〟と呼んでるやつなんか、みんなの行動にブレーキをかけていた——少なくとも、村の人々を起こすことは望んでいなかった。警察に知らせる必要はないだろう。あいつらは遠まわりするから、いまから車を飛ばせば、ぼくもほぼ同じぐらいにコテージに着けるはずだ。何も変わったことがなければ、車を止めずにそのまま家に帰ればいい。よし、危険を承知でやってみよう。車にたどり着いたので、クッションをうしろのシートに投げこみ、運転席に飛び乗った。

な、なんなの？　いまのは何？

ミス・シートンは不意に目がさめた。何事かと戸惑った。そうだわ。ニワトリよ。なんて騒々しいの！　まったくもう。いい加減にしてほしいわ。あわててベッドを出てスリッパをはき、ガウンをはおってから急いで階段を下りた。明かりをつけるのは省略し、廊下を通るさいに壁のフックにかかっている傘を無意識にとり、勝手口の鍵をあけて庭に出た。冗談じゃないわ。厄介な連中ね。もちろん、ナイジェルが卵泥棒のことを警告してくれた。連中がこんなふうにニワトリを驚かすだろうって。やれやれ、早くやめさせなきゃ。幸い、明るい月が行く手を照らしている。スタンも気の毒に。きっと激怒しているだろう。

鶏小屋の騒々しい鳴き声はやむことなく続いていた。ミス・シートンは小屋の前までやってきた。傘で金網の扉を叩いた。

「やめなさい」と叫んだ。「いますぐやめなさい。聞こえた？」

「ああ。聞こえたとも」

ミス・シートンはあえいだ。人影が進みでて、金網のあいだから手を伸ばし、扉の掛け金をはずした。月が男の背後にあるため、コートに包まれた黒い姿と目深にかぶった帽子以外はほとんど見えなかった。しかし、月の光を受けて、男が握った拳銃の銃身がきらめいた。

「さて、おとなしくしてもらおうか、奥さん。家に戻るんだ。音を立てないようにな」

「子供みたいなまねはやめなさい」ミス・シートンはぴしっと言った。「そのおもちゃをすぐにしまうのよ。でないと、警察を呼びますからね」男の手首に思いきり傘を叩きつけた。

閃光が走った。轟音。怒りと苦痛の入り混じった叫びが上がった。拳銃が手から落ちた。

「あら、どうしましょう」おろおろと困惑して、ミス・シートンは叫んだ。「ごめんなさい、そんなつもりじゃ……怪我はなかった？」彼女が語りかけている先には誰もいなかった。さっきの人影が自身の片足をつかみ、反対の足でやみくもに飛び跳ねながら鶏小屋へ直行し、屋根によじのぼって塀の向こうへ姿を消した。

どさっと音がして、悲鳴と悪態が続いた。よろよろした足音、逃げていく足音。あちこちの窓があき、ドアが大きく開いた。メンドリたちは負けまいとして努力を倍にした。

人々の叫び声。「何事だ？」「殺人」「銃撃」男性の声。「早く。ほらほら、急げ」大きな銃声が二回。苦痛の叫び。ドアがばたんと閉まる音。エンジンがかかる音。やがて、騒音を圧して、サー・ジョージの勝ち誇った叫びがトランペットのように高々と上がった。

「命中だ――やつの尻に当ててやった」

ヘッドライトをハイビームにした猛スピードの車が二台、前方のS字カーブを曲がって続けざまに現われた。ブレッテンデンから来た連中だ、とナイジェルは見てとった。胸をなでおろした。どうやらなんの事件も起こさなかったようだ。時間どおりにここまで来たのなら、途中で一度も止まっていないわけだ。きっと、アンジーはすでにメドウズ荘へ続く小道に入り、もう一台の車は家に帰ろうとしているに違いない。

ナイジェルはスピードを落として、ダッシュボードから強力な懐中電灯とサングラスをとりだした。しばらく前から、脱輪ゲームに備えて準備をしてきた。今夜がこの対抗策を試してみる最初の機会になりそうだ。二台の車が直線道路に入ると同時に、ナイジェルはサングラスをかけ、ヘッドライトを下に向けた。相手のヘッドライトはそのままだ。ナイジェルは笑みを浮かべた。こいつら、いつもの手を使う気だな。これまでにいやというほど経験している。ただ、たいてい彼の負けだった。

先頭の車がヘッドライトをぎらつかせたまま、彼の車に向かってまっすぐ突っこんできた。ナイジェルは相手が方向を変えようとする寸前に狭い道路から脇の草むらへ車を乗り入れ、ヘッドライトをハイビームにし、相手のフロントガラスに懐中電灯の光を浴びせた。困惑と悪態の叫びが上がり、それに続いて、枝の折れる音と金属の砕ける音が聞こえた。一台が溝にはまった。もう一台は道路に残っている。

ナイジェルはヘッドライトと懐中電灯をつけたまま、仲間を助けようとしてスピードを落とした二台目の車の横を通り過ぎた。運転席から顔を出して悪態をついている男の頭をぶちのめしてやりたかったが、それは我慢して、サングラスと懐中電灯を助手席に放り投げてからヘッドライトを消し、月の光が行く手を明るく照らしてくれることに感謝しつつS字カーブへ向かった。

最初のカーブを曲がってからふたたびヘッドライトをつけ、有頂天になった。ざまあみろ。たまには悪魔も泣きを見るがいい。連中にはこっちのナンバープレートを読む暇はなかったし、ターンして追いかけてくる余裕もなかった。いずれにしろ、仲間を溝からひっぱりだすので手一杯のはずだ。

しばらくしてから、ナイジェルは上機嫌でプラマージェンに入った。ミス・シートンのコテージは静まりかえっていた。明かりもなし――よかった。〈ザ・ストリート〉の先で右折してマーシュ・ロードに入り、家のほうへ向かおうとしたが、その瞬間、背後で鶏小屋戦争が勃発した。急ブレーキを踏み、バックでどこかの玄関先に車を入れてから、猛スピードでひきかえした。

何軒もの家の窓に明かりがついた。ナイジェルはミス・シートンのコテージの前で車のエンジンを切り、あわてて降りた。なんて騒々しい！　メンドリたち――やっぱりな。騒ぎが起きたのは鶏小屋に決まっている。そちらへ走った。鶏小屋にたどり着いたとき、コテージの横の小道へ通じるゲートに光があふれた。一台の車が飛びだして〈ザ・ストリート〉を走り去った。見たことのない車。ナイジェルは自分の車に駆けもどって飛び乗り、あとを追おうとしてMGをターンさせたが、ずんぐりした父親の姿に気づいて急ブレーキを踏み、数センチのところで衝突を免れた。サー・ジョージは二連銃のショットガンを構えて小道のほうから走ってきたのだった。ナイジェルが助手席のドアをあけた瞬間、小道に駆けこむ牧師の姿がちらっと見えた。腕をふりまわし、寝間着の裾をひらひらさせて、墓地から出てきた幽霊みたいな格好で叫んでいる。「止まれ、盗っ人ども、止まれ！」

サー・ジョージは歩調をゆるめることなく車に乗りこみ、力任せにドアを閉めた。ナイジェルは急いでギアチェンジをした。家々の開いた玄関から明かりがこぼれ、懐中電灯が光り、人々が右往左往しながら飛びだし、駆けもどり、手をふりまわし、火かき棒や箒(ほうき)や杖をふりまわし、口々に叫んでいた。そうしたなかでMGが獲物を追って〈ザ・ストリート〉の真ん中を轟音と共に走りだした。車に乗った騎兵隊の登場だ。銃を構えたままのサー・ジョージがフロントガラスの上に顔を出し、戦闘に備えて仁王立ちになっていた。

5

翌朝、ライサム館の男たちは遅くまで寝ていた。

「誰か起きてきた？」

「起きてるようですけど、まだ二階におられます、奥さま」

「ゆで玉子にしましょう」レディ・コルヴデンは言った。

玄関ドアを閉めた。マーサが来てくれる日で助かった。ランチの支度を手伝ってもらえる。買ってきた品を台所へ運び、お茶のトレイを用意した。一〇時一〇分過ぎ。一人につき玉子一個とトースト二切れ。ランチまでそんなに時間がないからこれで充分だわ。掃除機を使いはじめる音が聞こえた。そうね、マーサがダイニングルームの掃除を始めたのなら、二人にはモーニングルームで食べてもらおう。これで何百回目になるかわからないが、台所で食事ができれば楽なのにと思った。しかし、ひとつしかない窓の下に給排水設備が集中しているため、落ち着いて食事ができる雰囲気ではない。それを変えるには大々的な工事が必要だ。

玉子とトーストを食べおえる夫と息子を見て、ばつの悪そうな顔だとレディ・コルヴデンは思った。いたずらの現場を見つかった小学生みたい。村じゅうに広まった噂からすれば、そして、MGの状態からすれば、二人がばつの悪い思いをするのも仕方がない。やたらと軽い口調で〝おはよう〟と言ったあとは、どちらも目をそらし、口を閉ざしたままだ。レディ・コルヴデンは二人にお茶を渡した。

「ゆうべは楽しかった？」明るく尋ねた。

サー・ジョージは咳きこんだ。ナイジェルは喉を詰まらせた。二人ともあわててカップを置いた。顔を見合わせ、それから彼女のほうを見た。サー・ジョージは絞め殺されそうなしゃっくりをし、ナイジェルはゼイゼイあえぎ、それから二人とも我慢しきれずに爆笑した。

困った人たちね。レディ・コルヴデンは何秒かのあいだ、素知らぬ顔で尋問を続けようとがんばったが、抑えようのないくすくす笑いがこみあげてきて、ついには楽しげな二人の仲間入りをすることになった。

ノックの音がして、マーサがドアの向こうから顔を覗かせた。

「警察の方がおみえです」と告げた。

それで爆笑は終わりとなった。部長刑事を従えて部屋に入ってきたデルフィック警視は三人を見て、質問したくてうずうずしているようだ、まるで餌をねだるアシカみたいに見える、いっそのこと、魚の入ったバケツを持ってくればよかった、と瞬間的に思った。

わずかに秩序がよみがえり、紹介がなされ、マーサ・ブルーマーがコーヒーとビスケットをとりに行かされ、刑事たちが椅子にすわり、家族が謝罪の言葉を発した。

「いや、どうか気になさらずに」デルフィックは鷹揚に答えた。「警察が騒然たる出迎えを受けることはめったにありませんから。いい気分転換になりました。ミス・シートンに会うためにこうして伺ったのです」とつけくわえた。

「家をお間違えですな」サー・ジョージはしわがれ声で言った。

「いいえ」妻が低くつぶやいた。「家は合っています。時間がずれているだけ。あの方、ランチの時間に戻ってこられます」気をひきしめた。「警視さん、どうかお許しくださいね。深刻な事件であることはわかっていますが、けさは、わたしども全員、神経がたかぶっておりますの。夫と息子は朝食に下りてきたばかりなので、それぞれの行動について確かめあう暇がまだありませんでした。この二人が村で何をしていたかについては、幾通りもの噂がわたしの耳に入っていて、すべて派手で芝居がかったものばかりですが、きっと、どれもいい加減なものだと思います。あのあと、ミス・シートンがここに泊まったことを、村の人たちは知りもしません」

「きみがミス・シートンをうちに連れてきたのかね？」

「そうよ、ジョージ、あなたが乗ってるあのばかでかいステーションワゴンで。わたしの車はそのとき、ほかの用途に使われてたから」

「MGのことは謝るよ、母さん。ぼくたちのせいであんなことに……」

「いいのよ」レディ・コルヴデンは笑顔で息子を安心させた。「よくわかってるわ。いえ、少なくとも……」微笑がややこわばった。「いつか理解できるはずだわ。けさ、わたしの車が戻っていないのを知って、クラブさんのガソリンスタンドへ行ってみたの。何か知らないか、訊いてみようと思って。クラブさんが今日の朝、作業場のドアをあけたら、外にMGが置いてあって、ワイパーにあなたのメモがはさんであったから、急いで修理にとりかかったそうよ。すでにフェンダーのへこみを直し、ライトを修理し、バンパーをもとどおりにとりつけているところだったわ。深刻な被害はどこにもないし、ランチの時間までに修理をすませてこちらに届けてくれるそうよ」

「ええ」デルフィックは言った。「われわれのところにも、アシュフォード警察からそのような報告が入っています。よかったら、あとで詳しく聞いておきましょう。これまでにわかった確かな事実は、ゆうべ、ひどい騒ぎがあり、その騒ぎの中心にミス・シートンがいるように思われるということだけです」――レンジャー部長刑事は聞こえよがしにため息をついた――「ミス・シートンが目撃者としてすでに巻きこまれている事件と、ゆうべの騒ぎが関係している可能性が大きいため、われわれが呼ばれたのです。アシュフォード警察からわれわれのほうに、サー・ジョージと息子さんをご自宅に送り届けたのはかなり遅い時間だったという報告があったため、朝早くからお邪魔するのは遠慮したわけです。ミス・シートンのお宅を訪ねたのですが、お留守だったので、あたりの様子をつかんでおこうと思い、ざっと見てまわりました。そのとき、ミス・トゥリーヴズという人から――たぶん牧師さんの妹さんだと思いますが――ミス・シートンがこちらに泊まっていることを聞かされました。ミス・トゥリーヴズは一部始終を目撃しておられたようで、親切にも、ゆうべの出来事について説明してくれたのです。そして、牧師さんも目撃しておられたので、親切にも、何を見たかを話してくれました。ほかにも何人か目撃者がいて、とても親切に説明してくれました。人によって話がさまざまに異なります。卵泥棒だと言う者もいれば、ミス・シートンが村中の者を射殺する気だったとか、軍が総力をあげて侵攻してきたとか言いだす者までいる始末です。そこで、われわれはそうした空想にあてはまる事実をつかむため、予定より多少早くなりましたが、こちらに伺ったという次第です。差し支えなければ、お一人ずつ順番に詳しい供述をしていただけると、われわれも騒ぎのあらましを知ることができてありがたいのですが。レディ・コルヴデン、ご迷惑でなかったら、最初にあなたのお話を伺うのがもっとも手っとり早いと思われます。騒ぎのすぐそばにおられたわけですから」

「すぐそばに？」この言葉にレディ・コルヴデンはむっとした。「でも、わたしは何もしておりません、警視さん」軽やかに答えた。「あちらのコテージへ行って、ミス・シートンから武器をとりあげ、うちにお連れしただけです」

レンジャー部長刑事は驚きのあまり、思わず口走った。「武器をとりあげた？　つまり、傘をとりあげたということですか？」

「違います」レディ・コルヴデンは答えた。「傘は反対の手にありましたけどね。わたしがとりあげたのは拳銃です」

「な、なんと！」サー・ジョージが言った。

レディ・コルヴデンはその点をまず述べてから、ゆうべの騒ぎに関して彼女がじかに知っていることを、わずかではあったが率直に説明した。

ライサム館はマーシュ・ロードから枝分かれしてカーブを描く車道の先にあり、ミス・シートンのコテージから五〇〇メートルほど離れている。レディ・コルヴデンはベッドで本を読んでいた。真夜中を少し過ぎたころ、どこかでニワトリがけたたましく騒いでいることにぼんやりと気づき、つぎにバーンという銃声のような音を聞いた。窓辺へ行って身を乗りだした。遠くで叫び声がして、さらに二発の銃声。続いて悲鳴と誰かの叫び声が聞こえた。確信はないが、夫の声のような気がした。手早く着替え、自分の車がまだ戻っていないのを知って、夫の車を使うことにした。〈ザ・ストリート〉に出ると、ミス・シートンのコテージの前に人だかりができていて、月が煌々と照っているのに、一部の者は懐中電灯を手にしていた。牧師が駆け寄ってきて、車に乗せてほしいと頼みこんだ。たったいま車で逃げだした泥棒を追いかけるのだという。寝間着一枚だけでスリッパもはいていない牧師を車に乗せて——牧師が家に帰ったときにモリー・トゥリーヴズが熱いお風呂を用意してくれればいいけど——知らない男の車を追いかけて知らない方向へ向かい、田園地帯を走りまわったところでなんの意味もないように、レディ・コルヴデンには思われた。

ミス・シートンのニワトリたちがいまもうるさく騒ぎ立てて人々の注意を奪っていたので、レディ・コルヴデンはコテージの脇を通って庭にまわり、そこでブルーマー夫婦と鉢合わせした。マーサは箒を武器にし、スタンは片手になた鎌を、反対の手に懐中電灯を持って、ミス・シートンを守るように立っていた。当のミス・シートンはというと、ガウン姿で傘によりかかり、塀の通用口のところに集まった呆然とした表情の村人たちに拳銃を向けている。スタンの懐中電灯の光が彼らを射撃練習場の的のごとく照らしだしている。レディ・コルヴデンは絵のように静止したこの場面を打ち砕いて、家に帰るようみんなに告げてから、ミス・シートンが握った拳銃をとりあげ、彼女を説得してコテージに連れて入り、一泊用の荷物を詰め、二人でライサム館に帰った。客用のベッドを用意して湯たんぽをふたつ入れ、ミス・シートンと一緒に鎮静剤とホットミルクを飲んでから、それぞれベッドに入って眠った。

レディ・コルヴデンは夫と息子を見ながら供述を締めくくった。「残念ながら、崇高なる英雄的行為とロマンティックな心遣いという伝統に則ったものではありませんが、現実的に対処したつもりです」

「現実的なうえに、きわめて賢明です」デルフィックは同意した。レディ・コルヴデンは顔を輝かせた。「はっきりしない点がひとつだけあるのですが。拳銃をどうされました？」

「拳銃？」レディ・コルヴデンは困惑の表情になった。「それは——あの……ジョージ」夫のほうを向いた。「あなたが笑ったら、わたし、出ていきますからね。それから、ナイジェル、苦笑したら、MGの修理代はあなたが持つのよ」目を大きく開いて警視に視線を戻した。「まことに申しわけありません。よく覚えておりません」と白状した。

「いや、気にしなくていいんですよ」デルフィックは彼女を安心させようとした。「重要なことだと思う理由は何もなかったでしょうから——その時点では。だが、やはり見つけなくてはなりません。遠くにあるとは思えない。考えてみましょう。ミス・シートンの荷物を詰めるのを手伝ったとき、銃を下に置きませんでしたか？」

レディ・コルヴデンは記憶をたどった。「いいえ、置いていないと思います。少なくとも記憶にはありません」

「記憶にない？　だが、車のハンドルを握っているときは、銃を持とうと思わないはずだ。うしろのシートに置いたのかもしれない」

「警視さん、鋭い方ね」レディ・コルヴデンは叫んだ。「いま思いだしました。まさにそうです。ミス・シートンのスーツケースをうしろに置いて、ついでに拳銃も放り投げたんです」

サー・ジョージはカッと熱くなった。ナイジェルは寒くなった。デルフィックは内心震えあがった。すでに一度発砲されているはずだ。そこから推測するに、安全装置はたぶんはずれていただろう。ミス・シートンが村人に向かって銃をふりまわし、レディ・コルヴデンが荷物のなかへ軽く放ったことを考えると、誰も死なずにすんだのはまさに奇跡だ。

「ガレージは施錠してありますか?」デルフィックが尋ねると、レディ・コルヴデンは首を横にふった。

「じゃ、これでお役御免ということでしたら、マーサの昼食の支度を手伝ってくることにします」レディ・コルヴデンは言った。「部長刑事」ボブ・レンジャーが部屋を出ていった。

「そうですね、いまのところはこれでけっこうです、レディ・コルヴデン。明快な供述をありがとうございました。また、ゆうべ、ミス・シートンを危険区域から遠ざけてくださった機敏な行動にも感謝します。できれば昼食のあとでミス・シートンにお目にかかりたいので、ご本人に伝えてもらえると助かります」

「承知しました、警視さん。それから、ここにとどまるようミス・シートンを説得してくださいません? 午後になったらコテージへ帰るって言うんです。そうだわ、ナイジェル、ミス・シートンがどうしても帰るって言いはったら——そして、わたしの車がクラブさんの作業場からすでに戻ってきてたら——わたしが車を使ってもいいかしら。それとも、あなた、今日も何か予定があるの？」

「まあ、いいじゃないか、おまえ。ナイジェルは運転できる。そろそろ車を買ってやろうと思うんだが」

「あら、名案だわ、ジョージ。装甲車がいいわね——それとも戦車？」レディ・コルヴデンは優雅に部屋を出ようとしたが、コーヒーのトレイを持って入ってきた部長刑事とぶつかりそうになり、せっかくの退場場面が台無しになってしまった。「まあ、よかった」ビスケットの皿の横に置かれた清潔なハンカチの上の自動拳銃を見て、レディ・コルヴデンは言った。「ミス・シートンの銃が見つかったのね。ほっとしましたわ。ところで」熱をこめてつけくわえた。「警視さんがおとりになったメモのコピーをあとでそっとまわしてもらうのは規律違反になるかもしれませんけど、この人たちがゆうべ何をしていたかを知るには、それしか方法がないような気がしますの」

ドアが閉まった。部長刑事はトレイをテーブルに置き、ハンカチに拳銃をのせたまま、上司のところへ持っていった。

「安全装置はかけておきました。もちろん指紋はないでしょう。もしくは、指紋が多数見つかっても、犯人のものだけはついていないかもしれません」

サー・ジョージがすわりなおした。「安全装置だと？」

ナイジェルが二人のところへ運んだコーヒーカップが受け皿のなかで揺れた。「つまり、母とミス・シートンは安全装置のかかっていない銃を持って走りまわったり、銃を放り投げたりしたというんですか？」

「そのようだ、コルヴデンくん。だが、幸いなことに何も起きなかったから、その話はもうやめたほうがいいだろう。不要な警戒と落胆をひきおこしても意味がない。さて、サー・ジョージにお尋ねします。銃撃が始まったとき、どこにおられましたか？」

「運河のほとりだ」

「銃を持って？」

「ウサギ狩りをしていた」

「ああ、なるほど。ミス・シートンの敷地を出てすぐのところですね。あのあたりでウサギがたくさんとれるんですか？」サー・ジョージは赤くなった。デルフィックは微笑した。「こう言えば合っていますか？――ミス・シートンがこちらに来て以来、あなたは夜のパトロールを続けていた――いや、失礼、ウサギ狩りを続けていた」

ナイジェルが身を乗りだした。「やだな、父さん、なんで言ってくれなかったんだよ。二人で見張りを分担すればよかったのに」

サー・ジョージは息子の視線を避けた。「おまえにはほかに用事があると思ってな」ナイジェルは沈黙した。

警視は二人を興味深く観察した。なんとよく似たところのある親子だろう。しかし、私設の警備隊を作る必要に迫られたのなら、なぜ二人で相談して作戦計画を立てなかったのだろう？　サー・ジョージはどうやら、息子が何をしているかを知っていたようだ。いや、待てよ。果たして知っていたのだろうか？　推測していたというほうが正しいかもしれない。表立っては何も言っていない。そう。それが鍵に違いない。何も言っていない。だが、なぜ？　サー・ジョージ・コルヴデン少将、準男爵、バス二等勲爵士、殊勲十字章、治安判事。そう、治安判事。たぶんこれだ。サー・ジョージはこの地方の治安判事を務めている。胸のなかの疑惑を無視することはできても、何かを知ってしまったら、見過ごすことはできない。だから……〈シンギング・スワン〉をめぐるミス・シートンの話があんなにまわりくどかったのだ。そう、彼女にクラブのことを話したのはたぶんナイジェルだ。そして、ああいう稚拙な隠蔽工作をしようとしたのは、ナイジェルの友人の誰かが事件に関わっていて、それを父親に知られたくなかったからだ。なんとややこしい。同時に、愚かで面倒でもある。だが、事件のいくつかの点が漠然とだが解明できそうだ。この若者から何かを聞きだすには、一対一で質問するしかないだろう。デルフィックはため息を抑えこんだ。よし、本題に戻るとしよう。サー・ジョージに向かって言った。

「当然ながら、今後も監視を続けるよう、われわれからこちらの署に頼んでおきました」

「それは何より。ポッターはまじめな巡査だ。しかし、署にはあいつ一人しかいないのでな。手がまわりかねる」

「そのとおりです。だからこそ、あなたがウサギに突然興味を持たれたことにわたしは心から感謝を捧げたい。運河のそばにいたと言われましたね」

「車が四台、橋を渡った。小道を走っていった。最後の一台が停止した。いまいましいニワトリどもが騒ぎだした。わたしはそちらへ向かった。銃声が聞こえた。わたしがコテージまで行く前に、一人の男が塀から飛び下り、足をひきずりながら走りだした」

「足をひきずって？　ふむ、飛び下りたときに足首をくじいたのかもしれませんな。人相などわかりますか？」

「顔は見ていない。うしろからオーバーと帽子を見ただけだ。銃を向けた。尻に弾丸を浴びせてやった。飛び上がった格好でわかった。あの動きからすると若いやつだな。わたしが装塡（そうてん）しなおすよりも先に、車にたどり着いて走り去った。わたしはやつを追って小道を走った。ほうぼうの家から人が出てきた。ミス・シートンのことは連中に任せて、わたしはとにかく車に追いつき、タイヤに弾丸を撃ちこまなくてはと思った。ちょうどそこに息子が来た。息子の車に飛び乗って猛スピードで男を追いかけた」

追いかけろ。さあ、どっちへ行けばいい？　ブレッテンデンを抜けるメイドストーン・ロードか？　それとも、ハム・ストリートを通ってアシュフォードのほうへ？息子が知っていればいいのだが。ちゃんと知っていた。迷うことなく、アシュフォードへ向かう右手の道を選んだ。サー・ジョージは吹きつける風に向かって目を細めた。ゴーグルがあればいいのに。ん？　でかした、息子よ。ナイジェルの手からサングラスを受けとってかけた。のんびりすわっている場合ではない。車が見えてきたら、苦労して立ちあがる時間の余裕はない。妻の車はちゃちな作りだから、立つか寝ころぶしかない。まともにすわれる場所がない。サー・ジョージはシートの背を支えにし、でこぼこした路面にぶつからないよう祈った。

放ってはおけない。阻止しなくては。とにかく、ナイジェルが関わっている以上は。妻が〝よけいなお節介はやめましょう。ナイジェル自身に対処させればいいわ。あの子が乗ってるのはわたしの車だから、わたしにいちばん発言権があるのよ〟と言うのは簡単だ。妻の理屈を思いだして、サー・ジョージはほんの一瞬苦笑した。だが、そんなわけにはいかない。問題が深刻すぎる。アンジーが破滅しようと、それは自業自得。今夜、あの四台の先頭を走っていたのはアンジーの車だった。音でわかる。停止せずに走り去ったのは事実だが、彼女があの場にいたことは間違いない。賭けてもいい。愚かな小娘。きびしい躾が必要だ。ソニアはなぜ娘をほったらかしにしてたんだ……？　どうにも解せない。以前はよくできた女性だったのに。アンジーもいい子だった。ところが、最近では……。若い連中ときたら、刺激が得られるならどんなことでもする。しかも、人に迷惑をかけても平気の平左だ。

「前方に車」ナイジェルが叫んだ。

サー・ジョージは前のほうに目を凝らした。うん、ヘッドライトだ。猛スピードで走っていく。サー・ジョージは身をかがめた。「ナンバーに見覚えは？」と、どなった。

「ない。だけど、知ってる車のような気がする」

気がする？　それでは足りない。愚か者。いちかばちかで車に銃を撃ちこむわけにはいかない。

「追いつけ。横に並ぶんだ。道路脇へ押しやって停止させろ。見当違いの車を銃撃して謝ってばかりというわけにはいかんからな」

サー・ジョージは身体をまっすぐに起こした。前方の十字路の脇からライトが近づいてきた。いまいましい生垣。ライトが強くなる。ナイジェルが反射的に車のスピードを落とした。

「このまま突っ走れ」サー・ジョージはどなった。「こっちが優先道路だ。あっちは一旦停止の標識がある。停止しなきゃならん。このまま行くんだ。おーい」――サー・ジョージは夜の道路に向かってわめいた――「おーい、そこの不埒なやつら……」十字路に車が飛びだしてきて二輪走行でターンし、ナイジェルたちの車の前で態勢を立て直した。「止まれ。止まれ、馬鹿ども。こっちが優先道路で――」

サー・ジョージの声はサイレンの響きとMGのタイヤがスリップする音にかき消された。ナイジェルがブレーキを踏むと同時にシフトダウンしようとしたため、車を制御しきれなくなったのだ。サー・ジョージは生垣に向かって虚しく発砲した銃を落とし、シートとフロントガラスにしがみついたが、車はタイヤをきしませながら冷酷にもすべりつづけて、相手の車の後部で光っている標識にぶつかった。ガラスの割れる音がしてライトが消えた瞬間、〝警察〟の文字も消えた。ガソリンの漏れる臭いがした。

両方の車のドライバーが道路に飛びだした。どなりあいが始まったが、エンジンの音で中断した。大型バイクにまたがった人影が見えてきた。警察車のドライバーの合図を受けて、逃走車を追跡できる唯一の警官となったポッター巡査がヘルメットをきちんとかぶりなおし、無線アンテナを高く伸ばすと、敬礼しつつ、轟音と共に走り過ぎた。

「優秀な警官です、ポッターは」警視は言った。「村から二キロほど離れたところで、たぶんブレッテンデンの道路だと思いますが、交通事故が起き、その現場検証をしていたら、遠くで銃声が聞こえたそうです。不測の事態に備えるよう指示されていたので、無線で報告を入れ、プラマージェンの北側と南側のパトカーすべてに出動を要請しました。村はずれまで来たとき、北へ向かって車が二台疾走していると聞かされたそうです。彼自身はその二台とすれ違わなかったため、おそらくアシュフォード・ロードのほうだと見当をつけ、大急ぎでそちらへ向かいました」

「つかまえられなかったのか?」サー・ジョージは尋ねた。

「残念ながらそのようです。あなたが追突した車が無線連絡を入れて道路を封鎖したのですが、最初から期待薄でした。逃走ルートはいくらでもあるし、犯人の人相はほとんどわからない。そうだ、ついでに申しあげておくと、追突のせいで運悪く走行不能に陥った警察車のドライバーが、サイレンを鳴らすのが遅れたことを認めています。生垣のせいで屋根の回転灯が見えにくいことを忘れていたそうです。息子さんのおかげで衝突事故が回避できたと大いに褒めていました」

「寛大なご意見ですな」

デルフィックは微笑した。「褒めるべきときは褒めないと。お宅の車の損傷はそうひどくなかったでしょうか？」

「大丈夫です」ナイジェルが言った。「ちょっと惨めな姿になったけど。それより警察の車のほうが災難でしたね。ガソリンタンクがこわれてしまって。ぼくたち、警察の人に話せることは全部話して、次に、警察の人が無線でレッカー車を呼んでくれました。片方のウィングがゆがんで、ヘッドライトが片方割れてたから。クラブさんのガソリンスタンドの表に車を置いて、そのあと、レッカー車がぼくたちを家に送り届け、それからパトカーを牽引するために戻っていきました」

デルフィックは立ちあがった。「どうもお手数をおかけしました、サー・ジョージ。一部始終がはっきりしたので、これ以上おひきとめする必要はありません。あとは息子さんの供述をもらえば、ミス・シートンと連絡がつくまでは何もせずにすみそうです。そうだ、もうひとつだけ」ドアをあけたサー・ジョージに向かって、デルフィックはつけくわえた。「ご協力に感謝してはいますが、職務上、申しあげておかねばなりません。あなたの散弾銃の許可証は遊猟用で、大型の獲物を対象にしたものではありません。たとえ撃たれて当然の獲物であっても。猟の獲物に関してどのような意見をお持ちか知りませんが、法律に従うなら、それは警察の担当範囲であり、あなたが害獣として扱うべきものではありません」警視はにやっと笑った。「しかしながら、今回の件に関して苦情が持ちこまれる可能性はきわめて低いでしょう」

サー・ジョージは短い笑い声を轟かせ、そして部屋を出ていった。

警視は自分の椅子には戻らなかった。窓辺へ行き、しばらくそこに立って庭の景色に見とれた。

美しく設計され、昨今は庭の世話も大変だろうに、驚くほど手入れが行き届いている。広々とした庭を縁どる木々を誰が植えたにせよ、愛情のこもった気配りと計画のもとで進めたに違いない。茶色と銅色と緋色のオーク、深紅と赤紫のカエデ、鈍い金色と淡黄色が徐々にぼやけてヒマラヤ杉やユーカリの青みがかった緑と混じりあい、そのあいだにあらゆる色合いの緑がちりばめられている。下に目をやれば、現在の所有者たちの手で、花壇や灌木や芝生の縁どりにもこの豊かな色彩が加えられ、鮮やかさを競いあっている。

レンジャー部長刑事が警視に警戒の目を向けた。こうして長いあいだじっとしているのは、〈御神託〉の場合、いい兆候ではない。

デルフィックは部屋のほうに向きなおった。「さて、コルヴデンくん」うん、やっぱりな、と部長刑事は思った。例の口調だ。暴風警報標識が出たことを示す口調。「きみの名前はわかっている。住所はここだ。では、職業は何かな？」

ナイジェルは呆然とした。「職業？」先ほどまでの警視の丁重かつ親しげな態度からすると、いまのそっけない口調が意外に思われた。「職業ですか？」ふたたび言った。「まだ見習い中です」

「どのような？」

「農業です。あと二週間でそちらへ戻ることになっています。父がすばらしい手腕を発揮してうちの農場を立て直しましたが、まだ利益が出るところまではいっていません。なんとかしなくてはと思っています。ほどほどの利益を出さなくてはなりません。ぼくの力で実現させるつもりです」

「大変なことだ」

「なんだってそうです。でも、これはたまたまぼくの好きな仕事だし」

「ところで、きみは一人っ子かね？」

「いえ、姉がいます。結婚して、ロンドンに住んでいます」

「見習い期間中、きみが自宅で過ごすことはあまりない。そうだね？」

「この一年はそんな状態でした。帰省するのは休暇のときだけです」

「ゆうべ、きみが騒ぎの現場に居合わせたのは、タイミングがよかったわけだ」

「え――ええ、そうだったと思います」

「そうだとも。なぜ？」

「なぜって？　ちょうど家に帰るところだったので」

「どこから？」

「ブレッテンデン」

「ブレッテンデンのどこから？」

「外にいました」

「なるほど。それはどこだね？」

「レス・メアリーズの郊外にある店です」

「店の名前は？」

「それが何か関係あるんですか？」質問攻めにあって、ナイジェルは不機嫌になった。

「関係がなかったら、わたしも尋ねはしない。これはわたしの想像だが、〈シンギング・スワン〉というクラブへ行ってたんじゃないのかね？」

「店には入ってません」

「屁理屈はやめたまえ」デルフィックはぴしっと言った。「厳密に言うと、どこにいたんだね？」

「駐車場の裏の茂みの下です」

「一人で？」

「もちろん、一人でした。何を考えてるんです？」

「何も考えてはいない、コルヴデンくん。事実を突き止めようとしているだけだ。きみは駐車場の裏にある茂みの下にいた。一人きりで。なぜだ？　それも農業実習の一環なのかね？」

「答えなきゃいけないのなら言うけど、監視するつもりでした」

「誰を？」

「全員の名前を知ってるわけじゃないんです」ナイジェルは憤慨のあまり不愛想に答えた。「クラブに入り浸ってるグループがあって、一人はアート、もう一人はミッキーかニッキーと呼ばれてます。どっちだかよくわからないけど。それから、女の子の一人はスーって呼ばれてます」

「わたしが力になろう」デルフィックは部長刑事が待機しているテーブルまで行って、紙片を手にした。「スーザン・ファース、ダイアナ・ディーン、アーサー・グラント、マイケル・ヒューズ、パーシー・デイヴィス、ジェイムズ・トラッグ、ジョン・ハート。この全員がそこにいたかね？」

ナイジェルは呆然とした。「それが連中の名前だったら、ええ、そうです。全員そろって店から出てきました」

「ほかには誰も？」

「ええ、いません」ナイジェルはあわてて答えた。アンジェラのことを考えたのだ。

「いや、待って。いました。ぼくの知らない男がほかに二人。連中に声をかけてたけど、行動は別でした。別に車を持ってきてたんです。地元の人間じゃないような気がしました」

「なぜそう思ったんだね？」

「片方がアメリカ人っぽいしゃべり方で、しかも強烈な訛りがあったから。それに、車のことで何か言ってたみたいだし――正確な方向へ戻らなきゃ、とか。それを聞いて、遠くからきたような印象を受けたんです」

「連中の外見を説明できるかな？」

「あんまり自信ないなあ。月の光が弱かったし、気をつけて見てたわけじゃないから。女の子の一人はワンピースだったけど、あとはみんな似たような格好でした。タイトなズボン、だぼっとした上着、モップみたいな髪」

「きみの知らない二人のどちらかが帽子をかぶってオーバーを着ていなかったかな？」

「いえ……あ、そう言えば、片方がコートを手にしてました」

「連中の話の内容は聞きとれたかね」

「はい、すぐそばまで来たから、はっきり聞こえました。ミス・シートンのことでいろいろ言ってました。新聞で読んだらしくて、強烈なアメリカ訛りの男がヒロインに会いたいと言いだしたけど、アートって男に〝時間が遅いから無理だ〟と言われました。で、結局、沼沢地をまわって小道をひきかえし、ミス・シートンのコテージの前を通り過ぎることになったんです。あ、そうだ、そこで誰かが〝方向を間違えずに行けるから〟って言ったんだった」

「誰が言ったんだい？」

ナイジェルは思いだそうとするかのように眉根を寄せた。気をつけなくては。「わかりません。よく覚えてないです。女の子の一人だと思うけど」

「それからどうなった？」

「車で走り去りました」

「四台とも？」

「はい……い、いいえ」ナイジェルはしどろもどろになり、それから立ち直った。「三台で。ブレッテンデンの連中は二台しか持ってきていなかった。あとの二人は駐車場の入口近くに車を止めてました。はっきりとは見えなかったけど。濃い色のセダンでした。ぼくが知ってるのはそれだけです」

「こらこら、コルヴデンくん、それだけではないはずだぞ」デルフィックは謎めいた言い方をした。「では、その少々――〝無責任な〟と言うべきかな？――きみの仲間に焦点を当ててみよう」いまも手にしたままの氏名リストにちらっと目をやった。

「ぼくの仲間じゃありません」ナイジェルは言い返した。

「……少々無責任な仲間の連中が一人暮らしの年配女性のコテージの前に集まろうとしていたのに、きみはその女性に警告しようとは思わなかった。さらに言うなら、警察に通報しようともしなかった。何もせずに」デルフィックは氏名リストをテーブルに戻した。「家に帰ってしまった」

「違います……」ナイジェルは反論しようとした。

その前にデルフィックが言った。「そうだな、違う。帰る途中で時間をとって、その仲間と危険なロードゲームをやり、相手の車の一台を溝に突き落とした」

一瞬、ナイジェルは驚きのあまり言葉を失った。どうしてそれを？　そもそも、どうしてこんなに早くばれてしまったんだ？　警視に言われたことを思い返してみた。問題になるようなことは何も……いや、待てよ——ブレッテンデン・ロードで事故があって、ポッター巡査が現場検証をしていたという。きっとそれだ。ぼくの車だと警視が推測したのだ。でも、確証はないはず。「なんの証拠もないじゃないですか」ナイジェルは言った。

「わたしが多少なりとも興味を持つか、ほんのわずかな重要性を認めるかすれば、証拠はいくらでも出てくる。道路脇にきみの車のタイヤ痕がついていれば、それで充分だ」

「わかりましたよ」ナイジェルはつっけんどんに答えた。「確かに溝に突き落としました。できればもう一台も突き落としてやりたかった。警視さんはゲームだと思ってるようだけど、ほんとは違うんです。向こうがぼくを道路から押しだそうとしたけど、まさかこっちが反撃の用意をしてるとは思わなかったんだ。連中がほかの車にも同じことをするのを、ぼくは何回も見てるんです」

「なるほど。つまり、きみは灌木の下に潜んで他人の会話を盗み聞きするだけでなく、監視の目を光らせ——あとをつけてまわるわけか」

気に入らない——レンジャー部長刑事は思った。どう考えても気に入らない。〈御神託〉も何を考えてるんだか。とにかく、この坊やは精一杯やったんだ。大健闘だ——おれならそう思う。警察はつねに一般市民に捜査協力を求めている。そう、坊やは協力してくれた。その結果どうなったか、見てみるがいい。〈御神託〉はこの子がまだ青二才だってことを忘れている。二八歳という成熟した冷静沈着な立場から、一八歳という未熟な地平線をふりかえったレンジャー部長刑事は、もし自分が一八のときにこんな雰囲気で〈御神託〉の尋問を受けたなら、いまごろたぶん泣き崩れていただろう、とすなおに認める気になった。

「連中を監視し、あとをつけた理由について、きみなりに説明したいだろうね」

ロンドン警視庁の刑事たちに会いたいと本気で考えたのが馬鹿だった、とナイジェルは思った。自分が望んだのは刑事に会うこと。話を聞いてもらうこと。助けを求めること。ほかにもいろいろと……。警視庁の刑事というのがこの程度の連中なら、自分はきっとどうかしてたに違いない。情報提供まで考えたのだから。こんな扱いをされたからには、警視庁の連中には二度と会いたくない。

「どうかな、コルヴデンくん?」

ぼくが連中を尾行していた理由? 話しても別に構わないだろう。「なぜ尾行したかというと、連中が――いや、ぼくには証明できなくて、事実とは言えないから、警視さんの参考にはならないと思います。でも、ひとつわかったことが――いや、すみません。これも事実じゃなくて、ぼくの推測にすぎないけど――あの連中、人の家に忍びこんで盗みを働いてるようなんです」

「皮肉も下手な言い逃れもきみを助けてはくれないぞ」

「同感です」ナイジェルは言い返した。「でも、どうしてそいつらを罰してくれないんです？」

「きみが連中にどんな疑いをかけているにせよ、わたしに話してくれたわずかなことから推測するに、疑惑の根拠となるものは何もない」

「根拠がない？」ナイジェルは叫んだ。「あなたが何も信じようとしないのは勝手だけど、ゆうべの件はどう解釈するんです？」

「ゆうべは、コルヴデンくん、きみ自身が連中に鉄壁のアリバイを提供したことになる。車は二台とも二キロほど離れたブレッテンデン・ロードにいて、しかも片方は溝にはまっていた。銃声が響いたとき、二台の車の連中は警察に供述をしている最中だった。連中が関係しているとは考えにくい。わたしに言わせれば、きみが連中に侮辱されたとか、危害を加えられたなどと勝手に思いこんで、仕返しを企んでいる可能性のほうがはるかに高そうだ。きみはついでに、わたしの勘違いでなければ、起きてもいない事件を匿名電話で通報して、きみの個人的な仕返しに警察をひきずりこもうとした」

「起きてもいない？」憤慨のあまり、ナイジェルの口が軽くなっていた。「次の日の夜、泥棒に入られてぶちのめされた気の毒な夫婦のことはどうなんです？　それもぼくの勝手な思いこみだと言うんですか？」

「具体的な被害が」デルフィックは自分の椅子に戻って腰を下ろし、脚を伸ばして、両手をポケットに突っこんだ。「ようやく登場だな。おかげでわれわれも捜査を進めることができる。二件とも同じ連中のしわざだと、どうしてきみに断言できるんだね？」

「いや、断言なんかしてません」ナイジェルはむっつりしていた。「何が起きたのか、次の日までぜんぜん知らなかったんだから」

デルフィックはむずかしい顔になった。「けさ、その事件のファイルに目を通してみた。きみの証言はどこにも出ていなかった。そこまで知っていたのなら、なぜ正直しかない。きみは事件に関係した誰かを庇おうとしている」

「ぼくは……」

「反論はやめるんだな。きみと遊んでる暇も趣味もわたしにはない。わたしの読みが正しければ、きみが認めるはずはないし、いずれにしても、わたしのほうですぐに探りだせるだろう。ひとつだけ、はっきり言っておきたいことがある。わたしが嫌いなタイプというのは」デルフィックはわざとゆっくり言った。「面白半分に他人の命と財産をおびやかす残忍で軽薄で卑劣な悪党どもだ。そのほとんどが興奮を高めるために麻薬をやり、悪習に染まるだけでなく、人格が崩壊していく。いまの時代、麻薬に溺れた連中を援助と治療が必要な病人とみなすのが正しい考え方なのは百も承知だが、そういう連中とその悪事の被害をわたしと同じぐらい何度も目にしていれば、きみだって、クズどもを救おうとするのは時間と金の無駄であることを理解するだろう。そういう連中は排水溝に流して本来の居場所へ追い払ってやるほうが賢明かつ簡単だ」

ナイジェルはいきなり立ちあがり、憤慨のあまり言葉につかえながら言った。「よ、

「よくもそんなことが言えますね。な、なんにも知らないくせに。年上だって、いい、いうだけで、この世界の問題をすべて、か、解決できる、みんなの、な、悩みにも答えられると思ってるんだ。お、親の責任はどうなんです？　親のことも、たまにはちゃんと見てくださいよ。あなたには――あなたには、父親も兄弟姉妹もいない若い子の気持ちなんて想像できないんだ。いるのは母親だけ、それも一日じゅうくだらない本を書きつづけてて、外出なんかしないし、人を家に呼ぶこともなかったら、その子はじきに、同じ年ごろの友達を作って出かけたり、楽しいことを見つけようと、し、したりして、最後は悪い仲間とつきあうようになって、とんでもない目にあうんだ。アンジーみたいに」

6

「そう。それが最後の署名。最後です。それですべて完了と言っていいと思います。ええ、これで終わりです。とりあえず、いまのところは」ブレッテンデンの市会議員で将来の市長候補でもある弁護士のヒューバート・トレフォールド・モートンは、椅子にもたれてにこやかに微笑した。「遺言書の検認にもそう長くはかからないでしょう。大丈夫です。不動産に関してはなんの問題もありませんし、遺贈のほうも、ブルーマー夫妻への少額の遺贈以外は何もありません。長くかかって三カ月程度ですね。あなたのご親戚にあたるあの女性はすばらしい人でした。ええ、すばらしい人でした。光栄にも、すべての手続きをわたしに任せてくださり、自分で言うのもなんですが、わたしの仕事ぶりもそう悪くはなかったです。ええ、悪くはなかったです。もちろん、わたしのところには地元の情報がどんどん入ってきますから、言うなれば、最新の情報にも精通しておりまして、使わずに置いてある資金が多少なりともあれば、いつが不動産の買い時かを判断できる立場にいるわけです」弁護士は高笑いをした。「不動産。投資なさるならそれです。あなたが土地を所有すれば、それは確実にあなたのものとなる。不動産の話が出たついでに申しあげておくと、スイートブライアーズ荘はすこぶる快適なこぢんまりした住まいです。ええ、快適です。あそこで暮らすおつもりなのか、それとも、売却を考えておられるのか、わたしにはわかりませんが」

「まだ決めておりません」ミス・シートンは小さな声で答えた。

「そうでしょうとも。急ぐことはない。急ぐことはない。売却をお考えの節は当事務所にお任せくだされば、たぶん大いにご満足いただける売買ができるでしょう。ええ、大いにご満足いただけるでしょう」モートン弁護士はふたたびにこやかな笑顔になった。「さて、知っておきたいことが何かおありでしょうか？　どんな小さなことでもかまいません。わたしでお力になれるなら」

ミス・シートンは指先を額に押しつけた。「いえ、せっかくですけど、いまのところは何も」まったく、このモートン弁護士が力になろう、親切にしようとしてくれるのはわかるけど、声が大きすぎて鼓膜が破れてしまいそう。バネット老夫人はどうやって耐えてたのかしら……でも、考えてみたら、法律関係のことは書面でやりとりしてたに決まってる。晩年はとくにそうだったはず。少なくとも、手紙が大声を張りあげることはない。ミス・シートンはため息をついて立ちあがった。

トレフォールド・モートン弁護士も鈍重な物腰で立ちあがり、デスクによりかかった。「こんなことを申しあげて気になさってはなんですし、女性に失礼な態度をとるつもりはないのですが、ミス・シートン、いささかお疲れのようにお見受けします。失礼なことを申しあげてすみません。本当にすみません。もちろん、無理もないことです。新聞記事によれば、きわめて悲惨な経験をされたようですね。じつに悲惨な経験を。それに、噂も流れています――ただの噂ですが、小さな村で噂がどんなふうに広がるかはご存じでしょうし、プラマージェンはそう遠くありません。遠くありません。ゆうべ、そちらでまたも悲惨な事件が起きました。もちろん、わたしは耳にしたことの半分も信じていませんよ。それどころか、ほとんど信じておりません。だが、銃声が聞こえたという噂で……」

ミス・シートンは自分の持ち物を集めた。弁護士は続きを期待する様子で言葉を切った。詳しい話はできない――だめ、ぜったいにできない。

モートン弁護士は失望をさりげなく押し隠した。「すべてがひどい誇張であることに疑いはありません。まったく疑いはありません。しかし、やはり物騒なことです。くれぐれも用心してください。ある程度の年になったら、人はみな、もう少し用心する必要があるのです。ガソリンスタンドに電話して、お帰りのさいの車を頼みましょうか?」

「いえ、お構いなく。大丈夫です」ミス・シートンの返事はきっぱりしていた。車を待つあいだ、モートン弁護士のわめき声を聞かされるのかと思うと、それだけで耐えられなかった。おまけに、この弁護士には、相手の理解度が低いと思っているかのように、同じことを少なくとも二回くりかえす癖がある。でも、考えてみたら、議員である以上、演説をする機会は多いはず。同じことをくりかえすのは、たぶんそのせいね。「ほんとに大丈夫ですから。ひどい頭痛がするだけなんです。でも、新鮮な空気を少し吸えば治まるでしょう」

「頭痛?」モートン弁護士が彼女に鋭い視線をよこした。「おや、それはいけません。困りましたな。ぜったいにいけません」ペンを手にして、メモ用紙に何やら数字を書きはじめた。すばやく計算をし、出た答えに満足したらしく、メモ用紙をくしゃくしゃに丸めてくずかごに放り投げた。「しばらくお待ちください。あなたにぴったりのものをお持ちしましょう。誰かに渡していなければの話ですが。いや、たぶん、そんなことは——ええ、人に渡した覚えはない。いままさに必要なものだ」弁護士は背後のドアをあけ、そそくさと出ていった。

オフィスが至福の静寂に満たされた。調度類が縮まって正常なサイズに戻り、空気とミス・シートンの頭が振動するのをやめた。だが、それも長くは続かなかった。モートン弁護士が錠剤の小壜を得意そうにかざして戻ってきたため、暑苦しさがよみがえった。

「ありましたぞ、ミス・シートン。これです。ご自宅に着いたら、横になり、この錠剤を一錠おのみください。奇跡のように効きます。奇跡のように」

「ご親切にどうも、モートンさん……」

弁護士は顔をゆがめた。「トレフォールド・モートンです。われわれ弁護士はフルネームを使います」

「……トレフォールド・モートンさん、でも、わたし、麻薬はほとんど使いませんので」

「麻薬？」弁護士はむっとした。「とんでもない、違います。そのようなものでないことはわたしが保証します。ホメオパシーという代替医療で使われる薬だそうです。友人がくれました。親しい友人が。しばらく前に。いろいろと――そのう――大変だった時期に。わたしには奇跡のような効果がありました。奇跡のような。さあ、黙ってお受けとりください」弁護士はミス・シートンの手に小壜を押しつけた。「忘れないで。帰宅後すぐに一錠のむのですよ。そして、ストレスに耐えられなくなったら、さらに一錠。あなたにとっては試練の時期ですからな。驚くほどくつろいだ気分になれるでしょう。驚くほど」

恥ずかしい話ね。とんでもないスキャンダルだわ——バスの前方の座席で二人の女性が言っていた。しかも、思いきり大きな声で。止めたほうがいいかしら、とミス・シートンは迷った。そんな噂にはひとかけらの真実もないことを二人に教えたほうがいい？　でも、騒ぎを起こすのはきまりが悪い。しかも、バスのなかで。事態がよけい悪化するだけだ。ほかの場所なら、思ったことをはっきり言って立ち去ればいい。でも、バスのなかで立ち去るのは無理。とにかく遠くへは行けない。バスを止めて降りるしかない。そのあとは当然、歩いて帰らなくてはならない。いささか遠すぎる。もしくは、次のバスが来るまで二時間待つか。ああ、困った。帰りの車を呼ぼうというトレフォールド・モートン弁護士の提案に従えばよかった。ミス・シートンは座席にすわったまま憤慨していた。噂話に夢中の二人の女性と通路を隔てて反対側の座席にすわった女性が、太ったほうをミセス・ブレインと呼んでいた。すると、細いほうはミス・ナッテルに違いない。ナイジェルが言っていたとおりだ。恐るべき二人組。

ゆうべ、ミス・ヴェニングがうちの卵を盗んだなんて、よくも言えたものね。そして、こともあろうに、このわたしがミス・ヴェニングを撃とうとしたなんて。どこからそんな奇天烈なことを思いついたの？　卵を盗もうとしたのはどこかの愚かな若者だったのに。ミス・ヴェニングの名前を出すなんてひどすぎる。

　バスがスピードを落とし、道路脇の空地で待っていたふっくらタイプでつやつやの顔をした小柄な女性を乗せるために停止した。その空地から生垣のあいだへ小道がひっそりと延びている。小道を示す白い塗装の標識に黒い文字で〝メドウズ荘〟と書かれていた。

　ミス・シートンは席を立ち、急いで通路を進んだ。思いだした。ヴェニング家の住まいに違いない。プラマージェンもそう遠くない。せいぜい一キロ半ぐらいだ。それなら、徒歩で楽に帰れる。標識が目に入ってほんとに幸運だった。いますぐ訪ねて説明することにしよう。謝らなくては。この悪意に満ちた噂が悪影響を及ぼす前に打ち消しておかなくては。ミス・シートンはミス・ナッテルとブレイン夫人の横を一瞥もせずに通り過ぎた。バスを降りる彼女のために、ふっくらタイプの小柄な女性が脇へどいた。

　その小柄な女性はフラターズ夫人だった。驚いてうしろを見ながらバスに乗りこんだ。誰かがうちの奥さんを訪ねようとしている。困ったことになりそう。でも、仕方がない。あとを追っかけて様子を確かめたくても、そんな暇はない。〈ケニア・コンチネンタル〉でランチの約束なのに、間に合わなくなってしまう。奥さんがコーヒー抜きで客を迎えるしかないとしたら、それも困ったことだ。けさはミス・アンジーがあんな状態だったから、奥さんもわたしも大忙しだった。

あわててバスを降りるミス・シートンの姿を見て、〈ナッツコンビ〉が意味深な視線を交わした。バスが発車した。道路脇を離れた。開いた窓から楽しげな忍び笑いと言葉が流れでた。「ほらね、言ったとおりでしょ。証拠が必要だというなら……」

ミス・シートンは怒りの波に押されて、カッカしながら小道のなかほどまで歩いたが、怒りはやがて嘘のようにひいていき、疑念という逆流のなかであがく結果となった。

ヴェニング夫人がこんな辺鄙(へんぴ)なところで、こんな——こんな孤立した暮らしを送っていようとは夢にも思わなかった。よく考えたら、あの恐ろしい噂がヴェニング夫人の耳に入っていない可能性も大いにある。いや、おそらく入っていないだろう。とにかく、いまのところは。悪意に満ちた噂に憤慨しつつ罪なき犠牲者を元気づけるのと、犠牲者自身に自分は犠牲者だという自覚がなく——いや、この場合、犠牲者はたぶん二人だろうが——こちらが憤慨する前にまず、なぜ憤慨しているかを説明しなくてはならないのとでは、状況が違う。元気づけてもらう必要があることを自覚していない相手を元気づける場合は、自分自身がはっきり理解しておかなくてはならない。なぜ元気づけようとするのか、なぜその必要があるのかを……ああ、もうっ、ややこしい。それに、当然ながら、お節介だと思われてしまう。でも、陰で何を言われているかをヴェニング夫人と娘がまだ何も知らないとしても、いずれ知るに決まっているのだから、やはり事前に警告しておくほうが親切というものだ。言うなれば、トゲが刺さる前に、そのトゲの毒を拭きとっておくのだ。それは当然の義務。でも、考えようによっては、悪い知らせを届けることでもある。じつにさまざまな見方ができるものだ。

ミス・シートンはあらゆる角度から検討を続けながら、ためらいがちな足どりで小道を進んだ。常緑樹のスイカズラと斑入りの蔦にところどころ覆われた高いレンガ塀が前方に見えてきた。小道が急角度で右へ折れた。塀に沿って延び、大きな木製の門のところで終わっている。門の片側に小さな扉がついている。ミス・シートンはその扉に近づいた。

威圧的な雰囲気の門だった。警備に立つ衛兵の姿を思わず想像しそうだ。呼鈴もノッカーもなく、郵便受けすらない。簡素な木製の扉がリングつきの掛け金で留めてあるだけだ。扉をあけてなかに入った。不思議な世界に入ったような気がした。それまでは今日の強風など意識していなかったのに、背後の扉を閉めたとたん、風がぴたりとやんだことに気づいた。すばらしい安らぎ。いえ、安らぎという言葉は合わない。静けさだ。想像力豊かな人なら、陰鬱な静けさと表現するかもしれない。

右のほうに中庭と車庫があった。左を見ると、趣味よくとりあわせた灌木の茂みが庭を縁どっている。目の前にはコンクリートの小道、小さな納屋のような建物の裏口まで延びている。その右側に温室。左側には小道があり、カーブを描いて、剪定された高い生垣の向こうへ続いている。

人の姿はなかった。物音もしなかった。小道のカーブを曲がると、家の裏手に出た。そう、そちらが裏手に違いない。瓦屋根が急勾配を描き、その下にオーク材の小さなドアがついている。船用のベルをミニサイズにしたものがドアのそばにかかっているが、両側の窓と同じくドアも閉じたままだ。しかし、ずっと向こうの掛け金つきの窓がわずかにあいていた。人の気配をかすかに示すものだ。ベルを鳴らすことにしようか？　それとも、表の玄関へまわったほうがいい？　何が正しいかを見極めるのは本当にむずかしい。こういう古い家で暮らす人の多くが日常的に使うのは裏口だ。訪問する側は玄関へまわるほうが、たぶん礼儀にかなっているだろう。

玄関ドアはオーク材のシンプルなもので、レバー式の頑丈な木製の掛け金がついていた。呼鈴なし。ノッカーもなし。郵便受けもなし。郵便配達の人はどうしているのかとミス・シートンは首をひねった。傘の柄で玄関を叩いてみた。しばし静寂が続いたが、不意にその静寂が破られ、かんぬきをはずす音がした。掛け金がはずれて玄関ドアが外に向かって勢いよく開き、ミス・シートンはあわてて飛びのいた。きりっとした顔に苦悩の表情を浮かべた長身の女性が沈黙したまま、問いかけるようにこちらを見ていた。ミス・シートンは狼狽のあまり、しどろもどろになった。

「あ、あの……こちらにまわってはいけなかったのでしょうか？」

「そうね」

ミス・シートンは駆けだした。かんぬきが元どおりにはめられた。ヴェニング夫人は家のなかを通り抜け、ミス・シートンは家の横を急いでまわった。息を切らして裏口にたどり着くと同時に、ドアが開いて、ミス・シートンはさっきと同じ状況に直面した。同じ女性、同じ表情、同じ沈黙。

使われていない玄関ドアを叩いた程度の些細なことで動揺するなんて愚かなことだ。よくあるミスだし、ヴェニング夫人も明らかにそう思ったようだ。でなければ、いまみたいに玄関から裏口へ直行し、すぐにあけてくれるようなことはなかっただろう。

しかし、ミス・シートンとしては、訪問の理由がよけいに説明しにくくなった。どう言えばいいの？　いちばんいいのは、事実をありのままに述べることだ。正直に説明してわかってもらうしかない。

「じつはお詫びに伺いました」ミス・シートンはそう切りだした。「いえ、厳密に言うと、お詫びではなくて——少なくとも謝罪する必要はないんです……だって、わたし自身が何かしたわけではないので。ただ、噂を耳にして、とても大きなショックを受けたものですから。でも、その噂にはひとかけらの真実もないことを、わたしはよく承知していますし、お宅へ続く小道のそばをたまたま通りかかったものですから、その点をはっきりお伝えしておくのが正しいことだと思ったのです」

ソニア・ヴェニングはこの訪問者を凝視した。やがてこう言った。「何をおっしゃってるのか、まったくわかりませんけど」

ミス・シートンは心配そうな表情になった。「あの……ヴェニング夫人ですよね？」

「ええ」

ミス・シートンは安堵の笑みを浮かべた。「よかった。わたしったら馬鹿ですね。最初にお尋ねすべきだったのに。なんの話だかわからないとおっしゃる気持ちはよく理解できます。おそらく理解していただけないことは百も承知でしたが、じっくり考えた結果、やはり事実をお伝えしておくことがどうしても必要だと思ったものですから。いずれそちらのお耳にも入るでしょうから、あらかじめお伝えしておけば、無視なさるのも反論なさるのも自由ですもの」

「何がおっしゃりたいの？」

「卵です」ミス・シートンは大真面目に答えた。「お宅のお嬢さんがうちの卵を盗んだという噂が流れているのです。ひどすぎますでしょ」

ヴェニング夫人は落ち着き払ったまま、とげとげしい声で言った。「誰がそんな噂を？」

「ブレイン夫人とかいう人です。たぶんその名前で合ってるはずです。それから、ミス・ナッテルとかいう人も」

「でしたら、おたがい、そんなことで頭を悩ませる必要はないと思います。何を言いだすかわからない人たちですから」

「でも、バスのなかだったんですよ。公共の場所で」

「アンジェラがバスのなかであなたの卵を盗んだというの？　くだらない。話にならないわ」

「いいえ、そうじゃなくて……バスのなかで噂されてたんです。誰にでも聞こえるところで。わたし、たしなめようと思いましたけど、人前で騒ぎを起こすのは抵抗があって……。で、そのとき、メドウズ荘と書かれた標識が目に入ったので、バスを降りて、まっすぐこちらにお邪魔しましたの。ゆうべのことは、本当は子供っぽい愚行にすぎなかったのに、発砲騒ぎがあったり、警察が乗りだしたりしたため、大騒ぎになってしまったのです。おまけに、お宅のお嬢さんの名前をあんなふうに無責任に出すなんて、許しがたいことです」

ヴェニング夫人の顔は表情をなくした仮面のようだった。脇へどいた。「お入りいただいて、その馬鹿げた出来事についてはっきり説明してもらったほうがよさそうね」

ヴェニング夫人はさらなる説明を聞きながらこの訪問客を見つめた。いま聞かされたばかりの話についてじっくり考えた。でたらめに決まっている。ただし、真実も多少含まれているかもしれない。深夜に卵を盗みに出かけるような少年は、この村にはいない。ニワトリそのものを狙うことも、ぜったいにないとは言いきれないけど、ふつうでは考えられない。それに、銃など持っているはずがない。コルヴデン家の連中がまるで出番の合図を受けたみたいに登場してるけど、あまりにもタイミングがよすぎて、誰がどこで登場するのか、あらかじめ決めてあったんじゃないかと思いたくなるほどだ。

そのすべてがゆうべの警察の行動と関連しているに違いない。わたしがフラターズ夫人から聞いたその話を、夫人は牛乳配達の男から聞いたらしい。地元の巡査だけじゃなくて、パトカーも出動していたらしい。それも一台だけじゃなかったとか。これって何かの罠なの？　それとも、この女性は知るかぎりの真実を話しているだけなの？

アンジェラはゆうべ、真夜中を少し過ぎたころに帰ってきた。一人きりだった。でも、村の人々はアンジェラをゆうべの騒ぎと結びつけて考えるに決まっている。率直に言うと、村人の想像はたぶん当たっているだろう。重要なのは、今回あの子がどこまで関わったのかということ。そして、証拠があるのかということ。あれこれ考えあわせると、ミス・シートンの話はどうやら本当らしい。彼女のコテージにわたしたちが置いてきたとかいう壜詰めのジャムの話まで出してきたもの。そうか、ジャムはたぶんアンジェラが置いてきたのね。この人はたぶん、知るかぎりの事実を話しているし、こうして訪ねてきたのも力になりたい一心からだったのだろう。

ヴェニング夫人は立ちあがった。

「わざわざおいでくださるとは、なんてご親切なんでしょう。心から感謝します。村の噂話がいかにでたらめで、悪意に満ちているかは、わたしも知っています。ついでに言うなら、どんな噂話でもそうですわね。でも、事前に警告していただけて、とても助かりました。玄関でお目にかかったときのわたしの態度が、いささかぶっきらぼうだったのなら、お詫びします。でも、家政婦は買物に出かけてますし、わたしは仕事中だったものですから」ヴェニング夫人はタイプライターとデスクに散乱している紙屑のほうを身振りで示した。「つい没頭してしまうんです。集中しているときに気持ちを切り替えるのはとてもむずかしいことだわ。とくに」夫人は申しわけなさそうに微笑して、片手を頭に当てた。「ひどい頭痛を抱えているときは」

「それはお気の毒に。さぞお辛いことでしょう」ミス・シートンは同情した。「横になったほうがいいんじゃありません？　でも、なんて不思議な偶然かしら」バッグをあけてなかを探った。「午前中に頭痛薬をもらったんですよ。どこかに入ってるはずだわ。わたしはたぶんのまないと思いますけど。薬はあまり好きじゃないので」

「どうして？　薬は好きじゃないって、誰のこと？」

会話を邪魔されて、二人の女性はふりむいた。ヴェニング夫人があわててドアまで行った。

「アンジェラ、何してるの？　自分の部屋に戻りなさい」

「あら、うるさいこと言わないでよ。何があったの？　誰なの、その……？」

「口答えしないで。さっさと部屋に戻りなさい。具合が悪いんだから。ゆうべから悪かったのよ。覚えてる？　ベッドに戻って、ママの言いつけどおりにおとなしく寝てなさい。でないと、もっと具合が悪くなるわよ。あっというまに悪化するんだから。いいわね。さあ、ママの言うとおりにしてくれる？」娘は渋々階段をのぼっていった。ドアが乱暴に閉まった。ヴェニング夫人が無理に笑顔を作った。「申しわけありませんん……」

「とんでもない」ミス・シートンはおろおろした。「申しわけないのはこちらです。ご心配でしょうね。若い人って――ほんとにせっかちですもの。いつだって自分が正しいと思いこんでいる。あら、わたしったら何を……？　あ、そうそう、思いだしたわ。あなたに効くかどうかわかりませんけど、よく効く薬だそうです」ハンドバッグから錠剤の小壜をとりだした。「これです。頭痛薬。効き目がありそうだと思われたら、試してみてください」

ヴェニング夫人の笑顔が凍りついた。甲高い耳ざわりな笑い声を上げた。ミス・シートンはあとずさった。ヴェニング夫人が進みでて、彼女の手から小壜を乱暴に奪いとった。

「出てって」客に向かってどなった。「出てって。嘘つきの薄汚いスパイ。さあ、出ていきなさい。お金がほしいのなら別の方法を考えることね。あなたの作戦は大失敗よ。さあ。さっさと出てって」

ライサム館の昼食に招かれながら、距離もしくは歩行速度の判断を誤ったせいで、ミス・シートンは遅刻してしまったが、食事の雰囲気もとうてい楽しいものではなかった。うわの空のミス・シートン、悩みごとがある様子の不機嫌な息子、会話の名手とはけっして言えない夫を前にして、食卓を活気づけようとするレディ・コルヴデンの努力は徐々に弱まり、四人は沈黙のなかで食事を終えた。

昼食がすむと、ミス・シートンはコテージに戻るつもりだとみんなに告げた。思いとどまらせようとしてコルヴデン一家が説得に努めているところへ、ミス・シートンの事情聴取をするために警視が部長刑事を連れて到着し、その説得に加わったが、彼女の決心は変わらなかった。ひと晩泊めてもらって感謝しているが、これ以上厄介をかける理由はないというのだ。じつはコテージがすっかり気に入ってしまったため、早く戻りたいだけのことだった。そこで、デルフィックとレンジャー部長刑事は自分たちの車で彼女をコテージまで送り、事情聴取はそちらでおこなうことになった。

ミス・シートンと警視が暖炉の左右に腰を落ち着け、くつろいだ様子になると、部長刑事は〈ザ・ストリート〉に面した窓辺のテーブルについて、つねに持ち歩いているノートを広げた。

「今回は、声は聞こえたものの、何も見えなかったことを認めるしかないわけですね。いや、むしろ、照明が暗かったことを」

ミス・シートンは微笑した。「そのようです、警視さん。でも、ロンドンのときと同じ若者だと仮定するのは間違いだと思います。ゆうべの男は間違いなくイギリス人でした」

「両親はフランス人だったかもしれないが、ルベル自身は生まれも育ちもロンドンです。外国訛りはありません。ゆうべの男はどんな声でしたか？」

ミス・シートンは考えこんだ。「いいえ。お役に立てそうもなくてすみません。ごく普通の声でした。とても平凡な声。教養のある声ではなかったわ。〝奥さん〟って呼びかけられたのを覚えています。〝家に戻るんだ、奥さん〟とか――そんなような言い方をしました」

「歩く姿は見ましたか？」

「はい。わたしが最初にそこへ――鶏小屋のことですけど――駆けつけたとき、こちらに向かってきたんです」

「ならば、脚をひきずっていたかどうか思いだせませんか？　サー・ジョージがそう証言しているのです。もともと脚が悪いのか、それとも、逃げるときに足首をくじいたのか、どちらでしょうね」

「あの……」言葉がとぎれた。ミス・シートンの頬が赤く染まった。

「覚えておられませんか？」警視は返事を求めた。

「いえ――あの、覚えています。相手に申しわけなくて。ゆうべ、ニワトリが騒いだので、スタンが動揺すると思って心配になりましてね、責任を感じました。そこで、男に〝やめなさい〟と言ったんです。〝ニワトリを怖がらせるのはやめなさい〟って。向こうがそれを無視して、〝家に戻るんだ〟と言い、こちらに銃を向けたものですから、わたしもついに堪忍袋の緒が切れて男の手首をぴしっと叩きました。すると拳銃が暴発したんです。きっと、それが足に当たったんだわ。怪我はなかったかと訊いたんですけど、返事はありませんでした。叫び声を上げ、片足をつかんで飛び跳ねてただけ。そのうち鶏小屋の屋根によじのぼって姿を消しました」

信じられない。荒唐無稽にも程がある。部長刑事は何か言わずにはいられなかった。

警視に話しかけた。「この人は――ヒー、ヒー！」つい笑ってしまった。自分の笑い声と〈御神託〉の黙れと言いたげな視線に衝撃を受け、歯を食いしばった。こわばった唇を震わせながら言った。「失礼しました、マダム。念のために伺いますが、男の手首を叩くのに傘を使ったんですか？」

「ええ、そうですよ」ミス・シートンはうなずいた。「どうしてご存じなの？」

「つ、つまり、そ、そうとしか考えられないので。そんなことをするのはあなたしか――ブ、ブフッ……」部長刑事は感心にも、笑いをこらえるために舌を噛んだ――思いきり。

「笑いの発作は治まったかね、部長刑事」

血色のいい部長刑事の顔が〈御神託〉のほうを向き、無言で訴えかけた。痛みと笑いをこらえる努力のせいで、目に涙があふれた。大きな涙が二粒、頬を伝い落ちた。デルフィックはあわてて顔を背けた。ひと粒がノートにポタッと落ちてしみになり、事情聴取の雰囲気を伝える証拠として残ることとなった。

「では……ええと」デルフィックは言葉に詰まるというめったにない経験をした。作戦を変更して、ふたたび質問にとりかかった。「ええと……なるほど、男が脚をひきずっていた点については、それで納得できました。それにしても、なかなかの射撃の名手ですな」深く息を吸った。「では、あと二点についてお尋ねしましょう」微笑した。「申しわけありませんね、ミス・シートン。終わりのない教理問答のように思っておられることでしょう。だが、警察の仕事は情報集めで成り立っているのです。大量の情報。そのすべてをファイルして、整理し、相互関係を調べねばなりません。そして、運に恵まれれば、こうした作業から真相が浮かびあがってくるのです。ときには情報が簡単に得られることもありますが、たいていの場合、われわれが出かけて掘りださなくてはなりません――終わりのない質問によって」

「そうでしょうとも、警視さん。わたしだって、できれば喜んで力になりたいと思っています。誰も何もしゃべってくれなかったら、警察も捜査の進めようがありませんものね」

「おっしゃるとおりです。さて、ここに一人の女流作家がいます。地元に住んでいて、一部の人々から〝くだらない〟と呼ばれる本を書いています」

「ヴェニング夫人のことをおっしゃってるの？　くだらないかどうか、わたしにはわかりません。とても人気の高いシリーズだと聞いています。一冊も読んだことがないのですが。小さな子供のために書かれた本ですよね」

「そして、ヴェニング夫人にはアンジーという娘さんがいます」

「アンジェラね、ええ」

「二人に会ったことはありますか？」

「はい」

さすが警視だ——部長刑事は思った。昼食のときは地元の巡査がパトロールに出ていたせいで、コルヴデンの坊やが言った〝くだらない女流作家〟の名前を聞きだすことができなかったのに、たったいま、ミス・シートンから、当人が気づきもしないうちに情報をひきだした。次はきっと二人の外見を尋ねるだろう。

「どんな感じの人たちですか？」デルフィックが訊いた。

「すみません——うまく説明できないんです。ヴェニング夫人とは一度話をしただけですし、お嬢さんのほうには、じつは会っておりません。顔を見ただけです。具合が悪そうでした」

「しかし、なんらかの印象は受けたはずですよ。少なくとも母親に関しては。どんなタイプの女性でしょう？」

ミス・シートンは口ごもった。「あ——あの、よくわかりません。お話しできることは何もなくて——」

「でしたら、こうお尋ねしましょう。どういう事情で夫人と顔を合わせたのですか？世捨て人のように暮らしている人だと聞きましたが」

「わたしが訪問したのです」

「最近？」

「はい。今日の午前中、村に戻る途中で。昼食の少し前でした。悪意に満ちた会話をたまたま耳にして、でたらめだとわかっていたので、ヴェニング夫人に警告しておかなくてはと思ったのです。そこで夫人を訪ね、そして……」

「そして？」

「そして……」ミス・シートンはまたしても口ごもった。両手が落ち着きなく動いた。「いえ、それだけです」

「しつこく尋ねて申しわけないが、警察としては、ヴェニング家のことをもっと探らねばならないのです。あなただって先ほど、誰も何もしゃべってくれなかったら、警察も捜査の進めようがないとおっしゃったじゃないですか」

「しゃべりたくないと言っているのではありません。お話しできることが何もないんです。ええと、あの方の態度がいささか変だったことは事実です。また、わたしにひどく失礼な態度をとったことも。でも、そんな話はすべきじゃないと思いません？何か事情があったのかもしれませんもの」ふたたび、ミス・シートンらしくもなく、両手が落ち着きのない動きを見せた。「やむをえない事情が」

デルフィックはさっきからミス・シートンをじっと観察していた。勢いよく立ちあがった。「よし、決めた。こうしましょう。紙、画用紙帳、鉛筆、絵具など、必要なものをなんでも用意してください。部長刑事とわたしは、あなたさえ構わなければ、庭のほうを調べることにします。鶏小屋、塀、その向こう側の地面を調べる。両手両膝を突いて這いまわり、ズボンを台無しにする。拡大鏡を使って雑草の葉を観察する。拡大鏡は持ってきたかね、部長刑事」

「いや、持っていません」

「よし。それでは、国民医療制度が良好に保ってくれている目を使うとしよう。おそらく何も見つかるまい。だが、少なくとも刑事らしく見えるはずだ。そのあいだ、あなたは家のなかでペーパーワークにいそしんでください」警視はミス・シートンのほうを向いてにこやかな笑みを浮かべた。「この方法でいいですね？　それがあなたの事件解決法だ。人々のことを探りだし、真相にたどり着く。あなたの指が真相を教えてくれる。そうでしょう？　あなたはそれを紙に描き、次に絵を解釈する――そして真実を知る。いかがですか？」

ミス・シートンはひどく困惑した。「まさか、そんな……いえ、たぶんそうね。ええ、ある意味では――わたしは確かに絵を描きます。品物をスケッチするし、似顔絵も描く。やめたほうがいいっていつも思うのに、描かずにはいられないんです。強迫観念のようなものでしょうか。でも、物事を明瞭に見るのに役立つのです。ただ、もちろん、きわめて個人的なことです。ある意味では、人に見せられない日記のようなものだと思います。ほかの人にはけっして見せないようにしています」

「われわれは別ですよ。聴罪師のようなものだ。忘れないでください。われわれは医者であり、聖職者であり、社会の病気を癒すための変則的な鎮痛薬のような存在であり、刑事なのです。錠剤ではなく紙と鉛筆に中毒している人がいるというのに、何も気づかなかった自分を反省します。さて、わたしは芝生の庭に出たほうがよさそうだ」警視はニッと笑ってみせた。「一人でゆっくり描いてください。さあ、行くぞ、部長刑事。芝生が待っている」

二人がフレンチドアを通り抜けて庭へ出ていくのを、ミス・シートンは見送った。あの警視さん、なんて話のわかる人かしら。安心できる人だし。それから、ノートを抱えたあの大柄な若い人。めったにしゃべらないけど。二人とも――ほんとに頼もしい。ミス・シートンは窓辺の書き物机の前にすわると、長い引出しのひとつをあけて、紙ばさみから画用紙を何枚かとりだし、鉛筆、木炭、消しゴムも用意した。引出しを閉め、天板を手前に下ろして、絵の道具を並べた。しばらくのあいだ、開いた窓から流れこむ新鮮な空気と、庭の景色と、静寂を楽しんだ。なんて爽やかなの。わたしはほんとに幸運だった。書き物机のところに戻ると、手が自然に動いて木炭をとり、画用紙を塗りつぶす作業にとりかかった。最初は何も考えずに始めたが、徐々に神経が研ぎ澄まされ、感情の赴くままに描きつづけた。

警視と部長刑事が到着したときは少しばかり興味を示したニワトリたちも、餌がもらえそうにないのを察して、すでに二人を無視していた。部長刑事が塀によじのぼってまたがった。

「その小屋で何か見つけるつもりなんですか、警視」

「ヘロインの袋が二、三個とか？　クソ野郎がずらかるときにすべって手から落っこちたってやつかい？」〈御神託〉はいたずらっぽく微笑した。「違うんだ、ボブ。それに、犯人が鶏小屋に袋を落としていったのなら、わたしとしては、眠れるニワトリたちをそっとしておくことに大賛成だ。ニワトリのささやかな楽しみをどうして邪魔できる？　また、きみに鶏小屋の捜索をさせるのも無理だと思う。たとえ、きみを鶏小屋に押しこむことができたとしても、きみが息を吐いたり、笑いの発作を起こしたりするだけで、小屋全体が崩壊しかねないからな」

ボブは面目なさそうな顔になった。「大いに反省しております、警視――笑ったりして。どうしても我慢できなかったんです」

「気にするな。だが、この次、泣かずにいられないときがあったら、泣いてるあいだはわたしのほうを見ないようにするだけの気遣いを示してもらいたい。わたしまで釣られて爆笑しそうになったぞ」

「警視が？　眉ひとつ動かさなかったじゃないですか」

「そう言ってもらうとうれしいが、内臓のどこにも深刻な破裂など起こしていないから大丈夫、と断言する気にもなれない。いまはとりあえず、時間つぶしのために捜索のふりをするとしよう。まあ、何か見つかる可能性もあるわけだし。裏の塀がずいぶん低いのが残念だ。家のなかから景色を眺めるにはいいかもしれんが、あの低さでは、泥棒にお入りくださいと頼んでるようなものだ」

「ルベルがこっちにもコネを持ってるとお考えですか、警視」

「きみは共犯者のことを言っているのだろうが、それはない。だが、連絡をとる相手という意味なら、答えはイエスだ。覚えておきたまえ、ボブ。麻薬商売には大金がつきもので、大金のあるところには大きな組織がつきものだ。ルベルはおそらく、ケチな売人と殺し屋を兼ねているのだろうが、組織のほうだって、円滑な運営を望むなら、自分のところの人間を守らなきゃならないし、逆に抹殺する必要に迫られることもある。組織にとってはいまのところ、ミス・シートンが邪魔な存在だ。なにしろ、組織が便利に使っている男の悪事をミス・シートンが暴きだせるわけだから。だが、警察がやつのしっぽをつかむか、不利な立場に追いこむかすれば、今度はやつが邪魔な存在となり、うまくいけば組織がやつを消し去って、ミス・シートンから手をひくという展開になるだろう。麻薬捜査班はおもしろくないだろうが、われわれの捜査の手間は大いに省けるというものだ」

「ヴェニング夫人もこれに関わっているとお考えですか?」

「端のほうで巻きこまれただけだろう」

「あんな人が巻きこまれるなんて変ですよね。すごい有名人なのに」

「まさか愛読者だなんて言わないでくれよ」

「姉の子供たちが——あのシリーズの大ファンなんです。ウサギのジャックというキャラクターが大好きでして」

「博識だな」デルフィックは感嘆の声を上げた。「さて、母親が娘を庇っているだけということも考えられるぞ。麻薬をやってるのはどうもその娘のようだ」

「じゃ、娘が薬物依存なんですか?」

「単なる推測だが。しかし、コルヴデンの坊やがしばらく前から彼女のことを心配していたのは確かだ。坊やの口からは聞けなかったが、娘がゆうべ、あのちんぴら連中と一緒にいたのは間違いない。また、ミス・シートンの話だと、娘はけさ、具合が悪かったとか。うんざりするほどおなじみのパターンだ」

「気の毒に」ボブは言った。

「そうだな」デルフィックも同意した。「これが事実なら、さらに気の毒なことになる。だが、元気を出せ。杞憂に終わるかもしれん。ただ……何も知らない素人が警察のまねごとをしようとするのは、わたしとしては気に入らない。危険だ。だから、コルヴデンの坊やには手をひくように言ったんだ。坊やに話をさせるには、激怒させるしか方法がなかった。かくれんぼをしながら走りまわり、同時にヴェニングの娘を庇いつづけたら、たちまち体調を崩して病院に入ることになってしまう。もっと悪い結果にもなりかねない。娘のほうはまったく気にしていない様子だし。ちんぴら連中を溝に突き落としたのはコルヴデンの坊やのお手柄で、連中の名前と住所が全部わかったから、麻薬班の刑事たちもあのクラブに漠然と探りを入れるかわりに、今後は連中の捜査に専念すればいい。こいつらは雑魚ばかりだが、そこを足がかりにして、連中を動かし、薬を供給している黒幕を突き止めるんだ。しかし、ヴェニング家のほうは、わたしが思うに……」肩をすくめた。「いや、よくわからない。どうも気になる。そろそろ行こうか。ミス・シートンが手がかりをくれるかもしれない。王立美術院にどっさり絵がかけられるぐらいの時間があったからな」

「ミス・シートンにヴェニング夫人の絵を描いてもらうことで、警視がどんな成果を期待しておられるのか、よくわからないんですが。ルベルのときみたいに、その絵が決め手となってヴェニング夫人を逮捕、なんてことにはなりそうもないし」

「それだったら、とても楽なんだが。自分が何を期待しているのかよくわからないが、あの女性には本人も自覚していない超能力があるような気がしてならないのだ。ただ、絵を描くことで彼女の頭のなかが整頓されて自分の考えを表現できるようになるのか、もしくは、絵自体に捜査を助ける力があるのかとなると、どうにも推測できない。さあ、行って、この目で確かめよう」

二人がフレンチドアに近づくと、絵に没頭しているミス・シートンの姿が見えた。使っているのは木炭で、指と脱脂綿で輪郭をぼかしたり、陰影をつけたりしている。二人はドアの脇に立ってそれを見つめた。しばらくすると、ミス・シートンは椅子にもたれて、描きあげた絵を点検し、次に木炭をとって画用紙の上部に何かを描き、親指の付け根でこすった。椅子をうしろにひくと、立ちあがって出来栄えを確かめた。デルフィックは前に出た。

「入ってもいいですか?」

ミス・シートンはびくっとして彼のほうを向き、虚ろな視線で二人を見つめて、ようやくわれに返った。「まあ、警視さん。ええ、どうぞ、お入りください。ちょうど手を洗おうと思っていたところです。木炭を使うと手が汚れて大変なの」黒く汚れた両手を差しだした。顔にも同じく汚れがついていた。「すぐ戻ります」

警視と部長刑事は立ったまま、散らかった書き物机に視線を据えた。いちばん上にのっているのが、ミス・シートンがさっきまで描いていた木炭画だ。うん、毎回成功ってわけにはいかんからな――部長刑事は思った。さすがの〈御神託〉も今回は失敗のようだ。いや、ミス・シートンの失敗と言うべきか。おれたちが庭を歩きまわっているあいだ、ミス・シートンはヴェニング家の母子を正面と横から描くことになってい た。ところが、そんなことはすっかり忘れてしまい、風景を描くことにしたようだ。しかも、ひどく陰鬱な絵だ。すばらしい出来だが、自分の家にこんなものを飾るのはごめんこうむりたい。山々が背景をなし、上のほうに暗い空。なんだか――不気味だ。そう、まさにぴったりの言葉。不気味。そして、左側に崖――いや、厳密に言うと崖ではない――岩だ。そこから流れ落ちる細い滝をひと筋の光線がとらえている――じつのところ、滝はふたつあるが、片方は岩の向こう側へ消えている――岩の下の滝壺を光線が照らしだし――なんと！――どこかの少女がまっさかさまに墜落して、壜か何かが放りだされ、粉々に砕けている。少女が助かる見込みはなさそうだ。全身の半分が水に浸かっているように見える。絵全体がなんとも不吉な雰囲気だ。おれの好みにはまったく合わない。

デルフィックが画用紙の下から別の画用紙をひっぱりだした。ボブはくすっと笑った。こっちのほうがいい。これならおれにも理解できる。手早く仕上げたペン画で、線が何本か描かれていた。万国旗のかわりに、市長の印である金鎖で飾られたテーブルがあって、その奥の演壇にでっぷりした偉そうな行商人が立ち、右手に持った小壜をかざしながら演説をしている。インチキ薬を売りつけようとする行商人の姿は、トレフォールド・モートン弁護士に気味が悪いほどよく似ていた。

戻ってきたミス・シートンに、デルフィックが笑いながら言った。「あなたが好きになれないこの紳士は誰ですか？」

「まあ」ミス・シートンは叫んだ。「勝手に見ないで」咎めるように警視を見た。「下に隠しておいたのに」

「わかってます」デルフィックはうなずいた。「しかし、端がのぞいていたため、見ずにはいられなかった。とても滑稽な絵だ」

「悪趣味なことは認めます。でも、鼓膜が破れそうな声を出す人なんです。わたしの名付け親が頼んでいた弁護士さん。遺言書検認の件で午前中に会ったとき、頭痛薬をしつこく勧められました。使うつもりはなかったけど、断わるよりもらっておくほうが簡単でした」

警視は考えこんだ。どう考えても妙な話だ。だが……詐欺師を描いた絵であることはまちがいない。また、どちらの絵にも、小壜という奇妙な偶然の一致がある。いや、果たして偶然なのか？ 少し探ってみればわかるだろう。この男の経済状態と依頼者たちの経済状態を少し調べてみれば……しかし、相手は弁護士だから、そうした捜査は極秘にしておく必要がありそうだ。

スケッチ画を下に置き、木炭で描かれた絵に視線を据えた。ミス・シートンが心配そうに彼を見ていた。「わかりやすい絵ではないかもしれません。参考にしていただけるでしょうか？」

「ええ、もちろん。参考になりますとも」部長刑事は警視に驚きの目を向けた。「あまり好きになれない絵ですが。絵に込められた意味合いも好きになれない。しかし、もちろん参考になると思います。ハムレットのセリフにある〝ニオベのように涙にくれて〟ですね？」

ミス・シートンが喜びに顔を輝かせた。「じゃ、わたしがどう感じたか、わかっていただけたのね」

「ヴェニング夫人がひどく失礼な態度だったそうですが？」

「え、ええ――ちょっとね。でも、何か誤解なさったに違いありません。頭痛がするとおっしゃったので、トレフォールド・モートン弁護士に渡された錠剤を勧めてみたんです。すると、夫人はわたしの手から小壜を奪いとり、薄汚いスパイだとかなんとか非難し、出ていってと言いました。でも、本気で言ったわけではないと思います。ひどく不幸な人で、苛立っていたのでしょう」

デルフィックは絵を指さした。「だから、ここに割れた壜を描いたのですね？」

ミス・シートンはうなずいた。「執筆中だったヴェニング夫人をわたしが邪魔したわけですし、創作活動をする人たちは邪魔が入るのをいやがりますから。無理もないことです」

「何を悩んでいるのだね、部長刑事？」

ボブは困惑の表情になった。「さっきのニオベがどうのっていうのがわからないんです。ニオベの像は見たことがありますけど。確か、ギリシャの女性でしたよね。子供がみんな死んでしまって、涙が止まらなくなったとかいう」

「ギリシャ神話に出てくる女性だ」〈御神託〉が訂正した。「娘一人を除く子供すべてをアルテミスとアポロンに殺されて、ニオベ自身は岩と化し、涙が二筋の川となって流れ落ちたという。岩だ、部長刑事。岩肌が女性の顔に見えないかね？」

突然、ボブにもそれが見えた。岩肌の陰影と草木は、目、鼻、口だったのだ。悲劇の仮面。なぜいままで気づかなかったのか不思議なほどだった。いまはもう、それ以外のものには見えない。娘一人を除いて子供がすべて殺された。ボブはふたたび絵の下のほうへ目を向けた。半身を水中に沈めて倒れている少女。そこに暗示されたものに不安を覚えた。

7

なんとも複雑怪奇な説明だった。〝苗を植えたら地面をしっかり踏み固め、空気を含んだ空洞が根の周囲に残らないようにしましょう〟これだけなら明瞭で筋が通っている。ところが、数ページ先に〝注意事項〟という欄があり、〝根の周囲の土をよくほぐして空気を含ませましょう〟と書いてある。どうやら、最初に空洞を残さないようにするのは間違いのようだ。ところが、五三ページまで読むとこんなことが……。〝バラの周囲の土はぜったいほぐさないように。バラは地表近くに根を張るため、土をほぐすと根を傷めるおそれがあります〟ミス・シートンは本を閉じ、そばの芝生の上に置いた。『園芸のコツ、教えます』。はいはい、でもどんなコツを？　矛盾するコツがずいぶんあるようだ。

園芸というのも、ほかの職業と似たところがあるのかしら。挫折した歌手が歌を教え、挫折した作家が小説の書き方を教え、彼女自身が身にしみて知っているように、挫折した画家が絵を教えるのは、世間によくあることだ。そういう人々は、挫折経験を持つ者のほうがいい教師になれると考えて自分を慰める。だが、成功を収めた者には人を教える暇などないに決まっている。そこで、ミス・シートンは考えこんだ——ガーデニングの世界でも、挫折した園芸家が本を書くわけ？　あら、そんなふうに考えるのはひどすぎる？　どんな植物にせよ、すくすくと育つのに必要な作業の半分でも実施すれば、食事の時間もとれなくなるに決まっている——本を読んだ者はきっとそう思うはずだ。この本の説明は本当に複雑怪奇だ。スタンに訊いてみなくては。ノックの音が聞こえた。たぶん、誰かが玄関をノックし、応答がないので困っているのだろう。ミス・シートンは立ちあがって芝生を横切り、釘にかかっている鍵をとって、塀の扉をあけた。

「なんか買ってくれねえかな、奥さん」もつれた赤毛の下から、きらきらした目がのぞいた。少年特有のしなやかな身のこなし——人の心を惹きつけるものがある。肌の透明度が薄れ、幼児期のぽっちゃり体形が消え、無垢な天使がずる賢いイタチに変わっていく年ごろだ。

ミス・シートンは戸惑った。「買ってくれないかって？　何を？」

「なんでもありさ。新鮮な野菜、炭酸飲料、卵、チーズ、缶詰。ほんとだってば——

ほしいもん言ってくれたら、出してやっから」

「いえ、いまのところ、必要なものは何もないのよ。せっかくだけど」

「そんなこと言わねえで。よそより安いぜ。直売だもん。どれ買うか言ってくれたら、ドアの前まで運ぶからさ。なあ、見るだけでも見てくれよ」少年はしつこくせがんだ。「見るだけなら損はねえだろ」

少年が脇へどいたので、ミス・シートンは前に出た。路地に古びた車が止まっていた。道に対して直角に止めてあり、後部ドアが左右に開いて、ミス・シートンの両側で塀にくっつきそうになっている。後部が改造されてバンのようになっている。荷室にはしなびて黄色くなったキャベツが二個か三個、ジンジャービアの壜が数本、段ボール箱が一個置いてあり、段ボール箱からは缶詰のスープや洗剤がのぞいている。ミス・シートンは買う気にもなれない品々を見つめた。「ごめんなさい。やっぱり……」

言葉の最後はくぐもった叫びに変わった。頭から腕まで袋をかぶせられ、足首をつかまれて、荷室の品々のあいだに投げだされたのだ。ドアが乱暴に閉まり、少年が運転席に乗りこむと同時に車が揺れ、ドアを閉める振動が伝わり、エンジンがうなりを上げた。バンが前進し、バックし、スピードを上げて路地を走りだすと、ミス・シートンは壜と一緒に右へ左へころがった。

両腕を自由にしようと必死に身をくねらせた。息の詰まりそうなかび臭い袋をかぶせられているので、そこから早く逃れたかった。ところが、車が揺れるものだから、思いどおりに動けない。不意に、角の尖ったものやずんぐりしたものがぶつかってくる。足の支えにできそうなものが何か見つかっても、そこに足をかけたとたん、その何かは消え失せ、またしても無力にころがる運命だった。壜がぶつかり、離れていく。無数の壜。そんなに多くなかったはずなのに。こうしてころがりつづけるあいだに、痛みと共に何かが首に当たり、そこに袋がひっかかって固定された。身をくねらせて肘が自由に使えるようにすると、あとは簡単だった。顔を覆っていた袋をはずし、上体を起こして暗闇のなかであたりの様子を探りながら、しなびたキャベツとガソリンの臭いをありがたく吸いこんだ。袋をかぶせられていたあとだけに、そんな臭いですら心地よかった。めったに腹を立てないミス・シートンだが、いまは激怒していた。

いくらなんでも、いたずらの度を超えている。たぶん、あの赤毛の少年が卵泥棒の犯人で、仕返しのつもりでこんなことをしたのだろう。愉快な冗談だと思ったのかもしれない。でも、笑いごとではすまされない。まったくもう。今日かぶっているのは上等の帽子で、新品同様なのに、きっと台無しになっているだろう。荷室の脇にもたれて、おそるおそる頭に手をやった。やっぱり。思ったとおりだわ——帽子がつぶれている。怒りが膨らんだ。車体をガンガン叩いて車を止めるように言ったが無駄だった。少年に止まる気があれば、そもそも、車をスタートさせるわけがない。どこまで行くつもり？　目的地に着いたらどうする気なの？　まったくもう、いまどきの若い子ときたら——考えが足りないんだから。どういう結果になるか、考えようともしない。こうなったら、自力でなんとかするしかない。でも、どうやって？　荷室に閉じこめられているのに、どうやって車を止めればいいの？

荷室の床を軽く叩いて感触を確かめながら、ミス・シートンはあたりを這ってみた。脇のほうで何かが突きでていた。大きなゴムのキャップみたいな手触りだ。車が角を曲がった瞬間、ミス・シートンはそれをつかんで支えにした。キャップがはずれて手のなかに残り、尻もちをついた。ガソリンの臭いが強烈になった。臭いのするほうへ這って戻った。

おや、下のほうで液体の跳ねる音がする。この目で確かめられればいいのに。闇のなかで推測しようとするのはほんとにむずかしい。それにしても、ひどい臭い。でも、変ねえ。もちろん、車のことなんてわたしは何も知らないけど、燃料タンクはふつう、車の外についているはず。バンのようなタイプの車は違うのかもしれない。手を伸ばして、キャップをもとどおりにはめようとした。いえ――待って。何か思いだした……なんだったかしら。そう。ガソリンに水が混ざるという話。誰かがぼやいているのを聞いた覚えがある。〝ガソリンに水が入ったもんだから、エンジンがかからなくて〟と。水。だめ、ここには水なんかない。でも――ひょっとして――ジンジャービアでもいいのでは？　捜しはじめた。さっき苦境にあったときは、あんなに邪魔だった壜なのに、いまはどこかへ逃げてしまった。ようやく、一本見つかった。仲間がつかまったことに憤慨したかのように、さらに二本がころがってきて脚にぶつかった。ミス・シートンはそれらを拾い集め、行動に移る準備をした。運のいいことに、ねじつただけで栓があくようになっていた。荷室の床から突きでているパイプに、三本の中身をすべて注ぎこんだ。ゲームに加わりたいのか、段ボール箱がミス・シートンを小突いた。彼女は箱を押しのけた。いえ――ちょっと待って。あのなかには確か……そう、洗剤の箱がのぞいていた。あれも使えるのでは？　洗剤を一箱とりだし、蓋をはずそうとした。なんて……妙なの。こんな頑丈な厚紙は……見たことがない。あ、あいた。これで大丈夫。少々手こずりながら、箱を傾けて中身をパイプに投げこんだ。できることはすべてやったという満足感に浸り、めまいのしそうな悪臭が薄れることを念じながら、ゴムのキャップをもとどおりにはめた。こんなに車が揺れていれば、少なくとも、燃料タンクのなかで盛大な泡が立っているに違いない。車はガタガタ走りつづけていた。だめだ……効き目がなかった。小細工に夢中のあいだは遠ざかっていためまいの波が、ミス・シートンを包みはじめた。

車が遠慮がちにしゃっくりをした。いまのは……？　いや、車は走りつづけていた。しゃっくりがさらに二回。ミス・シートンはそちらに注意を向けようとした。続けざまにしゃっくり。辛いでしょうね――ミス・シートンは夢心地で思った。いつまでも止まらないと危険だわ。しゃっくりで死んだ人もいる。エンジンが止まって静寂が広がり、車はふらつきながらしばらく進んだのちに停止した。

「故障かい、兄ちゃん？」

調べてみても何もわからず、手の施しようがないまま、少年は点検を中断して、ボンネットの下から赤毛の頭を出した。「わかんねえ。ガソリンに何か混じったんじゃねえかな。満タンなのに止まっちまった」すぐうしろで停止した水色のバンのがっしりした運転手に、少年は目を向けた。「心配してくれなくても大丈夫だよ。すぐ直るからさ」

「ちょっと無理じゃないかね。そのスパナ、貸してみな」車の後部から、何かを叩くようなかすかな音がした。「何を運んでんだ、兄ちゃん、家畜か？」

「違うよ。こまごました商品と、年寄りのメンドリを一羽届けるとこなんだ」

がっしりした男性は燃料タンクの注ぎ口のナットをはずした。「これでじきにわかるだろう」確かにわかった。青い泡がぶくぶく噴きだしてくる。「この車の燃料、なんだい？　石鹸水か？」男性は頭をのけぞらせて爆笑した。

「助けて！」車のなかからかすかな声がした。男性の笑いがぴたっと止まった。ふりむいた。パチッという音。男性は中途半端な防御の姿勢しかとれないままで身体を回転させた。ナイフが彼の胸に突き刺さるかわりに左腕をかすめた。男性はブーツをはいた片脚を蹴りあげた。命中した。ナイフの少年がギャッと叫んで身体を二つに折った。男性が右のパンチを放った瞬間、勝負がついた。気絶した少年の片脚をつかんで自分のバンまでひきずっていくと、車のなかへ手を伸ばして麻のロープをとり、少年を縛りあげて傍らへ放りだした。大股で少年の車の後部に近づき、取っ手をまわしてドアをあけた。思わず息をのんだ。

「たまげたな。もう大丈夫だぞ」

男性は片手を差しだした。ミス・シートンが頭をくらくらさせ、新鮮な空気を思いきり吸いながら這い進んで、どうにか車を降りた。ふらつく足で立って、救出してくれた相手に礼を言おうとしたが、脚に力が入らず、救出者の前で膝を突いてしまった。

「ほんとにすみません」もごもごとつぶやいた。「ひどい臭いでしょ。強烈だわ」

男性が彼女を立たせて支えた。「さあ、落ち着いて。こんなところに閉じこめられてたんだから、めまいがするのは当然だ」

ミス・シートンはあえいだ。「その腕。怪我なさったのね」

男性は下を見た。手から血が滴り、上着の袖にもにじんでいた。「どうってことないさ。あそこにいるあんたのお抱え運転手に軽く切りつけられただけだ」

「あなたに襲いかかったっていうの？ あの子、きっと頭がどうかしてるんだわ。ほんとに申しわけなく思います。同時に感謝もしています。お礼の言葉もありません。どうすればいいのかと困ってたんです。何があったんでしょう？ あの子、逃げてしまいました？」

「逃げるものか。目下、ここでぐっすりお休み中だ。悪いことができんように、おれが縛りあげといた」

ミス・シートンは冷静さをとりもどしつつあった。「その上着を脱いで」と命令した。「いますぐ腕を見せてください」

傷を調べたところ、ミス・シートンが心配したほどひどくはなかった。ポケットから出した清潔なハンカチで当て布を作り、男性が持っていたまあ清潔なハンカチでその当て布をきつく縛った。がっしりした男性は興味津々で見守っていた。

「思いだした。あんた、新聞に出てたレディだろ？〝戦うこうもり傘〟と呼ばれてる人だ。あんたの写真も出てたぞ。今度は何をしたんだね？　赤毛のお友達を追っかけてたのかい？」興味は高まるいっぽうだった。「ロンドンで若い女を殺した犯人があいつかい？」

「いえ、いえ、違います。その件とは関係ありません。少なくとも、わたしはそう思っています」ミス・シートンは曖昧な表情になった。「きっと、馬鹿げた――そのう――いたずらだったんでしょう。ゆうべ、誰かが卵を盗みに入ったんです。目をさまして、どうにか撃退しました。暗くて顔を確かめられなかったけど、その少年か、もしくは仲間の一人が、腹いせにこんなことをしたのでしょう」

がっしりした男性は疑っている様子だった。「あんたがそう言うんならな。さて、これからどうする？　若き赤毛くんをここに寝かせとくわけにはいかん。車を置き去りにもできん。交通量はたいしてなさそうだが、狭い道だから、ほかの車が通れなくなる。赤毛くんはおれの車の荷台に放りこむのがいちばんだな。あんたにそっちの車に乗ってもらって、おれのバンで牽引しよう」

「牽引？」ミス・シートンは動揺した。「だめ、わたしには無理です。車の運転なんてしたこともないのに」

「あんたは運転しなくていい。ほかのやつにも運転は無理だ。燃料タンクに何を放りこんだか知らんが、青い泡がぶくぶく出てるからな」

「燃料タンクらしきもののパイプに、あるものを注ぎこんだんです。車を止めようと思って。わたしに思いつけるのはそれだけだったので」ミス・シートンは説明した。

「確かに止めることができた」男性は車の後部をのぞきこみ、大きな笑い声を上げた。

「われらが赤毛（ジンジャー）くんはジンジャービアにやられたわけか」駄洒落（だじゃれ）を言ってクックと笑い、上機嫌で自分のバンに戻ると、少年の車を前に出し、ロープを持って降りてきた。二台の車をロープでつなぎはじめた。

ミス・シートンも手を貸した。縛りあげられた少年を見下ろした。「この子、大丈夫かしら」おずおずと尋ねた。

「大丈夫、もう少ししたら気がつくさ。首のこわばりがひどいだろうな。それに、ある場所がずきずき疼（うず）いて——一日か二日ほど、歩くのに苦労するだろう。こいつにはいい薬だ」

ミス・シートンはナイフを手にとった。「これはどうしましょう？　置いていくわけにもいかないし。そうでしょ？」

「あんたの言うとおりだ。おれが預かっとこう」ミス・シートンは草の葉でできるかぎり血を拭ってから、男性にナイフを渡した。「この坊やと一緒に警察に届けておく」

「警察？」ミス・シートンは叫んだ。「まあ、そこまでしなきゃいけません？　いえ、いえ、おっしゃるとおりね」男性の表情を見て同意した。「確かにそうだわ。ナイフであなたに切りつけたんですもの。許しがたいことだわ。ただ……そこまで考えなかったの。ほんとに馬鹿でした。でも、警察が乗りだせば——次は新聞。きっとまた書き立てられるでしょうね——あることないこと……ああ、うんざり。ぞっとするわ！」

がっしりした男性は満足そうなうなり声と共に立ちあがった。「よし、終わった。これで牽引できる。さて、赤毛くんを運ぶとしよう」身じろぎを始めた少年の身体を抱きあげた。「こいつ、周囲のことに興味が出てきたようだ。そろそろ、邪魔にならない場所に投げこんでおくとしよう。意識が戻ったときに何か無礼なことを言いそうだな」男性は自分のバンの後部に少年を放りこみ、ドアを閉め、取っ手をまわしてロックした。「さあ、あんたもそっちの車に乗ってくれ」

ミス・シートンは自分が運転席にすわった光景を想像して恐怖に襲われた。不安のあまり饒舌（じょうぜつ）になった。「もちろん、あなたの意見が正しいことはわかるのよ。車をここに置いていけないっていうのは。だって、こんな狭い道路だし、あの子が乗ってればとくにね。事故でも起きたら怪我をしてしまうわ。ところで、あなたはそんな腕で運転しても大丈夫なの？」

「大丈夫すぎるぐらいだ。腕の感覚はないが、ちゃんと運転できる」

「わたしがハンドルを握るのが賢明なこととは思えないわ。ハンドル操作も知らないのに」

「どうってことないさ。さあ、乗ってくれ。教えるから」

ミス・シートンは車に乗りこみ、不安に思いながら、こわばった姿勢ですわった。男性が彼女の手をハンドルにかけさせた。「では、覚えてくれ。右へ曲がるときは右手を下げる。左へ曲がるときは左手を下げる」ミス・シートンは言われたとおりにした。「そうそう。だが、ハンドルをそんなにきつく握っちゃだめだ。気を楽にして。それから、これは」男性は彼女の足をペダルにかけさせた。「ブレーキだ。そこに足をのせたままにしておく。ただし、力は入れないように。そして、スピードを落としたいときに軽く踏む。二台のあいだのロープがつねにぴんと張った状態になっているのが望ましい。車を止めたいときはブレーキをしっかり踏む。しかし、急ブレーキはやめてくれ。ロープが切れてしまうかもしれん。心配するな。おれがバックミラーであんたを見守ってるから。ゆっくり、気楽に行こうや。ここをまっすぐ行くと」男性は前方を指さした。「ブレッテンデン・ロードとの交差点に出る。そこを左折する。あとは何カ所かのカーブを除けば直線道路だ」ドアを閉め、ミス・シートンにニッと笑いかけ、親指を立てて激励のサインを送ってから、自分のバンに飛び乗った。二台の車はそろそろと、ためらいがちに、道路を進みはじめた。

目撃者というのはなぜ自分の目を使うことができないんだ――デルフィックは絶望していた。向かいあったコテージに住む二人の女性が、ミス・シートン宅の横の路地で車を目撃したのだが、運転していた男の外見を尋ねると、長身、ちび、金髪、赤毛、若い、よくわからない、など、さまざまな答えが返ってきた。また、〈ザ・ストリート〉で買物をしていた別の女性は、ほぼ同じ時刻に妙な車が通りすぎたのを覚えていた。運転していたのは〝真っ青な顔をして目をぎらつかせた、見るからに物騒な男〟だったという。車そのものについては、車体が低く、色はダークブラウンか黒だったという程度の説明しかなかった。ひとつだけ確かなのは、プラマージェンから北のほうへ走っていったということだ。見つかる見込みはなさそうだ――ブレッテンデン・ロードへ五度目の捜索に出かけようとして、部長刑事が車のギアを入れているそばで、デルフィックは思った。脇道が多すぎる。打てる手はひとつ残らず打ったつもりだ。主要道路のすべてで検問を実施。手の空いている警官全員がオートバイで巡回。コルヴデン家の息子があのMGで田園地帯を走りまわっているのを、デルフィックは羨ましく思った。サー・ジョージが観光バスみたいなサイズのステーションワゴンでのろのろと走っているのも羨ましいほどだった。もちろん、いまに逮捕してやる。かならず。だが、手遅れになるかもしれない……それに、逮捕が遅れたときに、どんな証拠が手に入るだろう？　たまたま運よく、車のなかに何か手がかりが残っていれば話は別だが。だとしても、ミス・シートンを救うには遅すぎるかもしれない。

〈シンギング・スワン〉から出てきた車をナイジェルが溝に突き落とした場所のすぐ先が上り坂になっていて、カーブがふたつ続いているが、デルフィックたちはそこで道路を離れ、沼沢地帯を見渡した。遠くに車が二台見えた。一台がもう一台のあとにぴったりついて、脇道からのろのろと姿を現わし、左折してブレッテンデンのほうへ向かっている。

デルフィックたちは警戒態勢に入った。うしろの車は車体が低い。色が濃い。ここからだと、グレイか茶色に見える。デルフィックは無線のスイッチを入れた。

「四〇三号車より。四〇三号車より。現在位置、プラマージェンの一・六キロ北をブレッテンデンに向かって走行中。前方約八〇〇メートル地点に車が二台。脇道から出てきてブレッテンデン方面へ向かっている。低速。先頭のバンは大型、水色。後方の車は車体が低く、ダークグレイもしくは茶色」ボブがふたたび車を発進させる傍らで、デルフィックの口調が速くなった。「後方の車が危険運転。道幅いっぱいに蛇行、カーブを曲がろうとして道路から飛びだしかけ、ふらつきながら戻って……ふたたび走行」声がうわずった。「反対方向から車が接近──衝突しそうだ。いや……どうにか回避。ふたたび走行開始……前進しようと苦闘。危険運転──犯人かもしれない。追跡にとりかかる。以上」

デルフィックはミス・シートンを見た。牽引作業に協力するため改造バンの運転席に乗りこんだ部長刑事がニヤッとしたが、デルフィックはその顔に背を向けた。彼女を見た。この一時間、心配で胸がつぶれそうだった。あれこれ危惧していた──だが、こうして無事に見つかった。田舎道で車を走らせ、危険を招き、危険から抜けだし、確率の法則をすべて打ち砕き、燃料タンクから泡を噴きださせ、犯人をロープで縛って警察に突きだすところだというのに、彼女の口から出たのは、「まあ、よかったわ、警視さん。どこかで出会えるよう願ってたのよ」という言葉だけだった。願ってたのか……まいったな。デルフィックは警察車のドアをあけて支えた。つぶれた帽子、髪も服も乱れた小柄な姿を目にして、膝にのせて尻を叩いてやりたいという強い思いを抑えこんだ。

8

ミス・シートン誘拐事件に続く一週間を、デルフィック警視とボブ・レンジャー部長刑事はプラマージェンに残って過ごした。じっさいの情報集めというのは時間のかかる面倒な作業だ。入手した情報の大半は役に立たないし、残りの情報はいずれ立件のときに使えるかもしれないことを期待して、ふるいにかけ、ほかの情報と照合しなくてはならない。事件の早期解決を期待するせっかちな新聞社や一般人の大多数には想像もつかないことだ。

ヴェニング夫人に関してこれまでに集まった情報は無害なものばかりに思われたが、ひとつだけ気になる空白部分があった。夫人は二三歳で土木会社の前途有望な幹部社員と結婚した。若い夫婦は収入に恵まれ、将来の生活も保障されていたので、貯金もせずに社交生活を楽しんだ。そのため、夫が交通事故で急死したとき、妻と二歳の娘に遺されたのは高級フラットだけで、収入の道は閉ざされてしまった。どちらの実家も裕福ではなく、警察のほうで調べがついたかぎりでは、遺された妻への経済援助はいっさいなかった。ある程度の期間が過ぎると、ヴェニング夫人はふたたび着飾って社交生活を楽しむようになり、以前の乳母だったフラターズとかいう夫人を雇い入れて娘の世話と家事を任せた。請求書の支払いはきちんとしていたし、借金はなかったが、その後三年間の収入源は謎のままだ。やがて、幼い娘を寝かしつけるために創っていたお話の数々をもとにして、本を書きはじめた。出版社が興味を示し、本は大ヒットとなった。二作目を出版したあと、ヴェニング夫人はフラットの賃貸契約を解除してプラマージェンに引っ越した。そこからは順風満帆だった。派手で陽気で社交好きな彼女は、地元の催しにはかならず顔を出していた。ところが、一年ほど前に社交的なつきあいをすべて絶ち、世捨て人同然の暮らしを始めた。本は定期的に出版されているが、現在、ヴェニング夫人に関してそれ以外のことはいっさいわからない。

村の社会生活から理由もなしに突然離れてしまったため、数々の憶測が生まれたし、いまもそれは変わっていない。警察もやはり憶測してみた。娘が問題を起こしている以外は何もなさそうだった。夫人の人生における不可解なふたつの時期に焦点を当て、因果関係がないかどうかをじっくり考えてみることにした。夫以外の男性はいなかったようだ。未亡人になった当時の彼女の経済力については、男性がいたと考えればすんなり説明がつくだろうが、そのような男性の気配はまったくない。また、最近になって隠遁生活を始めたのも、男性関係のせいだと考えるのが妥当な線だろうが、彼女に関する噂のどこにもそんな話は出てこないし、少しでも可能性があるなら、村のゴシップにそのことが登場しないはずがない。それどころか、村の人々は衝動的な気前の良さを発揮して、一人どころか二〇人ほどの愛人をでっちあげていただろう。

　トレフォールド・モートン弁護士に関する捜査のほうは、慎重に進める必要があり、その点が足枷になっていた。相手はなにしろ弁護士だ。捜査していることを感づかれたら厄介な事態になりかねないし、向こうは当然騒ぎ立てるはずだ。当人の不利になりそうな情報はまったくない。警察のほうには、彼に興味を持つべき理由が何もない。噂によると、人望があるというよりも目立ちたがり屋で、議員仲間の一人が話の途中で口にした言葉を借りるなら、〝影響力を持ったほら吹き男〟というところだ。

　具体的な証拠はないものの、警視はなんとなくひっかかるものを感じていた。トレフォールド・モートン弁護士にはどこか胡散臭いものがある。裕福なことは間違いない。この時点では証明する方法がないものの、法外なまでに裕福と言っていいかもしれない。捜査の過程で浮かびあがった事実はひとつだけ、いずれ役に立つかもしれないと思ってデルフィックのほうでファイルしてあるのだが、この弁護士にすべてを任せていた依頼者四人が不幸な最期を迎えていることだ。いや、厳密に言うなら三人。四人目は現在介護ホームに入っているが、最期はまだ迎えていない。

　カミングデール夫人という年配の未亡人の場合は、裕福に暮らしていたようだが、火事で焼死している。ベッドでの寝煙草が火事の原因だったそうだ。スコットランドからやってきた甥は、遺産が六〇〇ポンドをわずかに超える程度だと知って、驚きの叫びを上げた。警視が周囲の人々から話を聞いた結果、亡くなる少し前から夫人の行動が妙だったことがわかった。

　アーネスト・フォアメイスンという五〇代の独身男性は、車を運転していて塀に激突した。塀は無事だった。警察は〝飲酒運転〟という結論を出した。フォアメイスン氏は遺言書を作らずに死亡し、血縁者もいなかったため、時価数百ポンドの地所と自宅の譲渡抵当権は国庫に没収となった。フォアメイスン氏もやはり裕福だったらしい。

　ミス・ウォーリンガムという六三歳の未婚女性は自殺をした。亡くなる日の朝、自筆の遺言書を作り、牛乳配達の男と通いのお手伝いさんに証人として署名をしてもらった。しかしながら、遺言書は無効となった。負債額が不動産の額をうわまわっていたからだ。周囲から金持ちだと思われていたものの、驚く者はいなかった。というのも、亡くなる数年前から、風変わりな行動をとるようになったと誰もが思っていたからだ。

ミス・ハントというのも同じく未婚の女性で、年齢ははっきりしないが、個人経営の介護ホームで薬物依存症の治療を受けていて、治癒は望めないと思われている。顧問弁護士を除いて面会に来る者もいない。これまでにわかっているかぎりでは、親戚も友人もいない。お金には不自由していなかったはずなのに、いまではトレフォールド・モートン弁護士が厚意から生活費を援助しているという噂だ。

妙な行動、酔っぱらいの行動、風変わりな行動、そして、ヘロインに溺れたミス・ハントの行動——どれも正常とは言いがたい。孤独な人ばかりで、死後の遺産整理に疑問をはさむ近親者はいない。全員、裕福だと思われていたが、亡くなったときは貧乏になっている。ミス・ハントだけはまだ亡くなっていないが、それでもやはり、貧しさの兆しが見えている。

この偶然を心に留めておくべきだろうか？　警視はそうすべきだと思っているが、そのいっぽう、三〇年間仕事を続けてきた弁護士たちのなかに、自分が担当した不運な依頼者の数はそこまで多くないと言いきれる者がいったい何人いるだろう？　どうすれば警察がさらに捜査を進められるのか、デルフィックにもわからなかった。

介護ホームのミス・ハントのところへ事情聴取にいっても、おそらく成果はないだろう。担当医の話だと、意識がはっきりしているときもあるが、薬物依存症の常として、捜査の助けになる情報は何も提供できないだろうとのこと。それに、警察がミス・ハントに関心を持っていることを、トレフォールド・モートン弁護士に知られてしまう危険がある。だが、ミス・ハントはもう長くなさそうだと医者も言っているから、生きているうちに会いに行っておかなければ、きっと後悔するはずだ。彼女が亡くなってしまったら、捜査を進める材料が新たに見つからないかぎり、警察はもう何もできなくなる。警視自身も認めているように、いまですら材料は何もない。ミス・ハントの事情聴取を実現させるための方法がちらっと心に浮かんだが、それを警察の上層部に伝えるべきか、それとも、あえて独断で進めるべきか、迷うばかりだ。

警察から見れば、ミス・シートン誘拐事件に関しては、明白な事実があるうえに犯人がすでに勾留されているのだから、捜査も簡単に進むはずだったが、じっさいにはひどく難航していた。新たな情報がまったくつかめず、事件自体が世間の笑いものになりそうな気配だった。逮捕の翌朝、治安判事の前で予備審問がおこなわれたときには、新聞記者が群れをなして飛んできた。記者という名の鳥どもがドラマの主役たちのまわりを飛びまわり、事件をめぐる噂をついばみ、その四日後には、アシュフォードの治安判事裁判所に押しかけ、ノートを手にして新聞記者席に並ぶことになった。

まことにおいしい事件だった。セクシーな美女こそ登場しないものの、取材陣を喜ばせる要素がそろっていた。注目のヒロイン、格闘中に怪我までしてヒロインを助けた雄々しき男性、そして、謎の不良少年。

まことに呪わしき事件だった。セクシーな美女こそ登場しないものの、警官を不機嫌にさせる要素がそろっていた。注目のヒロイン、警察を出し抜いてヒロインを助けた雄々しき男性、そして、謎の不良少年。

この少年が警察にとって最大の障害だった。ミス・シートンとたくましい男性は少年を厳重に縛りあげて警察に引き渡したが、名前がわからなかった。いまもわからないままだ。少年は口をきこうとしなかった――ひとことも。指紋はファイルに含まれていなかった。つまり、素人ということだ。身元を知る手がかりになるものは何ひとつ身につけていなかった。そこから考えると、プロかもしれない。乗っていた車は古いビュイックを改造したもので、後部を広げすぎたためにもとのシャシーでは支えきれないほどだが、調べたところ、前の晩にブレッテンデンで盗まれたものと判明した。本来の所有者は車が警察から返却されるまで、盗まれたことに気づいてもいなかった。

少年の身元を突き止めるため新聞に写真をのせたところ、例によって大量の情報が寄せられたが、役に立たないものばかりだった。〈シンギング・スワン〉にいた連中と、ナイジェル・コルヴデンと、アンジェラ・ヴェニングを呼んで面通しがおこなわれた。クラブにいた七人とアンジェラは、やけに大きな声で、見たこともない男だと断言した。これを聞けば、警察ならその逆を確信するはずだが、裁判のときは弁護人が証人に普通の声で証言させ、被告にとって有利な材料にするだろう。鶏小屋襲撃の夜に現場に居合わせたクラブの常連に尋ねたところ、隅のテーブルで飲んでいたグループのなかにこの男がいたのは間違いないと一人が言い、あとの二人もきっとそうだと答えた。別の二人は、そんな男はいなかったと断言した。これでは証拠として認められない。ナイジェルは、駐車場にいた見知らぬ二人の男の片方がそうだと思ったが、照明が薄暗かったし、声を聞かないことには判断がつかない。証拠能力なし、結論は出ない。

警察は捜査の時間をもう少しもらうことも考えたが、この少年が黙秘を続けた場合は、捜査が長引けば長引くほど、茶番めいた雰囲気が色濃くなりそうだった。ともかく、誘拐、傷害という罪の重さから考えると、事件はまずケント州のメイドストンで巡回裁判にかけられるだろう。その場合は、正式な裁判の前に自動的に時間ができる。

少年には公費で弁護士がつくことになり、その弁護士は注目を浴びるのが嫌いではなかったため、大張りきりで弁護をひきうけた。最初に、わが依頼人は加害者というより被害者なので、裁かれる立場にはないと申し立て、そのあとは、依頼人の指示をいっさい受けることなく、自由に想像の翼を羽ばたかせて弁論をくりひろげた。弁護人がどういう方針でいくかは、アシュフォードの法廷で明らかになった。

警察はこれまで、少年を病院に入れて監視下に置いてきた。医者の書面での報告によると、外傷はなく、臓器にも損傷は見当たらず、精神の不安定を示す顕著な徴候もないとのことだった。口頭での報告のほうがより明快で、〝悪知恵の働くやつ！〟との証言がなされた。被告側が呼んだ医者は、肉体と臓器が健康であることには同意したものの、ショックを受け、走る車の後部に縛られたまま監禁されたせいで、張りつめた神経がどのような影響を受けたかを明確に述べるのは不可能で、一時的な記憶喪失と失語症に陥るおそれが充分にあると論じた。原告側の医者がふたたび呼ばれ、その点はやむなく譲歩したが、〝張りつめた神経〟という仮定の根拠となるものは見当たらないと述べた。被告側の医者がふたたび呼ばれ、その仮定の根拠は明白な結果にあると反論した。こうして医学的証拠をめぐる論争は引き分けで終わり、メイドストンの巡回裁判であらためて争われることになった。

誘拐の件については、〝卵泥棒を邪魔された仕返しに少年が企んだいたずらではないか〟というミス・シートンの推測に弁護人が飛びついて、罪を軽くしてもらおうとした。また、少年が不当な怪我をさせられた件について、バンを運転していたたくましい男性が〝赤毛の坊やが暴れたもんだから〟と証言したのも、被告側にとって有利な材料となった。

デルフィック警視は思った――このままいけば、少年はひどい扱いを受けたということで法廷の同情を集め、しかも初犯なので、保護観察だけですむことになりそうだ。バンを運転していた男性は暴行罪で起訴されずにすめば幸運というものだし、ミス・シートンのほうも、被告人の車を理不尽に走行不能にした罪を罰金だけで逃れられれば、やはり幸運というべきだろう。

警視は、警察の努力不足のせいでトレフォールド・モートン弁護士まで逃がすようなことがあってはならないと思い、ミス・ハントの話を聞きにいく計画を実行に移そうと決心した。

9

「収穫はありましたか?」デルフィックはスイートブライアーズ荘を訪れて、ミス・シートンに尋ねた。

「残念ながらだめでした、警視さん。指示どおりにやったんですけど。気の毒なミス・ハントに会ってきました。言うまでもなく、大きな悲劇ですし、そういう人に同情すべきだってことはわかりますし、もちろん、わたしもある程度は同情しております。でも、本人には落ち度がないのに苦労している人が世間にはたくさんいるんですよ。ずいぶん冷たい言い方だと自分でも思いますが、道を誤って自分で苦労を背負いこんだ人に一〇〇パーセント同情する気にはなれません。警視さんに言われたとおり、相手のことに関心を示そうと心がけ、何が麻薬を始めるきっかけになったのか尋ねてみましたが、向こうの返事は支離滅裂でしたし、はっきり言って、事実だとは思えません」

「その意見にはわたしも賛成です。薬物依存者とアルコール依存者に共通して見られる特徴ですね。でたらめばかり言うのです」

「いきなり訪ねていったわたしに、向こうはむっとしたようです。まあ、非難するわけにもいきませんわね。申しわけありません。あまりお役に立てなくて」

「そうですか？」警視の片方の眉が吊りあがった。「わたしが興味を持っているのは、ミス・ハントの返事ではなく、あなたが受けた印象のほうです」

「わたしの印象？」ミス・シートンは困惑の表情になった。「でも、わたしは別に――あの、なんの印象も受けておりませんけど」

デルフィックは微笑した。「スケッチも描いてないんですか？」彼女の書き物机のほうに視線を移した。蓋がしっかり閉まっていないため、隙間から画用紙が何枚かはみでている。

ミス・シートンが彼の視線を追った。「それは――ええと、いえ、まったく違うんです。あのう、ミス・ハントとはなんの関係もありません。少なくとも直接の関係は」

「直接であろうとなかろうと」デルフィックは反論した。「あなたがミス・ハントに会ったあとすぐに何かを感じたという事実だけで、充分に興味をそそられます」

ミス・シートンは根負けした。「そうね、どうしても見たいとお思いなら、強引にご覧になるに決まってますわね。でも、ほんとにミス・ハントとは無関係なんですよ——どちらかと言うと意地悪な絵ですし、たぶん——そのう、いささか下品です」

画用紙の上で、ヨーロッパ人の顔立ちをした肥満型の年配の紳士が跳ねまわっている。浅黒い肌には何もまとわず、草を束ねた腰蓑（こしみの）だけを着けて、悦に入った表情を浮かべている。左手で先住民が持つような槍（やり）をふりまわし、右手には縮んだ人間の頭を四個つかんで高々とかざしている。三個は鉛筆でおおざっぱに目鼻が描いてある。四個目は卵のようにつるんとしている。

ミス・シートンはきまり悪そうな顔になった。「わたし——あのう、人に見せるつもりで描いたんじゃないんです。見せる理由もありませんし……だって、トレフォールド・モートン弁護士はとても親切で思いやりがある人ですもの。まあ、声が大きいのが玉に瑕（きず）ですけど」

デルフィックは絵を机に戻し、蓋を閉めて微笑した。「トレフォールド・モートン弁護士のことが頭に浮かんだのは、ミス・ハントに会ったからですか？」

「いえ、そうじゃなくて」ミス・シートンは説明した。「わたしが帰ろうとしたとき、あの方が介護ホームに入ってらしたんです。廊下でお会いしました」

「くそ」デルフィックはつぶやいた。

「だが、言っておくが、わたしにとってはとても深刻だ。とても深刻だ。事の重大さがきみにはわかっていないようだな。きわめて重大だぞ。あの女は——あの癪にさわる女は警察と親しいようだ。たぶん、警察のために動いているのだろう。金で雇われて。プロのスパイかもしれん。なんとか始末せねばならん。それも早急に……いいか、緊急事態だぞ。女はわたしを尾行していたに違いない。先まわりすることさえある。今日の午前中、わたしがミス・ハントのところへ面会に行ったら、あの女がいた。介護ホームに。帰ろうとするところだった。ミス・ハントに会いに来ていたのだ。そんなことをする理由がどこにある？　どんな理由が考えられる？　ドクター・ナイトは人が訪ねてくれたらミス・ハントにとっていい刺激になると思った、などとでたらめを言っていた。そんな話、わたしはひとことも信じないぞ。ひとことも。あの女が医者にそう言わせたんだ。もしくは、警察が裏で糸をひいているに違いない……だが、言っておくが、事は重大だ。言うまでもなく重大だ。わたしの立場が危うくなるだけではない。きみの立場も危うくなる。いいかね、わたしはあのいまいましいミス・シートンに錠剤を少し渡しておいた……いや、のんだかどうかは知らん。どうしたのかも知らん。しかし、警察の手に渡りでもしたら……いや、わたしは悪くない。いいカモだと思ったんだ。もってこいのカモだと。あのときはな。理想の相手だと思った。もちろん、金持ちではない。金は持っておらん。だが、なかなかいい不動産を持っている。奪うだけの価値がある。そう、あるとも。しかも、頭痛がするとあの女が言いだしたものだから……そうだな、もちろん、考えてみると罠だったのかもしれん。いまならわかる。だが、あのときは無理だ。あの時点でそこまでわかるはずはない。何か手を打てないか？　何か方法を考えて、あの女を始末できないか？　効果的に始末できないかね？……よし、わかった。ここで電話を待つ」

トレフォールド・モートン弁護士は受話器を戻し、胸ポケットから糊のきいた清潔なハンカチを出して額の汗を拭いた。

二時間後、電話が鳴った。弁護士は受話器をとった。

「トレフォールド・モートンだ」

電話の相手が話しはじめた。

トレフォールド・モートン弁護士はそれを遮った。「指示？　わたしの指示？　いや、わたしが首を突っこむわけにはいかん。身の破滅につながりかねん。身の破滅に。

きみにもわかるはずだが、わたしのような立場の者は――社会でこういう立場にいる者は……」

電話の相手はトレフォールド・モートン弁護士の立場について何やら短く意見を述べた。

「だが、きみの言うようにわたしがあの女を罠にかけたら、それが何を意味するのかわからないのかね？　冗談じゃない。わたしの身にも累が及ぶではないか。共犯者になってしまう。そんな危険は冒せない。わたしにとっては悲劇だ。悲劇だ」

電話の相手はそっけなかった。

「だが――だが、きみの利益にもなることだぞ。結局、きみは金を手に入れたのだから。分け前を強硬に要求した。しかも三件の不動産に関してかなりの分け前を。計画を立てたのも、じっさいに動いたのも、危険を冒したのも、このわたしだったのに。わたし一人だったのに。次はミス・ハントの不動産が待っている。だが、少しでも疑われたら……わたしに疑いがかかったら……ああ、一巻の終わりだ！」トレフォールド・モートン弁護士の声は震えていた。「わたしはどうすればいい？」

電話の相手がそれに答えた。

「わかった。そうするしかなさそうだな。だが、あの女をディナーに誘うことはできん。馬鹿げている。きわめて馬鹿げている。今夜すぐには無理だ。ほとんど知らない相手なのに。それに、いずれにしろ、わたしには先約がある。何か考えよう。書類に署名がほしいとかなんとか言って。緊急の署名だ。きみの言うとおり、プラマージェン共有地の十字路であの女を降ろすことにしよう。そのあとで女の身に何が起きても、わたしには関係ないからな。なんの関係もない。何も知りたくない。何も。いいな？」

電話の相手は同意した。

トレフォールド・モートン弁護士は電話を押しやり、椅子に深くもたれた。ふたたび額の汗を拭ってからハンカチを胸ポケットに戻した。ハンカチは濡れて汚れてしわくちゃになり、持ち主を象徴するような姿になっていた。

「せっかくの夜のお時間をこのように台無しにしてしまったのに、寛大に応じてくださってありがたいかぎりです。ええ、ありがたいかぎりです。先ほどの書類に署名をいただく必要があったのですが、それを見落としていたのはわたしのミスです。ひどいミスです。こういうわずかな遅れが、あなたもきっとご存じかと思いますが、遺言書検認（プロベイト）全体の遅れにつながりかねません。まあ、こういう事柄に関しては、あなたご自身が見習い中の身（プロベイショナー）のようなものかもしれませんが」ミス・シートンはいつもの高笑いを予期して身をこわばらせた。笑い声が上がった。ただ、少し虚ろな響きだった。「しかしながら」トレフォールド・モートン弁護士はさらに続けた。「終わりよければすべてよしと言いますし……」そこで口ごもったが、すぐまた話に戻った。「おかげさまで、午前中の第一回の郵便物収集に間に合います。さて、十字路のところで車を降りてもらい、ご自宅まで歩いて帰ってもらっても、本当にかまわないでしょうか？」

「大丈夫です」ミス・シートンは小さく答えた。

「夕食の約束をしていた友人のところへいまからコーヒーを飲みに行かなくてはならないのですが、困ったことに、友人の家はお宅とは逆方向にあるのです。まことに困ったことです。しかし、もちろん、ご希望でしたら、お宅の玄関先までお送りしますよ。当然です。いくら友人の家へ行くのが遅くなろうと。いや、どうしてもお送りする必要があるなら、友人に電話をして、今夜は行けそうもないと断わることもできますし」

「とんでもない」ミス・シートンはあわてて言った。「そこまで甘えるわけにはいきません。歩いてもたいした距離ではないとおっしゃいましたね。せいぜい一キロちょっとだと。それに、わたし、懐中電灯を持っています。ここまでお送りいただいて本当に助かりました」

「せめてそれぐらいはさせてもらわないと。せめてそれぐらいは。さて、この道を通って村へ戻られるなら、わたしがお送りできるのはそこまでです。そこで道が分かれるのです」

プラマージェン＝アシュフォード・ロードが近くなると、弁護士はスピードを落とし、道路脇に寄って停止した。ミス・シートンは車を降りた。弁護士が窓から声をかけた。

「さあ、方角はわかりますね？　このあたりはプラマージェン共有地と呼ばれています。右に曲がれば、道路が村までまっすぐ続いています。本当に大丈夫ですか？　本当に？　大丈夫なら、わたしはそろそろ行くことにします。心配でならないのですが――こんなふうにあなたを置き去りにすることが。心配でならないのです。だが、こうするしかなくて――そのう……ええ、そうなんです。こうするしかない」

ミス・シートンが返事をする暇もないうちに、車がガタンと前に出て、ギアがセカンドに入り、左折し、猛スピードで走り去った。

まったくよくしゃべる人ね。話を聞いているだけで、ぐったり疲れてしまった。もちろん、わたしをブレッテンデンに呼ぶために迎えの車をよこしてくれたのだから、心遣いの行き届いた人だ。でも、正直に言うと、家まで車で送ろうと言ってくれたとき、本当はここでわたしを降ろすつもりだとわかっていたなら、迎えの車の運転手に、帰りも乗りたいからそのまま待っていてほしいと頼んでおけたのに。

えっ！　近くの野原で銃声のような音が響いたため、ミス・シートンは飛びあがった。鳥脅し？　こんなに暗いのに？　あ、そうだ、いま思いだした。ウサギや何かを追い払うために農民たちが鳥脅しを使ったりするというようなことを、スタンが言っていた。

それにしても、署名の必要な書類があったのなら、トレフォールド・モートン弁護士がわたしのところに持ってきて、それから友達の家へ行くほうが、時間の節約になったんじゃないかしら？　ただ、電話のときには、迎えの車を行かせた、すでにそちらへ向かっている、と弁護士が言ったから、節約云々の話をするのはためらわれた。仕事はすべて事務所でおこなうのが、この弁護士の習慣になっているのだろう。でも、わたしが事務所に着いた瞬間から、弁護士は文字どおり息も継がずにしゃべりつづけた。もちろん、馬鹿げたことだけど、神経をぴりぴりさせているように思えるほどだった。遅い時間にわたしを事務所に呼んだのを密会の誘いととられては困る、なんてことはまさか思っていないだろうけど。そう思ってミス・シートンは口元をほころばせ、ハンドバッグから懐中電灯をとりだしてつけた。

さて、道路の右側を歩く？　それとも左側？　車は左側通行、そうよね？　では、歩行者は？　何かルールがあるはずだ。車と同じにするか、それとも、逆にするか。地下鉄の駅に下りていくときは、注意書きがあって、エスカレーターのどちらかの側に立つようにと書いてある……ミス・シートンは注意書きを思い浮かべようとした。あ、そうそう、〝右側に立ちましょう〟だわ。じゃ、道路もたぶん同じでいいのね。懐中電灯で道路を照らした。これで解決。こちら側には生垣と溝がある。車が来たら、足を踏みはずして溝にころげ落ちてしまいそう。歩道がないというのは不便なものね。いえ、田舎ではきっと、〝フットパス〟というのが正しい呼び方なんだわ。でも、このあたりは比較的平らな道が続いている。なるほど。共有地に出たわけね。

突然、少し前方に車のヘッドライトが現われた。ミス・シートンは道路から離れ、まばゆい光が目に入るのを避けようとして横を向いた。

やけにまぶしいわね。湖がある。いえ——湖と呼べるほど広くはなさそう。でも、池としてはかなり大きい。車が通りすぎるのをこの木のそばで待つことにしよう。人工的な光が生みだす不思議な視覚効果というのもなかなかおもしろい。水面に垂れ下がった木々の葉や茂みが、さらには小さな枝までが、厚紙を切り抜いたみたいに見える。じっと見ているうちに、光が変化して立体感が加わり、輪郭がくっきりしてきた。ミス・シートンは背後にちらっと目を向けた。反対方向から別の車がやってくる。夜は距離感がひどく狂う。たぶん、カップルが……いえ、だったら道路から離れるに決まっている。止まったままのようだ。最初の車は少しも近づいていないように見える。止まったままのようだ。それに、ライトをつけたままにしておくはずがない。二台目の車のライトがまぶしくなってきた。まぶしい？　まっすぐこちらに向かってくる。ちょ、ちょっと待って、ぶつかってしまう。ドライバーは何を考えてるの？

ミス・シートンはドライバーの注意を惹くために傘をふりまわし、それから向きを変えて走りだした。目がくらんでいたため木にぶつかり、帽子を飛ばしてしまったが、ふらつく足で幹の向こう側にまわってよろよろと進んだ。さっきまで立っていた木に車がぶつかり、衝撃音が響いた。

ほらね。ぶつかると思ってた。

恐怖におののきながら、助けに行こうと向きを変えたが、踏みだした足の下には何もなく、バランスを失ってうしろ向きに倒れてしまい、水しぶきが上がった。

10

村の情報網が動きはじめた。こちらで何かが目撃され、あちらで何かの音が聞かれ、村人が集まり、議論し、電話をする声が飛びかい──そして、ひとつの光景がくっきりと浮かびあがった。

出かけていくミス・シートンをミス・トゥリーヴズが見ていた。夕食に出かけるの？　珍しいわね。でも、この村のクラブさんに車を頼んだの？　どうしてブレッテンデンのプラットさんのところに頼んだの？　花瓶に水を足して萎れた花を新しいのととりかえるために教会へ出かけたとき、マーサ・ブルーマーと顔を合わせたので、その話をした。

〈聖ジョージとドラゴン亭〉でウェイトレスをしているドリスは、夕食をすませた警視と部下の部長刑事がテーブルで議論しているのを漏れ聞いた。その内容を女性バーテンダーに話した。ミス・シートンがまたもや行方不明になった。警察が至るところに電話をしていて、あの若い警官――大柄なほう――が車をとってきた。

夜のビールを飲みおえようとしていたスタン・ブルーマーに、女性バーテンダーがそれを伝えた。スタンは帰宅してからマーサに話し、マーサはすぐさまミス・シートンのコテージに駆けつけ、ミス・シートンが帰りにレディ・コルヴデンのところに寄ったかもしれないと思ってそちらに電話をした。

レディ・コルヴデンは自宅が〈ザ・ストリート〉に面していないため、村人たちに後れをとったが、ほどなく追いつき、レディという称号と電話を巧みに使って村人たちを追い抜くことができた。プラット氏の個人的な番号に電話をして、トレフォールド・モートン弁護士が車を頼んだこと、プラット氏自身がミス・シートンを迎えに行って弁護士事務所まで送り届けたこと、帰りは自分がミス・シートンを自宅まで送るから待つ必要はないと弁護士に言われたことを探りだした。弁護士宅の家政婦からは、「旦那さまはよそのお宅へ食事に行かれました。ただ、場所までは存じません」と言われたが、それであきらめるようなレディ・コルヴデンではなく、招いてくれそうな人々の名前と住所を聞きだした。三人目で幸運に恵まれ、弁護士当人と話したいと要求し、電話口に出た弁護士がプラマージェンの共有地でミス・シートンを車から降ろし、家まで歩いて帰ってもらったと言うと、レディ・コルヴデンはサイの分厚い皮膚にすら火ぶくれのできそうな口調で、その行動を非難した。

サー・ジョージは会合があって出かけていた。ナイジェルは母親の電話攻勢の意図を理解すると、飛びあがってドアへ向かった。うしろからレディ・コルヴデンが呼びかけた。

「わたしを乗せずにMGで出かけたりしたら、ただでは……ただでは……」

脅し文句が浮かんでこないため、声のトーンと表情で脅すしかなかった。マーサに急いで電話して最新情報を伝えてから、受話器を戻し、玄関ホールに置いてあったコートとスカーフをとって息子のもとへ走った。

マーサがその最新情報を警察に知らせたので、コルヴデン家の母子が〈ザ・ストリート〉に飛びだしたときには、デルフィックとボブ・レンジャーの車もすでに向かいの〈聖ジョージとドラゴン亭〉を出るところだった。二台の車は猛スピードで走りだした。先を行くのは必死の形相のナイジェルだった。

腕をばたつかせ、手であたりを探るうちに、何かが手に触れたのでそれをつかんだ。ミス・シートンは足を置ける場所を求めてあがき――ようやく見つけ――水面でその何かにしがみついて水中で爪先立ちになれば、顎から上を水の上に出しておけることを知った。

　すべて自分の責任。不注意だった。前方を見ていなかったせいだ。もちろん、ヘッドライトで目がくらんではいたが、池の縁がどれだけ近いかを意識すべきだった。でも、運がよかった。つかまるものが見つかって……上を見た。前方の水面がライトに照らされているため、ミス・シートンの周囲は影絵のようになっている。あら——わたしがつかんだのは、頭上の枝にひっかかった自分の傘だったのね。天候にかかわりなく傘を持ち歩くわたしを、若い女教師たちは笑うかもしれないけど、いつ何があるかわからない。現にこうして役に立った。さて——傘に思いきり力をかけたら、池から脱出できるかしら。あの車に誰が乗っているのかわからないけど、何か役に立てることがないか見に行かなくては。怪我をしてるかもしれない。もしかしたら、ひどい怪我を。何か動く音がしたので、枝と木の葉のあいだから目を凝らした。そう。車が止まっている。片側が木に衝突してつぶれ、残ったヘッドライトはついたままだ。車のドアが開いて誰かが出てきた。若い男性。ええ、たぶん。このごろの若い子は似たような服装をしている。とても実用的な格好だけど、みんな同じように見えることがある。その人影に呼びかけようとしてミス・シートンは口を開いた。人影が進みでて光の輪のなかに入り、前方の地面を調べている。金色の長い髪がきらめいた。

まさか――でも――そうよ。ロンドンであの若い女性を殺した残忍そうな若者。ミス・シートンは身体が冷えきっていることに気づいた。もちろん、水のせいだ。口を閉じた。

残忍そうな若者が車に戻って、シートのほうへ身を乗りだし、それからあとずさった。別の誰かをひきずっている。少女だ。抱えあげ、はずみをつけて……えっ、まさか、そんな――だめ、お願い――やめて――まさか、なんてひどいことを――。

少女の頭をドアの脇に叩きつけた。

ミス・シートンは死に物狂いで水から出ようとした。若者を止めようとした。足がすべった。手がすべった。水中に沈んだ。叫び声を上げた。

若者が池のそばまで走って、少女の身体を放り投げた。池の縁に身体がひっかかり、顔が水につかった。若者は前に出た。あたりを見まわし、下にも目を向けた。鳥脅しからまたしても空砲が発射されて、銃声のような音が響いた。若者は飛びあがり、あわててうずくまった。拳銃を手にしている。遠くのライトが近づいてきた。若者は身を起こし、一瞬ためらったのちに、道路のほうへ駆けだした。ミス・シートンがさっき見たときは離れた場所で止まっていた車が、助手席のドアをあけたまま、ゆっくりこちらにやってくる。若者が車に駆け寄った。飛び乗った。ドアが乱暴に閉まった。

車が急発進した。

「もう助からない、コルヴデンくん、頭部の損傷に加えて、首の骨が折れている。水に投げこまれる前に死亡していたものと思われる」ナイジェルは不本意ながら、アンジェラ・ヴェニングの遺体を草の上に横たえて立ちあがった。「医者の報告書が届いたら、もっと詳しいことがわかるはずだ」デルフィックは話を続けた。「そして、昼間の光のもとで地面を調べることができたら。だが、おそらく、車を制御できなくなり、飛び下りようとしたが、その前に木に激突し、投げだされた拍子にドアに頭をぶつけたのだろう。部長刑事、救急車が到着するまできみがここにいてくれるなら、わたしは車に戻ってミス・シートンを捜してまわりたい」

「息子も乗せていってもらえませんか、警視さん。わたしは……」レディ・コルヴデンは深く息を吸った。「ヴェニング夫人に知らせに行かなくては」

「行ってもらえますか？　助かります。そのほうが親切だと思います。じゃ、行こうか、コルヴデンくん。もうじき捜査班が来るはずだが、時間を無駄にしている暇はない」デルフィックは車のほうへ戻った。夢遊病者のように、ナイジェルがあとに続いた。

レディ・コルヴデンがふりむいて、少女の遺体と大破した車に最後の視線を向けた。はっとして見直した。小走りで前に出て膝を突いた。

「部長刑事さん」彼女の声は鋭かった。

ボブ・レンジャーもそばまで行った。彼の懐中電灯が照らしだしたのは、フロントタイヤに押しつぶされたミス・シートンの帽子の残骸だった。ボブは何も言わずにその周囲をまわりはじめた。臭跡を追う超大型の猟犬のようだった。もう一度嗅ぎまわり、池の縁に出た。

「懐中電灯を持っててください」

レディ・コルヴデンが急いでそばに行き、懐中電灯を受けとって、しっかり持った。水の上へ張りだした枝に、場所を示す矢印のごとく傘がぶら下がっていた。部長刑事はパンツ一枚になって、水際まで歩を進めた。懐中電灯の光が揺れた。服を着ているときの彼も大男だが、服を脱げばまさに巨人だ。池に飛びこんだら大津波が起きそうだ。水面に——バシャッと……しかし、部長刑事が身をかがめてそろそろと水に入っていったので、レディ・コルヴデンは胸をなでおろした。懐中電灯を下に向け、水面を照らした。胸の深さまで水に沈んだ部長刑事はさらに深く沈み、膝を曲げて水面下に姿を消し、しばらくしてから、ふたたび姿を現わした。ぐっしょり濡れたものを抱えている。それを肩にかついでよろよろと水から出てきた。

悲劇の到来。光に切り裂かれる夜の闇。迫りくる危険。夜は膿みただれた幻。太古の怪物が獲物を抱え、水を滴らせて沼地から現われる。ホラー映画のワンシーンみたいだ。刺激が強すぎる。レディ・コルヴデンはヒステリーが起きそうなのを必死にこらえた。

部長刑事は小柄な人物の服をゆるめ、無事なほうのヘッドライトに照らされた草むらにその人物をうつぶせに横たえてから、膝を突いてまたがり、顔を横向けにさせた。背中の下のほうに両手を当てて強く押しはじめた。何分かたつと、ミス・シートンが池の水を大量に吐きだした。

レディ・コルヴデンは危なっかしく手を伸ばして傘をとり、部長刑事の衣類をかき集めると、それらをMGまで持っていってトランクにしまった。車をバックさせてプラマージェンのほうへ向けてから、エンジンをかけたままにして車を降りた。

こうして日常的なことを終えると、現実離れした光景がなおさら強烈に心を刺激した。一人は半分陰になった場所に横たわり、もう一人は半裸の男性で、まばゆい光を受けてその上にまたがっている。レディ・コルヴデンは感情を制御しきれなくなり、ヒステリックな笑いが湧きあがるのを必死に抑えた。怪物が獲物を見下ろしてうなっている。

部長刑事はミス・シートンの最初の息遣いをかすかに感じたように思った。リズミカルな圧迫をくりかえすうちに、呼吸がよみがえったことを確信し、彼女を仰向けにして頰を軽く叩きはじめた。

ど……こか。どうにか。何か。曇り空(グレイ・デイ)に伝えなきゃ。サッカー選手にも。何か……

ボブ・レンジャーはミス・シートンのつぶやきを聞きとろうと身をかがめた。

「グレイ・デイ……サッカー……ぜひ……」

ふたたびミス・シートンの頰を叩きはじめた。ぐったりした彼女のまぶたが震えて目が開き、流れる霧の彼方を見つめた。目の焦点が合った。逆光で黒い影になった裸の男がのしかかり、片手を上げて彼女に殴りかかろうとしている。パンチが飛んでくる。

ああ、やめて。やめて、お願い。ミス・シートンは気を失った。

悪夢のような光景に圧倒されかけていたレディ・コルヴデンは、現実的な行動が悪夢を追い払ってくれることにほっとしつつ、自分の車から敷物をとってきて渡し、意識のないミス・シートンの身体をそれで包みはじめた部長刑事に言った。

「ナイト先生の病院へ。いちばん近いのはそこよ。村の手前で右折すれば、小道をはさんでヴェニング家のメドウズ荘と向かいあってるの。あなたをそこで降ろして、わたしはメドウズ荘へ事故のことを知らせに行くわ」

車を出そうとしたとき、救急車が到着した。レディ・コルヴデンは車を止めた。部長刑事は救急隊員たちにデルフィック警視への伝言を頼み、警視が戻ってくるまで待つよう短く指示してから、レディ・コルヴデンと二人で出発した。

かつてコテージ病院と呼ばれていた古い建物の外で車が止まると、部長刑事は車を降りて呼鈴を鳴らし、ミス・シートンを抱きかかえたままなかに入った。彼の背後で小規模な介護ホームのドアが揺れた。

レディ・コルヴデンのMGは建物の前を離れ、方向転換してメドウズ荘へ向かった。この先に待ち受けているやりとりを恐れつつ、小道にゆっくり車を進めた。

恐れていた以上に厄介な展開となった。ソニア・ヴェニングはレディ・コルヴデンの話を信じるのを拒み、アンジェラを話題にするのを拒み、二階へ行って娘が部屋にいるかどうかを確かめるのを拒み、車は施錠したガレージにしまってあると言い、証拠としてガレージの鍵をとりだした。この拒絶の前ではレディ・コルヴデンもなすすべがなく、途方に暮れてしまった。ヴェニング夫人は攻撃的になってきて、叫びはじめた――村の人も警察もみんな敵で、わたしたちを迫害してるんだわ。アンジェラは少々軽率で無謀だったかもしれないけど、自分を抑えるすべは知ってたし、現にそうしてきたのよ。叫び声に驚いて、フラターズ夫人が何事かと台所から飛んできた。レディ・コルヴデンはそちらに頼みこんだ。

　フラターズ夫人はにこやかに微笑した。「アンジーお嬢さんが？　まさか、奥さま。二階のベッドのなかですよ。ここ二、三日、具合がよくなかったもので。夕飯もベッドで召しあがりました。わたしが運んだんです」

　でも、そのうち警察がやってきて質問する。この人たちはしどろもどろになるだろう。レディ・コルヴデンはこの二人を、そして自分自身を幻想からひき離そうとあがいた。何も信じようとしない頑なな態度からこの人たちを解き放たなくては。

「お嬢さんはベッドにはいないわ。亡くなったの。いいこと、亡くなったのよ。ああ、どうすればわかってくれるの？　死んだのよ。共有地の池のほとりに横たえられているわ。車が木に激突したの。危うくミス・シートンも巻き添えになるところだった。お嬢さんの……」自分の声ににじむヒステリックな響きに気づいて、レディ・コルヴデンは下唇をきつく噛んだ。

　フラターズ夫人が部屋を出ていった。二人の女性が残され、凍りついていた。すすり泣く声。そして、フラターズ夫人が戻ってきた。

「本当です、奥さん。お嬢さんがいなくなってます。窓があいてて、梯子（はしご）がかけてありました。出てったんです。ああ、奥さん、どうしましょう？」

「嘘つき」ヴェニング夫人が絶叫した。「みんな、嘘ばっかり」さっと向きを変え、闇雲に飛びだしていった。

レディ・コルヴデンは受話器をとってダイヤルした。「ナイト先生ですか？　メグ・コルヴデンです。ヴェニング夫人のお宅にいます。いますぐ来ていただけませんか？　夫人を診てほしいんです」

ソニア・ヴェニングが戸口に立っていた。目をぎらつかせ、手にした南京錠はU字形のつる""と受け金つきで、いまも木の破片がくっついたままだ。「嘘だったのね。あなたは事故だと言った。窓に梯子がかかってたのはどういうわけ？」彼女の声が甲高くなった。「これはどういうこと？」南京錠をふってみせた。「強引にはずしたのはアンジェラじゃないわ。あの子にそんな力はないもの。誰がやったの？　誰があの子に電話してきたの？　答えてよ。夕方電話してきたのは誰なの？　あの子と一緒にいたのは誰なの？」

「いえ、誰も」レディ・コルヴデンはしどろもどろで言った。しかし、頭のなかで何かがきらめいた。「お嬢さんは――お嬢さんは一人だったわ」

「嘘よ」ヴェニング夫人がどなった。「ミス・シートンがそこにいた。あなた、そう言ったでしょ。ほかには？　さあ、答えて。ほかに誰がいたの？　誰がやったの？」

「誰もいなかったわ」またしてもきらめきが。でも、そんなことって……。

「いたのよ。いたのよ」声が高くなった。「ぜったいいたはずよ。あなたが殺したんだわ。そして〝事故〟ということにして……」

ナイト医師が急いで部屋に入ってきた。ひと目見るなり、錯乱状態の母親を椅子にすわらせ、前に立ち、片方の腕をつかんで自分の脇腹に押しつけた。

「あの子が麻薬をやりはじめたのは偶然だった」錯乱した声が続いた。「わたしのせいだわ。わたしの責任。悪いのはわたし。あの子、事故で死んだのね。誰が事故を起こしたの？　わたしじゃないわよ。ああ、神さま、わたしじゃない」

「わたしのカバンをあけると、いちばん上に、ブリキのケースに入った皮下注射器と脱脂綿がのっていて、その横に消毒用アルコールの壜が入っている。さあ、急いで」

医者の冷静な声がたちまち神経を静めてくれた。レディ・コルヴデンはカバンのなかを手探りして、言われた品を見つけだし、すぐ使えるように差しだした。医者はヴェニング夫人の袖をめくると、脱脂綿で消毒し、注射器に薬を入れてから、針を刺してプランジャーを押した。

「答えなさいよ」ヴェニング夫人が絶叫していた。

「答えて、さあ、答えて。人殺し。誰が事故を起こしたのよ？」怒号が徐々に静まってつぶやきに変わり、やがて消えた。フラターズ夫人の無力なすすり泣きを別にして、部屋全体に静寂が広がった。

介護ホーム？　何かの間違いに決まっている。ボブは髪をお下げにした平凡な顔立ちの小柄な少女を見てつぶやいた。少女のほうは階段のなかほどで足を止め、同じく困惑した様子で彼を見つめかえしている。ガウンの前をきつく合わせた――こちらが思ったほど年若い少女ではなさそうだ。

また事故じゃないでしょうね？　なんて日なの。でも、少なくとも、あたりを血だらけにするようなことはなさそうね――けさ、指を切断して運びこまれてきたあの気の毒な農民のときは、血だらけになってしまったけど――あら、大変――この人が抱きかかえてるのは、ミス・ハントに面会に来たあのミス・シートンって人みたい。死んではいない。死んでたら、ここに連れてくるはずがないもの。それに、血の心配はないけど、水がぽたぽた垂れている。少女は階段を駆けあがりながら、背後の男性に声をかけた。

「こっちよ。右手の最初のドア」

ボブは自分の衣類とミス・シートンの傘を片方の脇にはさみ、ミス・シートン本人を反対の腕で抱えて、少女のあとから階段をのぼった。右手の最初の部屋に入ると、すでに電気ストーブのスイッチが入っていて、ヒーターの部分が赤くなりはじめ、その前に大きなバスタオルが敷いてあった。髪をお下げにした平凡な顔立ちの少女が、たんすの引出しから寝間着と小さめのタオルを何枚か出していた。ベッド脇のテーブルの上では、温度調節可能の電気毛布のスイッチがオレンジ色に輝いていた。ボブは自分の衣類と傘をドアのそばに置いてから、ミス・シートンをタオルのそばの絨毯(じゅうたん)に横たえた。ボブと少女は熟練チームのごとく無言で手際よく立ち働いて、ミス・シートンの服を脱がせ、タオルで拭き、寝間着を着せた。

ドアのところにナイト医師が立ち、二人を見守っていた。「二人だけでやりたいなら、もちろん、わたしも口出しするつもりはない。だが、医者の助けが必要なら、いつでも遠慮せずに呼んでくれ」

平凡な顔立ちの少女は顔を上げて微笑した。「あら、そこにいたの、お父さん。よかった。この人をベッドに入れたらすぐ、お父さんを呼びに行こうと思ってたのよ。この人、たぶん大丈夫だわ。呼吸が安定してるし、脈もしっかりしてる。ちょっと速いけどね」

「よしよし、アン。診察するとしよう。時間を節約するために、父さんのカバンをとってきてくれ。必要なものはなんでも入ってるから。そこにいる見習いくんは外見からすると、かなり力持ちのようだから、ミス・シートンをベッドに入れるぐらい、きっと一人でできるだろう。わたしがここで見張りに立って、淫(みだ)らなまねができんように監視し、頭をどっちに置くかというような専門的な点を指導するとしよう」

ボブはミス・シートンを抱きあげてベッドに寝かせ、アンは部屋を出ていき、ナイト医師は身を乗りだしてミス・シートンのまぶたをめくり、瞳孔を調べ、次に脈をとった。アンが父親のカバンを持って戻ってきた。医師は聴診器をとりだしてミス・シートンの胸の音に耳を傾け、それから身を起こした。

「この人の身体の向きを変えましょうか、お父さん」

「いや。必要ないだろう。おそらく、溺れそうになり、そのあとでショック状態に陥ったんだと思う」医者がブリキの箱から注射器をとりだすあいだに、アンはベッド脇のテーブルの引出しから脱脂綿と消毒用アルコールの壜を出し、ミス・シートンの二の腕を消毒した。「鎮静剤だ」注射をしながら、医者は言った。「これがいちばん効く。ぐっすり眠れるし、部屋を暖かくしておけば、眠っているあいだにショック状態も消えていく。溺れかけたあとの合併症の心配はたぶんないと思うが、この年齢だから油断は禁物だ。明日になれば見通しがつく。おそらく誰もがミス・シートンのことを心配しているだろうから、アン、〈聖ジョージとドラゴン亭〉に電話して、あの警視さんに伝えておきなさい。お友達のレディはうちでお預かりしています、と。ついでに、レディは水着も着ずに季節外れの水泳をしたらしい、明日の朝には会えるが、それまでは面会謝絶、と伝えてくれ」

「了解、お父さん」アンは隅の戸棚まで行き、腎臓形の白い琺瑯容器を出すと、そこから注射器をとり、使用済みの注射器をかわりに放りこんでから、新しいほうを父親のブリキの箱にしまってカバンにすべりこませた。琺瑯容器を手にしてドアのほうを向いたとき、電話が鳴りだした。

「くそ！」ナイト医師が言った。

「わたしが出ましょうか、お父さん？」

「いや、大丈夫だ。自分で電話に出て最悪の事態を知るほうがいい。どうせ、誰かの家で子猫がどっさり生まれたとかいうようなことだろう。いつもそうだ。しかも、いつだって――診療時間外に電話がかかってくる。そして、時間が遅くなればなるほど、生まれる子猫の数が多くなる」階段を小走りで下りながら、医師は叫んだ。

アンはボブに見つめられていることを意識し、照れくささのあまり、ぶっきらぼうな口調になった。「ちょうどお風呂から出たところに、あなたがやってきたのよ。あなたも入ったほうがいいわ。お湯を少し足せば大丈夫。自分で服を持ってくるなら、わたしが浴室に案内するわ」そう言うと、ぐっしょり濡れたミス・シートンの服を拾いあげ、琺瑯容器をその上にのせた。

ボブは自分が人前に出られる服装ではないことに——それどころか、服をまったく着ていないことに——気づいて、あわてふためいた。赤面し、衣類をとろうと身をかがめながら、自分がはいているのが現在大流行のぴっちりした三角形のブリーフではないことに、一瞬だけ感謝した。少なくとも、いまはいているゆるゆるのパンツのほうが礼儀にかなっている。視線をちらっと下に向けた。濡れたときはそうも言えないことに気づいた。赤面がひどくなってペチュニアのような濃い色に変わり、衣類を床に放りだすと、床のバスタオルをとって腰に巻きつけた。ミス・シートンの傘をドアにかけ、自分の衣類を拾いあげた。アンが興味津々の表情で見守っていたが、ボブはその目が楽しそうに輝いていることに気づいた。

「もちろん」アンが言った。「あなたにしゃべる余裕があるかどうか知らないけど、わたしの言うことが理解できるのなら……」ボブは汗をかき、咳払いをして、詫びの言葉を口にしようとした——弁明し——話をし……だが、何を言えばいい？　「無理しないで」アンが親切に言ってくれた。「話す必要はないのよ。その気があれば話してくれるわね——それだけわかれば充分だわ。さあ、こっちよ」

アンは二人の背後のドアを閉めて廊下を歩きだした。ボブがあとに続いた。小舟にひっぱられる巨大な海獣といった感じだ。

ボブが浴室に入ると、アンはミス・シートンの衣類と琺瑯容器を片づけてから自分の寝室へ行き、〈聖ジョージとドラゴン亭〉に電話をして伝言を頼み、化粧台の前にすわって鏡に映った自分の顔を見た。

地味。地味。地味。

さらにもう一度。地味。

顔はもちろん絶望的。でも、髪はつやつやしてるし、スタイルはいい。運が悪かったのよね——憂鬱な思いで自分の顔を眺めながら、アンは結論を出した——お風呂に入るために髪をお下げにし、スタイルのほうは、パジャマと実用的だけど不格好なガウンに隠れてしまったんですもの。癪にさわるリボンを髪からはずしてブラシをかけ、ハンガーにかかっていた何か赤いものを選んで急いで着替え、階段を駆け下りた。

お酒。軽いおつまみ。たぶん、コーヒーも？　運河か池かどこかで水に飛びこんだのなら、何かおなかに入れなきゃ。でないと風邪をひいてしまう。母親は友人たちとブレッテンデンへ映画を観に出かけ、まだ帰ってきそうもないから、食料あさりが自由にできる。廊下に置かれた電話台に父親のメモが置いてあるのに気づいた。〝ヴェニング家へ行ってくる〟、何かあったのかとちらっと考えたが、気にしないことにして、そのまま台所へ向かった。そこまで行って考えこんだ。あんなに大きな人にはどんなおつまみを出せばいいの？　ハム一本、パンひとかたまり、そのあとにスエットプディング？　ワゴンに食べものをのせはじめた。スライスしたハム、辛子、ピクルス、パン、バター、チーズ、ジャムタルト。これでよし。ワゴンを押して居間まで行き、パーコレーターのコードを差しこみ、戸棚から酒を出し、階段のほうでボブの声がしたので廊下に出てみた。玄関ドアが開いて、父親が入ってきた。すぐあとに警視が続いた。

あーあ、ついてない。

11

村人の多くが忙しく有意義な夜を過ごした。事実が豊富にあり、事実無根のものも多く、さまざまな噂が飛びかった。

ミス・シートンが行方不明、車でどこかに消えた――事実。銃声が聞こえた――事実。ナイジェル・コルヴデンが母親を車に乗せて〈ザ・ストリート〉を猛スピードで走っていき、警察の車がすぐあとに続いた――事実。ヴェニング家の車が共有地の池のそばで木に激突した――事実。レディ・コルヴデンが服を着ていない男を連れて、車で家とは反対方向へ走り去った――事実。ナイジェル・コルヴデンがロンドンから来た警視と一緒に警察の車に乗っていた――事実。警察車二台が池のそばに止まり、警官がその一帯を立入禁止にした――事実。

ナイジェル・コルヴデンが逮捕された――事実とは断定できないが、ほかにどんな説明がつけられるだろう？　アンジェラ・ヴェニングが酔っぱらい、クラブの遊び仲間数人を乗せた車で道路からそれてしまった。全員、救急車で運ばれた——まあ、事実ではないとしても、いかにもありそうな話だ。そうだろう？　池のほとりには、見るに堪えない恐ろしいものがいくつもあった——事実に違いない。共有地で銃撃戦があった——音からすると事実だろう。ミス・シートンは逃走した——きっとそうに違いない。レディ・コルヴデンもいい年なのだから、常識を弁えるべきだ——疑う余地なき事実。

ミス・シートンは逃走した。たぶんロンドンへ。いや、おそらく海外へ。事故を起こした原因はミス・シートンにあり、アンジェラ・ヴェニングと仲間に襲いかかり、つねにあのリボルバーを持ち歩いているので、三人を射殺し、一人に怪我を負わせ、遺体は救急車で運び去られた。遺体は池のほとりに一列に横たえられ、警察が番をしている。救急車に乗せられたのは怪我人で、輸血のためにアシュフォード病院へ運ばれた。月の光を浴びるパーティが開かれていて、そこに警察が踏み込んだ。レディ・コルヴデンはナイジェルを連れて逃げだした。ただし、ナイジェルは服を着ないままで。レディ・コルヴデンは男たちの一人と駆け落ちした。アンジェラ・ヴェニングと仲間の一人（もしくは二人、三人）が池で溺れ、救急車で運び去られた。アンジェラ・ヴェニングが逃げようとして車を木にぶつけ、彼女と仲間の二人（もしくは三人、四人）が危篤状態で救急車に乗せられ、アシュフォード病院へ大至急搬送された。ミス・シートンは救急車を奪って逃走した。ミス・シートンは麻薬で朦朧としているところを池で発見され、救急車で病院へ運ばれた。ミス・シートンはいまも池のなかにいる。水から出るのを拒んでいるため、警察が池のほとりで説得に当たっている。ナイジェル・コルヴデンは逮捕された。理由はミス・シートンと格闘したから。アンジエラ及びその仲間と格闘したから。警官と格闘したから。猥褻な露出をしたから。

嘆かわしい。悲劇だ。衝撃だ。

正直なところ、こうした意見はどれも勝手な憶測にすぎなかった。しかしながら、みんなで楽しむだけの値打ちはあった。なぜなら、経験から誰もが知っているからだ。こちらを少し調整し、あちらを軽く飾れば、翌朝には、かなりの部分が事実とみなせるようになっているということを。

ほとんどの警官が満足はできないまでも多忙な一夜を送った。デルフィックは自分を責めていた。事故が捏造だったことに気づくべきだった。警察医と殺人事件の捜査班が到着するまで、遺体を動かすことも、人々が現場を踏み荒らすことも、許してはならなかったのだ。ミス・シートンをもっと早く見つけだすべきだった。幸運に恵まれて、彼女から供述をひきだすことができればいいのだが。

「ミス・シートンは何も言っていないのか、ボブ？　ひとことも？」

「はい、警視。ほとんどだめです。何か言おうとしてはいました。学校に関することではないかと思われます。試験でしょうか、たぶん。〝グレードA〟と言ってるように聞こえました。それから〝サッカー〟――いや、〝サッカー選手〟のほうが正確かな。その次は〝ぜひ〟……もしくは〝きっと〟。そこで目をあけたと思ったら、急にものすごく怯えた顔になって気絶してしまいました」

犯人が逃走する暇もないうちに緊急手配をすべきだったのだ。ヴェニング夫人のところへは自分が知らせに出向くべきだったのだ。事件を目撃したと思われるただ一人の人物をナイト医師が朝まで面会謝絶にしているが、そんなことを許してはならなかったのだ。何よりもまず、自分がなんとかして三カ所に同時にいるべきだったのだ。

「〝こうならよかったのに〟とか、〝まさかこうなるとは思わなかった〟などとぼやくのはやめろ、〈御神託〉。たまには、運に恵まれた点を数えてみろ」アシュフォード警察犯罪捜査部のブリントン主任警部は小さな山となっている書類を手にとり、トランプのソリティアの準備をするかのように、表向きにデスクに並べはじめた。「さて、まずヴェニング家の娘から」三枚重なった紙のいちばん上の一枚をとった。「警察医からの予備報告だ。〝死亡時刻……〟、ふむ、捜査班の推測とほぼ一致する。〝死因。

左側頭部骨折及び頸椎左側の脱臼骨折〟――ラテン語を使ったこの難解な表現を易しく言い換えると、頭に穴があいたか、首の骨を折ったか、もしくはその両方が原因で死亡したということだ。〝両足首に挫傷が見受けられ……〟――犯人がたぶん足首をきつくつかんだのだろう。〝両腿に残る傷痕は注射針の使用を強く示唆するものである。薬物依存者であった可能性が大きい〟――もちろん、例によってこのすべてに〝もし〟と〝しかし〟がつくから、最終的な結論を出すのは正式な検視解剖がすむまで待つとしよう――もっとも、解剖医は単に〝解剖〟と短く言うだけだろうが。それが終われば、解剖医のほうから詳しい説明があるはずだ」主任警部は次の紙にじっくり目を通した。「ああ、なるほど、うちの科学捜査班からだ。お利口な連中だ。ギリシャ語を使っている。〝車のハンドルとドアに潜在性の……〟――この馬鹿者、何を言ってるつもりなんだ？　潜在性というのは〝見えない〟という意味なんだぞ。レイタントのことを、指紋を意味する中国語だとでも思っているのだろう。科学捜査には大賛成だが、難解な専門用語は勘弁してほしい。わたしはコンピュータだって好きだぞ。アラビア語で答えをよこす心配さえなければな。科学捜査班の報告書を要約するとこうなる――車と南京錠とガレージのドアに残った娘の指紋はほとんどがぼやけている。その点から見て、犯人は手袋をはめ、運転も犯人がしていたものと思われる」

主任警部はその紙を脇へ押しやり、次の報告書に目を通した。「ああ、なるほど。車だ。故障箇所なし。ブレーキの不具合も、その他もろもろの不具合もなし。道路にタイヤのスリップ痕はなし。つまり、意図的に道路からそれて木にぶつかったわけだ。しかし、激突ではなかった。フロント部分を少しつぶす程度の衝撃だった。犯人は事故に見せかけようとしたが、自分まで怪我をすることのないように注意した。おお、それから――ふむ――女物の帽子、前輪の近くでつぶれていた」

ボブ・レンジャー部長刑事がはっと身を起こした。「ミス・シートンの帽子です」

「なるほど。きみ、こう言わなかったかね、〈御神託〉――袋をかぶせられたときに帽子を台無しにされたため、ミス・シートンがかんかんだった、と」

デルフィックは苦笑した。「そうだ。それがいちばん腹立たしかったのだろう」

「最近の状況からすると、ヘルメットにしたほうがよさそうだな」主任警部は次の何枚かにちらっと目を通した。「トレフォールド・モートンか。きみ、けっこう大きな魚を釣りあげたようだな。友人宅にいた彼を、きみにかわってわれわれが逮捕し、頭を冷やしてもらうためにブレッテンデンへ連行した。うちの警部はこちらに連れてこようとしたんだが、わたしが止めた。地元のほうがやつも正直になるだろうと思ってな。警部は大いに感心して、〝ああ、なるほど。心理的圧力をかけるわけですね〟と言った。〝頭を使う〟という意味の気どった表現だ」

「やつはどんな様子だ、クリス？」デルフィックは尋ねた。

「モートンのことか？　ああ、行儀よくしてるようだ。最初は大荒れだったが、暴風も少々収まった」主任警部はいちばん上の紙を脇へどけた。「三〇分前にブレッテンデンのほうと電話で話をした。そろそろ陥落しそうな気配だと言っていた。とにかく、きみがやつの尋問を希望するまで、向こうの連中がそばにすわって手を握っててやるそうだ。きみの出番が来るころには、やつもきみの肩にすがって泣きながら何もかも白状する準備ができているだろう。やつの事務所か自宅できみが何かを見つけておけば、さらに効果的だな」ブリントン主任警部は次の報告書に目を通した。「すべて手配済みだ。わたしからサー・ジョージ・コルヴデンに電話しておいた。サー・ジョージが捜索令状を用意してくれるから、ブレッテンデンに行く途中でもらっていくといい。喜んでたようだぞ。会合に出ていたため、これまではお楽しみを逃していたのだろう、たぶん」

「そうだな」デルフィックも同意した。「だが、幸いなことに、わたしがあの息子を自宅に送り届けたときには、サー・ジョージはすでに帰宅していた。あの若者も気の毒に。だが、なかなか根性のある子だ。初めて遺体を見るのは愉快なものではない。

とくに、自分がまだ若くて、遺体が知りあいのものであればとくに。運転はあの子にまかせることにした。厳密に言うと、おそらく規則違反だろうが、よけいなことを考えずに運転に集中させておく効果があった。あとは父親が支えてくれると思う。仲のいい家族のようだから」

「モートンのことでもうひとつ」主任警部が別の報告書を差しだした。「覚えてるかね、〈御神託〉。前に〈シンギング・スワン〉の件できみが警視庁から電話してきだろう?」

「ああ。ミス・シートンからの情報だった」

「やっぱりな。あの女性はどこにでも首を……じゃなくて、傘を突っこむ人だ。さて、前にも言ったとおり、一度か二度、クラブに踏みこんだんだが、事前に情報が漏れていたのは間違いない。どこから漏れたか、ようやくわかった。いや、まあ、偶然わかったようなものだが。モートンがブレッテンデンの署に連行されたとき、そこの警官の一人が〝ええっ、こりゃ驚いた。トレフォールド・モートン弁護士じゃないか。〈シンギング・スワン〉のことを、なんたる面汚しだといつも言ってた人なのに〟と言ったんだ。警察がクラブに踏みこもうとするたびに、そのドジな制服警官がモートンに自慢そうに知らせていたというわけさ。警察の有能さを見せつけるために。警察が批判されるのがいやだったそうだ。目下、警察への批判というものについて、上司からじきじきに教えられていることだろう」ブリントンは椅子にもたれてため息をついた。「まあ、そういうことだ。今夜ベッドにたどり着くためには、二人ともそろそろ出発したほうがいいと思うが、きみたちがベッドに入れる確率は低そうだ。ところで、部長刑事」ブリントン主任警部はボブにきびしい視線を向けた。「救急隊員からのこの報告はどういうことだ？　きみが女性を連れてプラマージェン共有地で跳ねまわり、ボブは真っ裸で車に乗って田舎道を走りまわったと書いてある」

ボブは真っ赤になった。「ずぶ濡れだったものですから」と弁明した。

「なるほど」主任警部はうなずいた。「まあ、説教はやめておこう。きみ自身よくわかっているだろうし、自覚が知恵への第一歩だと言うからな」

「勘弁してやってくれ、クリス」デルフィックは笑った。「ボブが素潜りをしなかったら、ミス・シートンを失うことになっていただろう」

「それもそうだな。まあ、わたし自身はミス・シートンにまだ会っていないが、彼女がこちらに来るまで、うちの署で扱う事件は地味な窃盗、麻薬密売、強盗程度だった。ところが、彼女が来て以来、銃撃、誘拐、そして、ついには殺人——困ったものだ。きみ、ミス・シートンをロンドンに連れ帰って、われわれを休息させてやろうという気はないかね?」

「プラマージェンに腰を落ち着けようと考えてるみたいだぞ、クリス」デルフィックは陽気な声でブリントンに言った。

「ミス・シートンが? やれやれ、今後もこの状態が続くのなら、軍隊を呼び寄せて戒厳令を敷いたほうがよさそうだ。モートンからなんとか自白をひきだしてくれ、〈御神託〉。いまのところ、やつは警察に協力しているにすぎん。だが、勾留するとすれば、罪状を考えなくてはならん。きみが自白をひきだすまで、わたしはこのまま待つことにする。たとえ、今夜はここで寝るしかないとしても」

デルフィックとボブ・レンジャーは車でアシュフォードからプラマージェンまで行き、ライサム館に寄って捜索令状を受けとってから、スイートブライアーズ荘へ行った。

デルフィックはミス・シートンのスケッチを理屈抜きで信じるようになっていた。そこに描かれた詳細な点がどんどん重要性を増しているように思えるのだ。捜索令状を使う前に、また、とくにトレフォールド・モートンに会う前に、これまで見落としていたかもしれない点を念のために確認しておきたかった。

書き物机のいちばん下の引出しに紙ばさみが入っていたので、紐(ひも)をほどくと、スケッチが何枚か出てきた。その一枚を見てデルフィックは爆笑した。サッカーのユニホームを着て戸惑いの表情を浮かべた部長刑事が、縞模様の長いマフラーをなびかせて走っている。その前を走るのが『鏡の国のアリス』に出てくる赤の女王。片手で部長刑事をひっぱり、反対の手に傘を持ち、その顔はミス・シートン自身に似ているのがはっきりわかる。

「もっと走れ。もっと走れ」デルフィックは楽しげに叫んだ。「すまん、ボブ。だが、ボウ・ストリート署で初めて顔を合わせたとき、きみの姿から、ミス・シートンはまさにそういう印象を受けたのだろう」

「そんな目で見られてるような気のすることがよくありました」ボブも認めた。「しかし、わたしが警察のサッカーチームに入ってるのが、なんでミス・シートンにわかったんでしょうね？」

「すばらしい漫画家になれただろうな」デルフィックは言った。そのスケッチを紙ばさみに戻してから、ヴェニング夫人が描かれたスケッチと、トレフォールド・モートンが描かれた二枚のスケッチをとりだし、テーブルに並べてから、じっくり見るために腰を下ろした。「少女が倒れていた様子とほぼ一致する」ニオベのスケッチを指さした。「この警告をもっと真剣に受けとるべきだった。懸念してはいたのだが――充分でなかった。それから、割れた壜が描いてある。おそらく、錠剤が入った壜のことだろう」

「こっちのスケッチと関連があるってことですね」ボブはトレフォールド・モートンが描かれた一枚目のスケッチを指さした。「モートンが小壜をかざしているこの絵」

「たぶん。可能性はきわめて高い。ヴェニング夫人がミス・シートンの手から奪いとった錠剤の小壜は、トレフォールド・モートンがミス・シートンに渡したものだった。そして、ミス・シートン自身も、小壜を絵にした理由はそれしかないと思っている。絵を描いたときに、そのことが頭にあったのだろう。だが、それは……違うような気がする。もっと深い意味があると思う。じっくり見れば見るほど、この絵はこれ一枚で完結しているように思えてならない。現実と正確に一致している。母親が何かをおこない、それが神々の不興を買った。神々は復讐のために娘を殺した。母親の後悔。そして、錠剤が話のどこかにぴったり収まるはずだ。この二枚との関連は……」デルフィックはニオベのスケッチを脇へどけ、トレフォールド・モートンが描かれた二枚を自分のほうにひきよせた。「たぶん、ただの偶然だろう。さて、こちらの絵だが……」縮んだ人間の頭をつかんで跳ねまわる腰蓑姿の紳士を見て考えこんだ。「何を意味するのか、わたしには正確にわかっているつもりだ。横領と裏切り。運がよければ、今夜のうちに証拠が見つかるかもしれない。さて、そろそろ……」

「警視」室内をうろついていたボブが、暖炉の上に飾ってある水彩画のE・D・Sという署名をじっと見た。右手前景に、葉がまばらに残った枝が描かれ、その黒い輪郭によって曇り空との距離感が一段と強調されている。空には濃淡さまざまな色が使われ、それが集まってうねる雲に変わっている。枝と空のあいだに荒野が広がり、一面のヒースが風に揺れている。どこかで見たような風景だ。

デルフィックは顔を上げた。「ん？　どうした？」

「これ、警視のことだと思います」

デルフィックは立ちあがってボブのそばまで行った。「どういう意味だ？　わたしのこととは？」

「この絵ですよ、警視。さっきからずっと見てて、見覚えのある景色だと思ってたんです。でね、突然、気がつきました」ボブは得意満面の表情で微笑した。「これは場所じゃない。人間ですよ。わかりませんか？」

「寒そうな景色だな」デルフィックは意見を述べた。

ボブはニッと笑った。「確かに、警視。だが、全体的な印象としては、美しい絵だと思いませんか？」

「上司をからかうんじゃない」

「だが、よく見てください、警視」ボブはあわてて続けた。「ミス・シートンが言おうとしたことが、この絵を見ればわかるんです。わたしの姿が描かれてるあのスケッチから警視がボウ・ストリート署を連想し、わたしに対するミス・シートンの第一印象がサッカー選手だったというなら、こっちの絵は警視に対する彼女の第一印象ですよ。試験とは関係ありませんでした。グレードAではなく、曇り空(グレイ・デイ)だったんです。〝曇り空……サッカー選手……ぜひ……〟ぜひわれわれに話さなくてはならない、とミス・シートンが思ったことが何かあったんですよ。それはつまり……」

「セザールの若造と関係しているわけだな。今夜、ヴェニング家の娘と一緒にいたのがセザール・ルベルであったことは、可能性ではなく、確かな事実と言っていいだろう」デルフィックはオーバーをとって袖を通した。「出かけるぞ。急がないと。まだスタート地点に立ってもいない」

二人は途中でブレッテンデンの警察署に寄ってトレフォールド・モートンの自宅の鍵を借り、自宅に着くと呼鈴を数回鳴らし、玄関ドアをノックし、応答がないので鍵を使って勝手に入ろうとした。そのときようやく、ガウンとスリッパ姿の初老の女性がショールを肩にかけて出てきて、二人のためにドアをあけた。幅広の顔は、唇を不機嫌そうに小さくすぼめていなければ快活そうに見えなくもないだろうが、いまは神経質にまばたきしながら二人の前に立ちはだかった。警視は自分たちが警察の人間であることを説明し、夜遅くの訪問を詫びた。女性は一歩下がり、二人が玄関ホールに入るとすぐさま玄関ドアを閉めて、壁ぎわに置かれたオーク材のベンチのほうを指さした。

デルフィックが捜索令状を見せたが、女性は首を横にふり、もう一度ベンチのほうを指さしてから階段へ向かった。デルフィックは一瞬迷ったものの、女性のあとを追って捜索令状を差しだした。女性はそれを払いのけ、居ずまいを正すと、命令するかのように人差し指をベンチのほうへ二回突きだした。

〈御神託〉が不意に笑顔になってお辞儀をしたので、部長刑事はびっくりした。

「承知しました、マダム。ここで待たせてもらいます。だが、できるだけ急いでもらえるとありがたい」

女性は短くきっぱりうなずくと、階段を駆けあがった。

デルフィックがベンチまで行って腰を下ろしたので、ボブも上司にならった。

「どうしたんです、警視？　あの女性、まともとは思えませんが」

「きみの観察眼もなかなかのものだな。確かにまともではない。だが、たぶん、顔面の修繕工事をしに行ったんだと思う。あまり時間がかからないことを祈るとしよう」

「けど、さっさと始めたほうがいいんじゃないですか？　時間も遅いことだし」

「まあな。しかし、ガイドツアーに頼ったほうが、結局は時間の節約になるはずだ。年配女性を必要以上に狼狽させても意味がない。それから、覚えておくんだ――われわれがあの悪徳弁護士のことをどう考えようとも、彼女はたぶん、弁護士が太陽と月と星々の輝きを放っていると思いこんでいるだろう。それに、ここで運よく何かが見つかったら、モートンをえこひいきする証人はわれわれにとって有利な材料となる」

「お待たせしました」

ボブはふりむき、啞然とした。階段を下りてきたのは同じガウン、同じショール、同じスリッパだったが、それを身に着けた女性は変身していた。太い黒縁の眼鏡をかけたので、目が大きく見え、輝きを帯び、にこやかな感じになっていた。愛想のいい笑みを浮かべた、きりっとした大きな唇は、呆然としたままのボブの目には、その奥に輝く白い歯が詰めこまれているように見えた。顔全体がつやつやと光っていた。

「家政婦をしている者です」女性は続けて言った。「ご用件はなんでしょう？　お待たせして申しわけありませんでした。呼鈴の音で目がさめて、てっきり旦那さまのお帰りだと思ったんです。鍵を忘れてらしたんだと思い、大急ぎで一階に下りたものですから、眼鏡をかけるのを忘れてしまいました。眼鏡なしであなたとお話ししても、時間を無駄にするだけです。だって、まわりの様子が見えなければ、何が起きているのか理解できませんもの。わたしの言う意味、おわかりですね？　さて、旦那さまが何をしたんでしょう？　さっき、レディ・コルヴデンとかいうような名前の人から電話があって、旦那さまはどこかと訊かれましたけど、何も知らないので答えられないと言っておきました。ところが、向こうはしつこくて、誰の家で食事をしている可能性があるかと尋ねるので、心当たりのある名前をいくつか教えておきました。でも、旦那さまがご自分の車で出かけたことはわかっています。事故でも起こしたんでしょうか？」

最初に顔を合わせたときは沈黙を貫いていた女性のこの饒舌ぶりに、デルフィックは面食らった。

「いや」女性を安心させた。「そういうことではないんです」

「違うんですか？　でも、さっき、警察だと言われましたね」女性は問いかけるような微笑を二人に向けた。「旦那さまに何か？　トラブルに巻きこまれたとか？」

デルフィックは言葉を選ぶのに神経を遣った。「説明の必要なことがありまして。目下、トレフォールド・モートン氏には警察の捜査に協力してもらっています。あなたはモートン氏のもとで長く働いてこられたのですか？」

りますˌ

「まあ、長いかどうかは、その人の感覚によって違うでしょうけど。ええと――ちょっと待ってください」家政婦は考えこんだ。「そう、今度のクリスマスで一二年になります」

「なのに、トラブルの可能性を前にしても、驚いておられないようですね」

「驚くもんですか。やけに口のうまい人だとずっと思ってました」

「あなたご自身がモートン氏とトラブルになったことは？」

「トラブルというほどのことは別に。こちらで働きはじめたころ、二回ほど衝突した程度です。食費がかかりすぎているから、もっと安い食材を使うようにと言われたんです。そこでわたしは言いました――オムレツを作るには卵を割らなきゃいけません。旦那さまが卵の殻を召しあがりたいなら勝手にどうぞ。卵はわたしが食べます。でも、安い食材を使うのはお断わりです、と。旦那さまはそれきり黙りました。ビシッと言うときは言わなきゃね。でないと相手になめられます。それから、給金のことでも揉めました。旦那さまがわたしの給金の一部を天引き貯金にまわそうとしたんです。そこでわたしははっきり言いました。給金は全額ください。貯金の必要があれば自分でします、って。そのときも、やけに口のうまい人だと思いました」

部長刑事がノートを手にして家政婦のうしろへこっそりまわったので、デルフィックは家政婦が思い出話に浸っているあいだに、なるべく多くの情報をひきだそうと決めた。

「ところで、何か妙なことに気づきませんでしたか？　おかしな出来事とか」

家政婦はむっとした。「あるわけないです。そのようなことは。何かあったとしても、ここをやめようとは思いません。旦那さまは嫌みな人で、生まれつきの性格だから変えようがないですけど、尊敬すべき人であることは確かです」

デルフィックは彼女をなだめた。「いやいや、そういう意味で言ったんじゃありません。わたしが考えていたのは、風変わりな客が訪ねてこなかったか、何か珍しいことがあったのをあなたが覚えておられないか、というようなことです」

家政婦は椅子のところへ行って腰を下ろした。「そう言えば、男性が一人います。よくここに来る人で、あれなら風変わりと言えそうだわ。とにかく、服装が変わってますし、髪は前髪を切りそろえてて、おかっぱみたいな感じです。町で見かけたことがあって、誰かが名前を教えてくれましたが、忘れてしまいました。レス・メアリーズのほうでクラブか何かやってるそうです」

「で、ここに頻繁に来るんですね？」

「そうね、頻繁と言っていいでしょう――だいたい、週に一回ですから。たいてい遅い時間なので、わたしが応対したことは数えるほどしかありませんが、ときどき、深夜に玄関ドアが閉まる音を聞いて窓から覗くと、その男性が帰っていく姿を見ることがありました」

「それ以外には？」デルフィックはさりげなく尋ねた。

「風変わりな感じの人は誰も」家政婦はしばらく考えこみ、それから笑った。「そうだわ、スコットランドから若い紳士が来ました。でも、何年も昔のことですよ」

警視の表情が思いやりと好奇心に満ちたものに変わった。「ほう？」

「いえね、その紳士が訪ねてきたので、玄関でしばらく待ってもらったんですけど、旦那さまにとりついで名前を伝えたら、留守だと答えるように言われました。で、玄関に戻ってお留守ですと言いました。もちろん嘘ですよ。でも、命じられたとおりに答えるしかありません。すると、若い紳士は激怒して、親戚のおばを埋葬するためにスコットランドからはるばるやってきた、金はどこへ消えたんだ、と言うのです。わたしにはわかりかねますと答えると、警察に訴えると言って足音も荒く出ていきました。わたしは思わず苦笑しました。だって、弁護士を警察に訴えるなんて、どうすればできるんです？　わけがわかりません」

デルフィックはさりげない口調でさらに探りを入れた。「ほかに誰かいませんか？」

「ほかに？　ええと、そう言えば――ミスなんとかって人が……だめだわ、名前が思いだせない。でも、あとで新聞にずいぶん出たものです」二回訪ねてきましてね、一回目は旦那さまが会われて、ひどい口論になりました。台所まで聞こえてくるほどで、女性はわめき散らしていて、帰るときには泣いてましたよ。わたしは旦那さまから、あの女が押しかけてきても二度と入れるな、と言われました。でも、その人、ずいぶんたってからもう一回やってきたんです。一年以上たってたと思いますよ。朝だったんで、わたし、弁護士事務所のほうへ行くように勧めたんですが、いま事務所へ行ったら不在だと言われたっていうんです。ひどく落ちこんだ様子だったんで、気の毒になって、わたしの部屋に通してお茶を出しました。その人、〝銀行がミスをしたに違いない。わたしが貧乏になるなんておかしい。そんなはずはない。わたしのこと、貧乏だと思います？〟といったようなことを言いつづけてました。で、わたしが〝何も知らないので答えようがありません〟と言うと、〝見てよ。こんなことになってしまって〟と嘆くのです。まあ、確かにやつれた表情でしたね。そして、〝もしわたしが貧乏でなかったら〟と、くどくどと言うんです。〝貧乏でなかったら、彼をだましたことになる。彼にもじきにわかるはずだわ。けさ、牛乳配達の人と一緒に新しい遺言書を作ったから〟って。まあ、おかしなことを言うもんですね。牛乳配達の人は遺言書なんか作りませんよ。それぐらい誰だって知ってます。次に、弁護士をけっして信用するなとその人が言ったんで、わたしはぜったい信用しないと答え、何か力になれることはないかと尋ねたんですが、向こうは、いまとなってはもう誰にも何もできないと言いました。そして、帰っていきました。ひどく哀れでした。そして翌朝、新聞を見たら、その人がここを出たあと、お昼過ぎに崖から飛び下りたという記事が出てたんです。大きなショックでした。お茶も役に立たなかったんだって、そのとき思いました」

「ほかには?」デルフィックは話の流れを妨げないように静かな声で尋ねた。

「ほかに?」家政婦はオウム返しに言った。「そうですね。思いつくのはあと一人だけ。ミス・ハントとかいう人です。ええ、考えてみたら、それほど前のことじゃなかったです。数カ月しかたってません。目を怒りでぎらつかせて訪ねてきたんです。ちょうど、あのミス……あら、変ですねえ。口の先まで出かかってて、何かの拍子に思いだせそうなのに」家政婦は顔をしかめた。

「ミス・ウォーリンガム?」デルフィックは小声で言った。

「そうそう、ウォーリンガムだわ。ちょっとしたきっかけで思いだせるってわかってました。でね、いま言おうとしてたように、ある日の午後、そのミス・ハントって人が訪ねてきたんです。なんか胡散臭い感じでね。だって旦那さまが家にいないことはわかってるはずなのに、お留守ですと言ったらすごく意外そうで、いえ、本人は意外だと言ってましたが、わたしは信じる気になれませんでした。ずるそうな感じの人だったから。錠剤を分けてもらう約束だと言うんで、わたし、うちは医者じゃないと答えたんですが、向こうはバッグから壜を出してきて、浴室の戸棚を覗いてこれと似た壜がないか調べて、それを持ってきてくれないか、と言うんです」

デルフィックはひどく眠そうな表情だった。「どんな壜でしたか？」

家政婦は微笑してうなずいた。「あら、そんなことお尋ねになるなんて変ですね。ちょっと変わった壜でした。上のほうは筒状で、底が広がって壜らしい形になってるんです。わたしはすぐさま断わりました。訪ねてきた人に旦那さまのものを無断で渡すなんて、ありえませんよ。冗談じゃない。いずれにしても、戸棚にそんな壜はありません。掃除をするわたしにはよくわかってます。あとで報告したら、旦那さまは怒り狂って、あの女は頭がどうかしている、病院で診断書を書いてもらうべきだと言ってました。その後二、三日、わたしは新聞を広げる気にもなりませんでした。その人も自殺したんじゃないかと思ってね。でも、入院してるってあとで聞いて、無事だとわかりました。国民健康保険というのはありがたいですね。そう思いません？」

デルフィックはさっと立ちあがった。「さてと、遅い時間で本当に申しわけないが、家のなかをちょっと案内してもらえませんか？　トレフォールド・モートン氏が個人的な書類をしまっておくとしたら、可能性の高そうな場所をどこかご存じないでしょうか？」

「書類？」家政婦はじっくり考えた。「さあ、どうでしょう。事務所ぐらいしか思いつきませんけど。もちろん、書斎の本棚のうしろに金庫が隠してありますから、そこを調べてみたらどうでしょう」家政婦は玄関ホールを通り抜け、その先にあるドアをあけた。刑事たちもあとに続いた。書斎の壁面のひとつが床から天井までの作りつけの本棚になっていた。二人は視線を交わした。ガイドツアーに頼った値打ちがあった。家政婦は中段の棚から本を何冊か抜き、壁に作りつけになっている小型の金庫を見せた。「ほら、これです。埃(ほこり)を払おうと思って本をとりだしたときに気づいたんですけど、見つけたことは内緒にしています。わたしがとやかく言うことではないので。でも、警察の人が捜索令状と旦那さまの鍵を持っておられるのを見て、教えても大丈夫だと思ったんです」

大丈夫どころではない――デルフィックは思った。またとない幸運だ。金庫を見つけるだけで何時間もかかっただろう。ひと晩ではもちろん足りなかったはずだ。デルフィックはまた、家政婦とトレフォールド・モートン氏の関係に、そして、彼女がけっしてモートン氏の名前を呼ぼうとせず——たぶん、無意識ながらも呼ぶことができないのだろう——雇用主のことをつねに〝旦那さま〟と言っていることに興味を覚えた。そこまで嫌っていながら、彼のもとで長年働いてきたというのも妙なことだ。デルフィックはいつしか、ミス・シートンにこの家政婦を描かせたら、どんな肖像画ができあがるだろうと考えていた。モートン氏のキーホルダーから鍵を一本選び、金庫の扉をあけて、なかの品をとりだした。古い宝石ケースがいくつかと書類。宝石ケースは金庫に戻し、書類の半分をボブに渡して、残りの書類をめくりはじめた。

黒い表紙の小型ノートに記された内容に注目し、それ以外のものは脇へどけた。記入内容は大きく四つに分かれていて、それぞれの最初に名前を省略したものがついていて、そこに線がひいてある。名前のあとには、数字と日付のリスト。いちばん古い日付は一五年ほど前までさかのぼり、ところどころにイニシャルがついている。人名のほうは推測できた。カ・デールはカミングデール夫人、スコットランドからやってきた若い紳士のおばに当たる女性だ。フ・スンは交通事故で亡くなったフォアメイスン氏。ウ・ガムはミス・ウォーリンガムに違いない。それから、ハ・トはミス・ハント以外に考えられない。それぞれの右側に欄が作ってあって、追加の数字が記入され、合計額の下に黒い太線がひいてある。その二五パーセント、数字、引き算、最終合計額。デルフィックは考えこんだ——トレフォールド・モートンが得た金の二五パーセントは誰がしぼりとっていたのだろう？　ミス・ハントの分の記入はまだ途中で、追加の数字は一部のみ、黒い太線はひかれていない。どれも暗号のようで、暗号を解く鍵が見つからないと解読できそうにないが、デルフィック自身の推理と家政婦からの情報を合わせると、だいたいの構図が見えてきた。数字と日付は債券や株券などの譲渡に関係したものと思われる。亡くなった顧客の持株に関する情報がいくつかの銀行から入れば、全体像が判明するはずだ。デルフィックはノートを閉じて部長刑事のほうを向いた。

「いまのところ、これさえ手に入れば充分だと思う。残りは明日まで延ばすとしよう」

「これが気になってたんですが、警視」ボブは輪ゴムで留めてある紙の束を差しだした。

「なんだ、それは？」

「名前も何もありません。数字が書いてあるだけです。しかし、一週間ごとに日付が入っていて、どうやら、支出と収入のリストのように思われます。この人の話からふと思いついたんですが――」ボブは家政婦に笑顔を向けた。「〈シンギング・スワン〉ってクラブから週一で届く収支報告かもしれません」

デルフィックは紙の束を受けとってちらっと目を通すと、ノートと一緒にポケットに入れた。残りを金庫に戻し、施錠して、本を棚にもとどおりに並べた。家政婦に声をかけた。

「気長につきあってもらって礼を言います。今夜はこれでもう充分です。明日の午前中に本格的な捜索にとりかかる手配をしておきます。ベッドからひきずりだして本当に申しわけありませんでした」

家政婦は微笑した。「あら、いいんですよ。気分転換になりますから」書斎のドアを閉めた。「旦那さまは今夜戻ってこられるんでしょうか？」

「いや」デルフィックは答えた。「今夜は無理です」

家政婦の微笑が大きくなった。「まあ、天罰ですよね。さっきも申しあげたように、やけに口のうまい人ですから」

デルフィックはついに好奇心に負けた。「率直に言って、あなたがモートン氏のもとで長年働いてこられたことに驚いています」

「そうですね、わたしに合っていたってことでしょうか」家政婦は説明した。「旦那さまもわたしも自分の居場所をそれぞれ心得ていて、おたがいに干渉しない主義ですので。旦那さまは奥さんも子供もいませんから、家族にあれこれ要求されることもないわけですし」

「だが、モートン氏に対して、けっして好意は持っておられないようですね」

「それは無理です。好意なんて」家政婦は愛想よく認めた。「旦那さまには我慢がなりません。最初からどうしても好きになれませんでした。あんなふうに口のうまい人には詐欺師のタイプが多いって、わたし、いつも言ってるんです」

トレフォールド・モートンとその行動をじつに的確に表している――部長刑事と一緒に車に戻りながら、デルフィックは思った。


ハイ・ストリートにある弁護士事務所では、捜査に役立ちそうなものは何も見当たらず、トレフォールド・モートンの私室に付属した洗面所の壁の戸棚から、ラベルのない錠剤用の小壜が見つかっただけだった。家政婦の話に出てきた壜とそっくりの形だった。手に持ったときは薬壜という感じだが、下へ行くにつれて広がっているため、ミニサイズのデカンターのように見える。

「簡単に立てておけそうですね」ボブが言った。

「そうだな」デルフィックも同意した。「だが、それ以上に重要なのは、目立つデザインではないが、わりと特殊な形だから、ほかのものと間違える心配がないということだ」

警視と部長刑事がブレッテンデンの警察署に着いたとき、署の時計は午前二時一分前を指していた。二人はトレフォールド・モートンが取調べを受けている部屋へ直行し、疲れた様子の刑事二人から尋問をひきついだ。刑事たちは質問が種切れになり、尋問を進める手段をなくし、頭のなかにあったのは睡眠のことだけだった。デルフィックは何も言わずにデスクの前にすわると、弁護士の抗議を無視して、取調べのために置かれていた書類を読みはじめた。

ボブは抗議に耳を傾けながら、トレフォールド・モートンが何度もくりかえす語句には文学的価値がほとんどないと判断し、彼のノートに〝T・M、ゴンドウクジラのごとく鼻息荒く、怒りを噴きあげる〟と記入するだけで満足した。デルフィックのほうは、クジラの皮を切り裂いて号泣させるのに、取調室に入ってからわずか七分しかかからなかった。書類を脇へ押しやる前に、七分のうち一分を使って弁護士をじっと見つめ、それから彼自身と部長刑事の氏名と階級を告げた。

トレフォールド・モートンはさっと立ちあがり、激怒してみせるという作戦に出た。ミス・シートンを自分の車で送ったというだけの理由でここに長時間足止めされるとは言語道断だと主張し、言語道断だとくりかえし、なんと、さらに数回くりかえした。ミス・シートンを降ろしたあとで彼女の身に何かあったとしても、もちろん、自分は何も知らない。何も知らせてもらえず、一般の犯罪者並みに扱われて尋問を受けただけだ――しかし、何かあったとしても、わたしとは無関係だ。なんの関係もない。あるいは、なんの証拠もないはずだ、と勝ち誇ったように締めくくった。浅はかな男だ。

デルフィックは相手の裏をかくために調子を合わせ、「警察がこれまでにつかんだ証拠からすると、いまのところ、あなたは殺人事件及び殺人未遂事件の重要な目撃者に過ぎません」と言っておいた。弁護士は目をむいた。「共謀関係についてはあとでとりあげるつもりです――徹底的に。取調べの理由が目撃者であるということしかないのなら、あなたがに激怒なさるのは無理もありませんが」と、つけくわえた。

「ところで」デルフィックはさらに続けた。「〈シンギング・スワン〉の支配人がお宅をひんぱんに訪ねているそうですね。では、ぜひご説明願いたい――これについて」金庫に入っていた品々のうち、ボブが渡してくれた書類の束を、デルフィックはデスクに叩きつけた。

トレフォールド・モートンは一瞬、喉の奥で奇妙な声を上げ、ふたたび腰を下ろしてから、クラブに資金を融通してきたことを認めた。クラブの経営に関して自分には発言権がないし、知識もない、と言った。世のためにおこなった思惑投資であり、儲けるつもりはさらさらなく、ブレッテンデンの若者に社交の場を提供して彼らが非行に走るのを防ぎたいという殊勝な願いがあっただけだし、その寛大さが誰かに悪用されたのだとしても、自分にはなんの責任もない、と主張した。

デルフィックはこれに対して何も意見を述べなかったが、弁護士に視線を据えたまま、こう言った。

「ここに書かれていることについても、詳細な説明をしていただきたい」ポケットから黒い表紙のノートをとりだして手にのせた。

トレフォールド・モートンは催眠術にかかったかのようにノートを凝視していたが、やがて、両手が小刻みに震えはじめた。

彼が打ちのめされ、ついに陥落したことを見てとって、デルフィックは逮捕時に必要な警告をおこない、電話の受話器をとった。

「アシュフォード警察のブリントン主任警部を頼む……クリスか？……横領と背任容疑で勾留する……そう。ついでだが、あのあと、ちょっとしたことがわかったおかげで、ミス・シートンが気を失う前の最後の言葉の意味をきみにも説明できそうだ」デルフィックの視野の端に、すくみあがる弁護士の姿が映った。「きみとわたしの会話に出てきた〝犯人〟がルベルであることを、ミス・シートンは伝えようとしていたのだ……そう……では……おやすみ」

12

「嫌みな男でしたね、警視」翌朝、上司と一緒にプラマージェンへ向かいながら、ボブは言った。

「まったくだ」デルフィックはうなずいた。「正直に白状すると、あの家政婦に同情を禁じえなかった。わたしも最初からあの男が好きになれなくてね。よくもまあ、あんなやつのところで一二年近くも……」

そういう二人も、ゆうべは午前三時過ぎまでその男のところにいた。その時刻になってようやく、トレフォールド・モートンが夜の残りの時間を過ごすために留置場へ移されたのだ。

横領の証拠を突きつけられた弁護士は哀れっぽい声で訴えを始めたが、何度もくりかえして主張したのは自分の惨めな立場だけで、基本的には次のような意見だった。

「スコットランドから甥がやってきたケースを除いて、もっとも、その甥の存在自体、わたしは知らなかったのだが、その他の依頼人には遺産を相続する親戚も友人もいなかった。従って、遺産は慈善団体か国家へいくことになっただろう。わたしは自分の立場について考え、自分にはそうした団体や国家と同じぐらい、いや、それ以上に遺産をもらう権利があると思った。強く思った。依頼人が生きているうちに財産を奪いとったのは事実だが、ほかにどのような手段があっただろう？」涙ながらに訴えた。

「亡くなるまで待っていたら、行動を起こそうにも手遅れになってしまう」

デルフィックが怒りを抑えて、ミス・ウォーリンガムの場合と、おそらくフォアメイスン氏の場合、あなたは信頼してくれた依頼人の財産を奪っただけでなく、この二人の死にも直接の責任がある、と指摘すると、トレフォールド・モートンは肩をすくめた。自分の財産管理も、自分自身の世話もできないほど愚かな、もしくは無頓着な連中だったのなら、自業自得というものではないか。

麻薬の件に関しては、弁護士は何ひとつ認めようとしなかった。変わった形の壜を目にしたことは一度もないとつっぱね、もし事務所でそのような壜が見つかったのなら、誰かが置いていったのだろう、もしくは事務所のスタッフのものに違いない、と主張した。デルフィックも、内容物の分析が終わらないことには、この問題をさらに追及するわけにいかなかった。ミス・ハントと彼女の墳をめぐる話については、不安定な心から生まれた妄想だとして、トレフォールド・モートンは一蹴した。ミス・シートンに錠剤を渡したのは親切心から、そう、純粋な親切心からしたことで、薬の名前は覚えていないが、商標登録された頭痛薬であることは間違いない、と主張した。ヴェニング夫人が問題の墳を割ってしまい、ミス・シートンには何も証言できない以上、さらなる追及は無理だった。

トレフォールド・モートンが留置場へ連れていかれたあとで、当直の巡査部長がお茶と簡易ベッド二台を用意してくれた。デルフィック警視はベッドにもぐりこんで気持ちよく眠ったが、ボブのほうは、簡易ベッドではとうてい寸法が足りないため、床に寝そべって理不尽な辛さに耐えるしかなかった。

ボブは車のスピードを落とした。「ちょっとここに寄ってもいいですか、警視。買いたいものがあるので」

「いいとも」

デルフィックはボブが花屋に入っていくのを見守り、それから、シートにもたれて今後の行動計画を立てた。例によって、いまいましいルベルは姿をくらました。背後に強力な組織がついているに違いない。だが、それは当然予想されたことだ。麻薬は大金を意味する。大金は大きな組織を意味する。ルベルが執拗にミス・シートンを襲撃するのは私的な復讐のつもりだろうか？　それとも、上からの命令だろうか？　考えるだけ無駄だ、とデルフィックは判断した。理由がどうあれ、ルベルは攻撃を続けるつもりのようで、それを警察はひどく危惧している。ゆうべの襲撃にトレフォールド・モートンが一枚嚙んでいたことを立証できればいいのだが、どう考えても、その見込みはなさそうだ。

ありがたいことに、弁護士が横領を自白したおかげで、けさの治安判事の法廷にデルフィック自身は出廷しなくてすむ。ブリントン主任警部の手配によって、ほかの者が警察としての見解を述べ、罪状が増える可能性もあることを根拠に、保釈なしの再勾留を求めることになった。ただ、認められる見込みはなさそうだ。いまよりはるかに多くの証拠をつかまないかぎり、麻薬に関する容疑を固めるのは無理だろう。ともかく、情報はすべて麻薬捜査班のほうへ伝えておいた。そちらで何かつかんでくれるかもしれない。

頼みの綱はミス・ハントだ。トレフォールド・モートンが介護ホームへ面会に行ったときに、強い麻薬をこっそり渡していたかもしれない。だとすれば、薬はもうもらえないとわかった時点で、ミス・ハントが弁護士を密告する気になるかもしれない。ナイト医師と話をしなくては。最悪の場合でも、弁護士は横領罪で長期の懲役刑となるだろう。

不愉快な人物が一人、密売組織から放りだされたわけだ。床に倒れたまま、起きあがることは二度とできないだろう。麻薬の密売組織を退治するのは、蟻の巣退治と似ている。とるに足りない働き蟻を何匹か踏みつぶしても、巣の中心部にたどり着くことはできない。中枢をなす蟻たちには近づけない。ましてや、女王蟻に近づけるわけもない。いや、この場合は、女王ではなく王なのか？　とにかく、リーダーに近づくのは無理だ。蟻には熱湯が効く。片手にやかんを持ち、蟻の巣に入りこみ、迷路のような廊下を大股で進んでいく自分の姿を想像した。「リーダーのところへ案内しろ」と命じる。やかんを傾け、煮えたぎった油を注ぎこむ。うん、名案だ。煮えたぎった油を……使えたら……証明できるはず……きっと証明できる……何かを。

ばかでかい花束と、見たこともないほど大きなチョコレートの箱を抱えてボブが戻ってきたので、デルフィックははっと目をさました。ボブは買ったものをうしろのシートに置き、運転席に乗りこんで車をスタートさせた。

「介護ホームを訪ねるわけですから――そのう、ちょっと思いついて……」

「すばらしい思いつきだ、ボブ。ただし、彼女が介護ホームにいればな」

ボブは自信たっぷりだった。「大丈夫、いますとも」

デルフィックにはそこまでの自信はなかった。「わたしもそう断言できればいいのだが。驚異の回復力を備えた人だ。ひと晩ぐっすり寝れば、傘をお供にスキップしてまわり、あちこちで大騒ぎを起こすことだろう。わたし自身はどうかというと、一二時間ぐっすり眠るための鎮静剤の注射は必要ない――横になったとたん寝てしまうだろう」

介護ホームに着くと、ボブは車を降りてうしろのシートからプレゼントの品をとった。デルフィックは車に残った。

「わたしはここで待つことにする、ボブ。ミス・シートンが本当にいるかどうか、きみが確認してくるまで」

「承知しました、警視」

ボブはスイングドアを通り抜け、誰もいない玄関ホールを見まわした。看護婦の制服を着たアン・ナイトが右のほうのドアから急いで出てきた。

「窓からあなたの車が見えたの。手遅れよ。ミス・シートンは退院したわ。ゆうべあんな目にあったというのにすごく元気で、朝食をすませたとたん、これ以上ベッドでのんびりしてはいられないって言ったの。すぐに出ていったわ」ボブは言葉もなくアンを見つめ、アンのほうは彼が手にしているものに気づいた。笑みが浮かんだ。まるで恋煩いの求婚者ね。ミス・シートンが迎えに出られなくてほんとに残念。「まあ、なんて魅力的な思いつきかしら。ほんとに優しい人ね。ミス・シートンがいれば大喜びだったでしょうに。コテージに届けに行けば、たぶん会えるはずよ」

ボブは顔を真っ赤にしてアンに近づき、花束とチョコレートを彼女の腕に押しつけた。

「きみに」と言った。まわれ右をして出ていった。

ナイト夫人が階段を下りてくると、いちばん下の段に娘がすわりこんでいた。庭に咲く花の半分を紙に包んだかに見えるものと、チョコレートの大きな箱を抱えていた。

「あらあら。崇拝者の訪問だったの？」

アンは涙に濡れた顔を上げて微笑した。「そう思う？　自分ではよくわからない。その人、わたしと会ってから、ひとことしか言ってないのよ」

「なんて？」

「〝きみに〟！」

「じゃ、崇拝者だわ」母親は断言した。「でも、わたしならそんなことで泣いたりしないけど。お花にはいいけど、チョコレートがだめになってしまうわ。さあ、行きましょう」

母親は娘に手を貸して戦利品を居間に運びこんだ。

「ミス・シートンは退院したあとでした。家に帰ったそうです」

「そうか」デルフィックはボブの真っ赤な顔と硬い表情に関するコメントを差し控え、うしろのシートへ視線を向けないようにし、微笑もどうにか抑えこんだ。

「わかった。では、ミス・シートンの家へ行くとしよう。車を出してくれ、部長刑事」

死ぬまでたたかう約束です。両方が剣を手にしました。

カキーン。ガシッ。ガシッ。シャリッ。キーン。ガキッ。

「ストップ、ストップ」ウサギのジャックが叫びました。

「なんで?」イタチのウォリーがたずねました。

「ぼくの剣が折れてしまった」ジャックは答えました。

「じゃ、おれの剣のほうが長くなる」ウォリーが言いました。「勝てるぞ。死ぬまでたたかうって約束、覚えてるだろ」

「もちろん」ジャックは言いました。「だけど、見て。ぼくの剣、折れたとこが長いぎざぎざになってる。きみに大けがさせるかもしれない」

「そっか！」ウォリーは言いました。

「中止にするしかなさそうだ」ジャックは言いました。

「うん、そうだね」ウォリーも言いました。

ジャックは前足を差しだしました。ウォリーも同じようにしました。

審判席にすわっていたかわいいルーシーが笑顔になりました。

敵どうしだった二匹は腕をくんで、のぼる太陽に向かって歩いていきました。

「みんな、足もとに気をつけて歩いていくんだぞ」太陽が言いました。

おしまい

ヴェニング夫人はタイプライターから紙をひきぬき、次の二枚をとってカーボン紙をはさみはじめた。口元がゆがんだ。タイトルページにカーボン紙は必要なかったんだわ。少なくとも、締切を守らなかったとは言わせない。この点で良心に恥じるところはない。前払い金はすでにもらっているし、本も完成した。最後まで書きあげたのだ。タイプライターに一枚だけ紙をはさみ、真ん中まで送ってからキーを叩いた。

ジャックがたてた小屋

何かが動いたような気がしたので顔を上げると、ドアのところにミス・シートンが立っていた。長いあいだ見つめあった。やがて、ヴェニング夫人は言った。

「これを終わらせてしまうから、一分だけ待ってちょうだい」タイプライターのほうに向きなおり、タイトルページを完成させた。

ソニア・ヴェニング作

そのページを完成原稿にのせ、切手を貼って宛先に出版社名と住所を書いた大判の封筒にまとめて入れてから封をした。椅子をうしろへ押しやり、立ちあがって暖炉まで行った。冷たい両手を炎にかざしたが、暖かさは感じなかった。ふりむきもせずに言った。

「おすわりになったら？」

ミス・シートンは躊躇し、やがて部屋に入ってきた。「わたしに会うのはおいやでしょうね。でも、こうして伺うしかなかったんです」

「あら、そう」

ミス・シートンは椅子に浅く腰かけて、バッグと傘を膝にのせた。「ノックはしたんですよ。でも、誰もいらっしゃらないみたいでした。すると、タイプを打つ音が聞こえたので、台所を通り抜けて、もう一度ノックしました」

ヴェニング夫人の視線はいまも暖炉の薪に据えられたままだった。「それは失礼。聞こえなかったの。フラターズ夫人はいないし。一日か二日、休んでもらったほうがいいと思ったの。妹さんのところへ泊まりに行ってるわ」

ミス・シートンは身を乗りだした。「お仕事の邪魔をするつもりはなかったのですが」

「お気遣いはけっこうよ」

ミス・シートンはふたたび話しかけた。「お辛いでしょうと申しあげても、なんの慰めにもならないことは承知しています。でも、わたしも辛くてなりません。辛くて胸がはりさけそうです」

「そのお気遣いもけっこう」ヴェニング夫人は炎を見つめたまま身体を起こし、暖炉の端の梁（はり）にもたれた。「いずれにしろ、あなたが辛いとおっしゃる理由がわたしにはわからないわ。むしろ逆のはずよ。ゆうべ、フラターズ夫人がレディ・コルヴデンと警察から一部始終を聞いて、わたしに話してくれたわ」彼女の口元がこわばった。「うちの娘と友達があなたをひき殺そうとしたそうね。次にその友達が娘を殺した。命が助かっただけでも、あなたは幸運だった」

「いえ、違う。違うんです」ミス・シートンはつぶやいた。「ひどい噂。どうして――そんなことが言えるのかしら。わたし、話がひどく歪曲されるんじゃないかと心配でたまらなくて、だから、お邪魔せずにはいられなかったんです。いまはなんの救いにもならないでしょうけど、いずれは多少なりとも心が慰められるかもしれません。何が起きたのか、お嬢さんはまったく知りませんでした。苦しまずにすんだのです」ミス・シートンは無力さをしぐさで示した。「助けてあげられればよかったのですが。何かできればよかった。でも、あの恐ろしい男が車を木にぶつけた瞬間、わたしは足をすべらせて池に落ちてしまいました。あとは、あっというまの出来事でした。男がお嬢さんを車からひきずりだすのが見えました。でも、お嬢さんはぐったりしたままだった。おそらく意識はなかったでしょう。男は次に――」ミス・シートンは息を止め、目をきつく閉じた。心を鬼にして話を続けた。「お嬢さんを殺しました。でも、信じてください。お嬢さんはきっと――何も感じなかったはずです。わたし、叫ぼうとしたような気がします。でも、それ以上何も覚えていないんです」ミス・シートンは顔をしかめた。おぼろげな記憶。

「ただ……」

「ただ？」

思いだそうと努めた。「ただ、どこかの男が――わたしを地面に突き飛ばしたような記憶が……。でも、たぶん夢だったのね」ミス・シートンは目を伏せた。「お話しできるのはこれだけです」

ヴェニング夫人は顔を背け、落ち着かない様子で部屋のなかを漫然と歩きまわった。ようやく口にした言葉は短くそっけないものだった。「初めて訪ねてらしたとき、失礼な態度をとって悪かったわ」

「いえ、そんな……」

「恐怖と心配で押しつぶされそうだったの。しかも、あなたのことを誤解してしまった。わたしの思い違いだった」ヴェニング夫人は短く笑った。「またしても愚かな思い違いね」

「いえ、やめましょう」ミス・シートンは相手をなだめた。「あなたが謝ることなんて何もないんですよ。思い違いだってことはわかってました」

「あなたに？」

「ええ、そう」ミス・シートンの手がひらひら揺れた。「ニオベ。わかるでしょう？」

彼女が言ったのはそれだけだった。

ヴェニング夫人は暖炉に戻って椅子に腰を下ろした。火かき棒を手にとったが、使うのを忘れ、すわったまま、手にしたその火かき棒を見つめていた。「ニオベ？」ようやく言った。「じゃ、やっぱり知ってたのね。すべてを知ってたわけね」

「いえ、それは違います」ミス・シートンは否定した。「何も知りませんでした。ニオベのイメージが浮かんだのはあとになってからで、自分が受けた印象を整理して紙に描こう、あなたの姿を絵にしようと思ったときでした」

そのあとに続いた沈黙がひどく長かったので、ミス・シートンはヴェニング夫人がこちらの存在を忘れてしまったのだろうと思った。その気持ちはよくわかる。一人になりたいと願うのは当然だ。ミス・シートン自身もとうてい邪魔をする気になれなかった。でも、やはりヴェニング夫人に真実を伝えなくてはという思いのほうが強かった。哀れな少女が苦しまなかったことを知ってもらいたかった。そして、少女にはなんの責任もなかったことを。あとで思いだしたときの辛さが少しは薄れるかもしれない。もちろん、礼儀知らずだと思われるのはいやだが、そっと腰を上げて静かに抜けだそうと思えばできそうだ。そう。それがいちばんいい。この人も気の毒に。なんて悲惨な運命だろう。こちらは無力感に打ちのめされるだけ。でも、この人、まばたきもせずに火を見つめていてはよくないわ。目に悪いもの。ミス・シートンはそっと立ちあがろうとしたが、いきなり話しかけられた。びくっとしてふたたび腰を下ろした。

「ニオベ」ヴェニング夫人は耳ざわりな声で笑った。「けっこう近いわね。もっとも、わたしの場合は子供が一人だけで、災いの原因は虚栄心ではなかったけど。恐怖だったの。わたしの過ちはすべて恐怖から生まれたものだった。たいていの人がそうでしょ。夫のデイヴィッドは……」その名前を夫人はゆっくりと口にした。ほんの一瞬、とげとげしかった顔の輪郭が和らいだ。若返ったように見えた。「デイヴィッドは」とふたたび言った。「交通事故で亡くなるまでいいお給料をもらってて、わたしたち、それを残らず使ってたわ。将来になんの不安もなかったし、貯金なんて考えもしなかった。夫が亡くなったとき、アンジェラは二歳で、わたしは手になんの職もなかった。わずかな生命保険のほかは何もなし。途方に暮れたわ。やがて、会ったこともない人が連絡してきて、打開策を教えてくれた。人々が麻薬を常用するように仕向ければ——何を服用しているのか当人に気づかれないようにしなきゃいけないけど——一人につきかなりのお金を払ってくれるというの」

ミス・シートンは息をのんだ。

「もちろん、別の言い方だったわ。立派な言葉が並んでた。でも、要するにそういうことだったの。わたしは大切な人を失った。どうしてほかの人のことを気にかけなきゃいけないの？　だから、話に乗ることにしたの。とても簡単だったわ。パーティでふだんより陽気にふるまって、誰かから〝ずいぶん楽しそうだね〟と言われたら、こう答えるの。〝あらァ〜〟」ヴェニング夫人は過去何年かのあいだ社交の場でとってきた態度を、嫌みっぽく再現した。「〝まだお耳に入ってないの？　新発売のこの錠剤なんだけど、すごく効き目があって、幸せな気分になれるのよ。この小壜を差しあげるわ〟って。そして、相手に壜を渡すの。もし誰かが頭痛に悩まされたり、落ちこんだりしてたら、〝あらァ〜、辛そうね。我慢しなくていいのよ。新発売のこの錠剤をのんでみて。成分はハーブだけで、副作用なんて何もないわ。でも、奇跡のようによく効くの。少し分けてあげるわね〟って言って薬を渡すの。人に壜を一本あげるたびに、わたしのふところに組織からかなりのお金が入り、次の壜を預かることになる。その気がなければ、無理して人に渡す必要はなかった。お金がほしいときだけ、誰かに渡せばよかった。しかも、同じ相手にもう一度壜を渡す必要はないの。錠剤を渡した相手の名前と住所を伝えておけば、あとは組織がやってくれた。相手は組織の監視下に置かれ、機が熟すと、望みの薬を、しかもさらに強いものを提供できる人物にさりげなくひきあわされることになる。わたしみたいな相手は安全そのものだってことを組織は承知していた。万が一、警察への通報を考えたとしても、わが身を守るために沈黙するしかないわけだから。組織が選びだすのはつねに、上流社会とつきあいがあり、社会的地位もあるけど、お金に困っている人々だった」

ミス・シートンは椅子にすわったまま、落ち着かない思いで身じろぎをした。ぞっとさせられる話だ。しかも、きわめて個人的な話だ。哀れなヴェニング夫人を見ていると胸が痛む。夫人はどうやら、娘の死は自分への天罰だと思いこんでいるらしい。まあ、率直に言うなら、ミス・シートン自身も夫人に共感する気はないものの、似たようなことを感じてはいた。娘の死に対して哀れなヴェニング夫人にはなんの責任もない、と自信を持って言えるだろうか……当時は大変な状況にあり、お金の誘惑に勝てなかった気持ちはわかるが、正直なところ、責められるべきはやはり夫人ではないかという気がしてならない。ただ、考えてみれば、ずいぶん昔の話だ。いつまでも責めないほうがいいだろう。そう思って、ミス・シートンはため息を抑えた。自分からは何も言うまいと決めた。何が言えるだろう？　そして、〝そろそろ失礼しなくては〟という言葉を、どうすれば冷たい印象を与えずに如才なく口にできるだろう？　そんなことを考えているうちに身動きがとれなくなり、帰ると言いだせずにいるうちに、ヴェニング夫人はさらに話を続けた。

「お金に余裕ができたので、昔の乳母をもう一度雇って、家事とアンジェラの世話を頼むことにしたわ。ある晩、アンジェラに寝る前のお話をしに行ったら、あの子はお風呂に入ってて、乳母のフラターズ夫人が、もっと小さかったころのアンジェラに聞かせてくれた童謡を歌っていた。〝不注意な子には悩みができる。不注意な子は吊るされる。不注意な子は鍋に入れられる。不注意な子は茹でられる〟その夜、わたしはデイヴィッドの声で目をさました。夫は〝不注意な子には悩みができる。不注意な子は吊るされる〟と何度もくりかえしてたわ。

それから一週間、わたしは外に出るのをやめた。買物は全部フラターズ夫人に頼んでフラットに閉じこもり、今後どうするかを決めようとした。アンジェラのために作ったお話を本にしてみようと思った。運がよかったわ。出版できたの。しかも大ヒットだった。二作目も出ることになったとき、お金の心配がなくなったのでこの家を買おうと決めたの。ロンドンとのつながりをすべて断ち切って、新たなスタートを切ることにした。

わたしが恐怖を克服していれば、うまくいったかもしれない。でも、まだ恐怖が残っていて、錠剤の小壜を捨ててしまうことができなかった。万一のときの保険として、やはり手元に置いておきたかったの。洗面所の戸棚の奥にしまいこみ、何年かしたらすっかり忘れてしまった。去年、アンジェラがその壜を見つけたんだわ、きっと。わたしが出版社との打ち合わせでロンドンに泊まらなきゃいけなかったときでしょうね。あの子がすごく陽気になったことに気づいて、わたしはほっとしたわ。でも、陽気すぎたり、気分の浮き沈みがひどかったりするので、そのうち心配になってきた。あの子はクラブの不良仲間といつも遊びまわってたわ。仲間から薬をもらってるのかもしれない、とわたしは思った。ただ、マリワナではなさそうだった。マリワナなら、わたしにもわかるもの。そこであの壜のことを思いだし、用心のために捨ててしまおう、わたしの心配が当たってるといけないから、アンジェラを医者に連れていって、どうすればいいか相談しよう、と決心したの。でも、壜が消えていたため、医者へ行くのが怖くなった。どんな診断が下されるか、わたしがどんな非難を受けるかと心配になって。

いちばん心配だったのは、わたしが過去に何をしてきたかをアンジェラに知られることだった。あの子を問い詰める勇気もなかった。あの子と薬の話をしたことは一度もなかったの。愚かにも、わたしの力であの子を助けようとして、持ち物をこっそり調べたり、どこへ行っていたのか、誰と一緒だったのか、何しに行ったのか、としつこく尋ねるようになったため、あの子は反抗的になってしまった。わたしのせいだって、ずっとわかってたわ。あの子が死んだのもわたしのせいよ。

だから、あなたがうちに来てあのいまいましい錠剤の壜を差しだした瞬間、あなたのことをわたしと同じ愚かな人間だと思いこんだの。そして次には、警察の人間が偵察に来たんだと思って怖くなった。あとでゆっくり考える時間ができてから、そんなわけはないってわかったけど。ただの馬鹿げた偶然だったのよね」ヴェニング夫人はここで初めてミス・シートンのほうを向いて、じかに話しかけた。「あれ、どこで手に入れたの？」

ミス・シートンは面食らった。「頭痛薬が入ったガラス壜のようなもののこと？あのう、顧問弁護士からです」

「だったら、弁護士と縁を切って警察へ行くことね。頭痛薬ですって！」ヴェニング夫人は嘲（あざけ）りの笑い声を上げた。「昔ながらの手法だわ。誰もがだまされる。アンジェラにとってはもう手遅れ。わたしにとっても手遅れ。でも、あなたにとっては——ほかの人にとっても——手遅れじゃないわ。警察へ行きなさい」

「まあ。でも、警察はもう知ってます」ミス・シートンはヴェニング夫人を安心させようと心を砕いた。「わたしが通報したから。い、いえ、壜の中身が麻薬だってことは言ってません、もちろん」あわててつけくわえた。「だって、そんなこと、わたしは知らなかったから。それに——」ヴェニング夫人に壜を奪いとられたことを思いだした。「わたしの手元にはもう壜がなかったし。ほんとにそうなの？　あれは麻薬だったの？」

「ええ、そうよ。あの壜は——ガラス壜とでも、なんとでも、好きなように呼んでくれればいいけど——目立たないながらも、ほかと区別しやすいデザインだったわ」

「ああ、なるほど」ミス・シートンは納得した。「ひとこと申しあげておくと、わたし、あの弁護士はどうも好きになれません。退屈な人ですし。でも、弁護士というのは……信頼されるべき立場にいるのに……麻薬だなんて……そちらのほうがショックです」大きなショックのなかで、ミス・シートンは立ちあがった。

ヴェニング夫人も椅子から立った。「さて、あなたも知ったわけだから、警察に話すといいわ」

「ええ……でも、わたしにはできません」ミス・シートンは拒んだ。「あなたを巻きこむ結果になってしまう。そんなことはしたくありません。抱えきれないほどの悩みを抱えてらっしゃるのに」

「それは違うわ。わたしにはもうなんの悩みもないのよ。ひとつもなし。何かに巻きこまれる心配もなし。いま言ったように、警察にすべて話してちょうだい。トラブルを避けるには、そのほうがいいと思うわ」ヴェニング夫人は片手を差しだした。「さよなら。それから、ありがとう。親切にしてくれて。懺悔の聞き役にしてしまってごめんなさい」

ミス・シートンは差しだされた手をとった。「わたしにできることは何もないでしょうか？」遠慮がちに尋ねてみた。「何かお届けしましょうか？　買ってきてほしいものはありません？」

「いいえ。せっかくだけど、何も。待って――あったわ」ヴェニング夫人はデスクまで行き、出版社に送る予定の原稿を手にとった。「これ」封筒に入った原稿をミス・シートンに渡した。「村を通るのなら、お手数だけど、郵便局に持ってってもらえない？たぶん、そのほうが――」苦い微笑。「時間の節約になるから」

「喜んで。でも、お見送りはどうぞご無用に。帰る道はわかりますから」ドアのところでミス・シートンは心配そうに足を止めた。「本当に大丈夫ですか？」

「ええ、大丈夫よ」ヴェニング夫人は答えた。「恐怖は捨てたわ。怖いものなんても う何もない」

人生というのは——ミス・シートンはしみじみ思った——ずいぶん複雑なものね。そして、とても悲しいもの。もちろん、ほとんどの人がわたしの人生を見て平凡で退屈だと思っているだろう。でも、少なくとも複雑ではない。そう思って満足した。ただ、ヴェニング夫人にどう言われようと、さっき聞かされた悲惨な話を警察にする気にはなれなかった。だって、いまさらなんの役に立つだろう？　もう終わったことだ。それに、あの気の毒な女性は充分すぎる罰を受けた。他人のことには口も手も出さないほうがいい。そして、トレフォールド・モートン弁護士の件については——ええ——けっこう厄介かもしれない。はっきりした証拠がないのだから。あるのはわたしの偏見だけ。それと、いま聞いた話があるだけ。ゴシップなんて大嫌い。でも、ヴェニング夫人から打ち明け話をされたことや、あの弁護士はどうも信用できないということを警視にそれとなく伝えておけば——もちろん実名は伏せて……そういう場合の言葉がフランス語になかったかしら。あ、そうだわ。確か〝オンディ〟って言うんだった……。警視はすでにトレフォールド・モートン弁護士に関心があるようだから、たぶん何か探りだしてくれるだろう。もし何かがあるとすれば。ミス・シートンはトレフォールド・モートンと麻薬売買のことを頭から追いだして、郵便局に入っていった。

ちょうど郵便局を出ようとしていたミス・ナッテルとブレイン夫人が足を止め、笑顔になり、お辞儀をして「おはようございます」と言った。

厄介な人たち。でも、もちろん、公共の場で騒ぎを起こすわけにはいかない。こちらも微笑してお辞儀を返さなくてはならない。もしくは、せめて会釈だけでも。しかし、ミス・シートンの視線は二人の女性を素通りし、次にわざとらしく二人に背を向けた。なんとまあ。不作法なことを。しかし、ヴェニング夫人のことと、この嫌味な女性二人が言ったことを考えると、どうしても話をする気には……まあ、仕方がない。親切なスティルマン氏がいる窓口まで行き、封筒を手渡した。スティルマン氏が封筒を受けとって重さを量り、切手を調べるのを見ているうちに、ミス・シートンは封筒を手放すのが辛くなってきた。

「訂正しなきゃいけないところがあったわ」とつぶやいた。

「いや、何もないですよ」スティルマン氏は快活な声で請けあった。「それどころか、切手を貼りすぎてるぐらいだ」ミス・シートンは虚ろな視線を彼に向け、首を横にふってから、急いで郵便局を出た。気の毒に――スティルマン氏は思った――ごたごた続きで神経がまいってしまったんだな。ナイト先生の病院にしばらく入ってたほうがよかったんじゃないか、という噂だが。

〈ザ・ストリート〉に出たミス・シートンは、これからどうすればいいかと迷った。でも、迷うなんてどうかしている。まっすぐ自宅に戻ればいい。向きを変え、反対方向へ足早に歩きはじめた。

「これはこれは、ミス・シートン」誰かに両手をつかまれ、握りしめられた。「なんと運のいいことでしょう。ナイト先生の病院へあなたのお見舞いに出かけたら、すでに退院なさったと聞かされました。よかった、よかった。人間の身体というのはすばらしい回復力を持つものですね。だが、賢明と言えるでしょうか? わたしの妹もきっと同じことを言うと思いますよ。休養が迅速な回復をもたらしてくれます。病院へ行ったついでに、メドウズ荘にも寄ってみました。わたしがヴェニング夫人と顔を合わせることはめったにありません――わが教会の信者さんではないのでね――だが、それ以上に大事なのは、わが村の住人だということです。あの死は悲劇でした。言葉もありませんが、お悔やみを言わなくてはと思ったのです。ところが、応答がなくて困りました。玄関には鍵がかかっていました。わたしのノックを聞いてはいないのでしょう。自宅にいても辛いだけでしょうし。うちの妹なら夫人の行き先を知っているかもしれません。思慮に欠ける哀れな娘さんだった。若さとは無謀なものです。夜遅く泳ぎに出かけるとは。わたしがその場にいればよかったのだが。しかし、わたしが知らせを耳にしたのは今日の朝になってからでした。それから、あなたのことも耳にしました。あの娘さんを助けるために池に飛びこんだそうですね。勇敢な行為です。われわれ全員のお手本です」アーサー・トゥリーヴズ牧師はきっぱりと言った。首を横にふり、きびしい顔になった。「あなたを見習う者たちが周囲にいればいいのですが。ほかにもさまざまな噂が飛びかっているため、わたしは胸を痛めています。真実が歪められているのです。悪意に満ちた偽りです」憤慨のあまり牧師は頬を紅潮させ、深刻な声になった。「意地悪な噂は毒ガスのように広まっていきます。許しがたいことです。わたしの足で踏みつけてやりたい。許せないとはっきり言ってやりたい」

ミス・シートンは呆然と牧師を見つめた。牧師が並べ立てた善意に満ちた真剣な言葉のなかで、彼女の心に突き刺さったのはひとことだけだった。牧師に握られていた両手をひいた。

「ガス」ミス・シートンはつぶやいた。

急いで牧師の脇をまわった。走りだした。

13

ミス・シートンはコテージにはいなかった。新聞記者連中が押しかけてきていた。ゆうべの事件の噂が広まり、いったん退散して油断のない目を光らせながら旋回していた報道業界のハゲタカどもが、またしても舞い降りて襲いかかってきたのだ。マーサ・ブルーマーの奮闘でコテージへの乱入はどうにか阻止できたが、連中が門のあたりに群れをなし、前庭の地面をつつきまわり、ときおり裏の主庭に入りこむのを防ぐ力まではなかった。〝戦うこうもり傘〟がふたたび見出しになっていたし、新聞の編集担当者や記者が特ダネを狙い、できることなら事実に基づいた記事を見出しのあとに続けたいと願っているのも無理からぬことだった。村のなかをまわって集めた話は名誉棄損になりかねない要素が多すぎて活字にできそうもなく、また、話の内容が人によって大きく違うため、どれもでたらめなのは明らかだった。ひとつだけ、ナイト医師が経営する介護ホームとミス・シートンの両方にとって幸運だったのは、ミス・

シートンがそこに身を潜めていることが誰にも知られずにすんだことだった。

デルフィック警視とレンジャー部長刑事がスイートブライアーズ荘に到着すると、記者連中から熱烈な歓迎を受けたが、なんのコメントも発表もなしに二人がコテージに姿を消したことはあまり歓迎されなかった。

ミス・シートンがどこにいるのか、マーサも知らなかったけれど、たぶん昼食には戻ってくるだろうと思っていた。いまこの瞬間、どこかで買物をしているかもしれないし、コテージに記者連中が群がっているので、よそへ避難したのかもしれない。

警視はどうすべきか迷っていた。ヴェニング夫人の事情聴取が不可欠ではあるが、結局、ミス・シートンの居場所を突き止めるほうが先だと判断した。ひそかにいくつか電話をしたものの、なんの成果もなかったので、警視とボブは村のなかで情報集めをするしかないと決めた。

郵便局へ行ってみると、スティルマン氏から耳寄りな話が聞けた。

「ええ、ミス・シートンならここに来ましたよ。郵便物を出しに来たんです。たぶん、ヴェニング夫人に頼まれたんでしょう。封筒の宛名が出版社になってましたから。もちろん、ヴェニング夫人の本を出してる出版社です。なぜわたしが出版社の名前を知ってるかというと、ヴェニング夫人がかならずここで原稿を郵送するものでね。いつもの癖で、切手が余分に貼ってありました。ミス・シートンの様子ですか？　そうですね、ちょっとうわの空って感じだったかな」

妹と一緒にたまたま郵便局に来ていた牧師からも、それに続く話が聞けた。

「ええ、〈ザ・ストリート〉でミス・シートンとばったり会ったので、足を止めて話をしました。ゆうべの勇敢な行動を称えたくて。そうせずにはいられませんでした。あの年齢でたいしたものです。また、痛ましい悲劇でもありました。ヴェニング夫人が自宅にいないので心配でなりません。早く連絡がとれるといいのですが。だが、わたしが悲劇に終止符を打ってみせます。あまりにも多くのことが起き、あまりにも多くの噂が飛びかいました。わたしの義務として……いいえ、ミス・シートンの予定については何も聞いていません。見た感じは——ええと、うわの空で」

「だが、ミス・シートンはそれからどうしました？」デルフィックは尋ねた。

「どうしたかって？」牧師は返答に窮した。「何もしませんでした。そのまま——走り去っただけです」

牧師の妹が苛立った。「もう、アーサーったら、ちゃんと答えて。どっちの方向へ走り去ったの？」

「えっ、家のほうだろ、たぶん」牧師は妹に言った。「まったく驚きだった。ある程度の年になると、たいていの女性は小走りが関の山だ。ところが、ミス・シートンは駆けだした。若い女の子みたいに。驚いたね、まったく」

デルフィックは焦りを抑えて、子供を相手にするように話しかけた。「ミス・シートンが自宅のほうへ走っていくのを見たわけですね？」

「いや、違う。家のほうではなかった」牧師は訂正した。「反対方向へ駆けていったのです」そこでひらめいた。「たぶん、ナイト先生のところに戻ろうとしたのでしょう」

「あなたに何も言いませんでしたか？」デルフィックは尋ねた。

「ええ」牧師は答えた。

「そんなわけないでしょ」牧師の妹が叫んだ。「よく考えて、アーサー。ぜったい何か言ったはずだわ」

牧師はむっとした。「文句はやめてほしいね、モリー。考える必要もない。自信を持って断言できる。いいかね、ミス・シートンは何も言わなかった。口にしたのはひとことだけ。きっと何かほかのことを考えていたのだろう」

「どんな？」ミス・トゥリーヴズが問い詰めた。

「どんな？」ボブもくりかえした。

「どんな言葉だった?」デルフィックが返事を促した。

「ガス」牧師は答えた。

郵便局を出たところで、デルフィックとボブは反射的に自分たちの車を捜したが、次の瞬間、今日は徒歩だったことを思いだした。二人そろって走りだした。

ミス・トゥリーヴズ、牧師、スティルマン氏、その他の客も〈ザ・ストリート〉に飛びだし、郵便局の外にたむろしていた村人や記者たちのあいだに入った。走り去る刑事二人の姿を全員が見守った。

ボブのほうがデルフィックより脚が長く、肺活量が多く、年齢が若いので、ゴールに先にたどり着いた。メドウズ荘の敷地を囲む塀に大きな木製の門があり、横の扉が開いていた。ボブはそこを通り抜けてガレージのそばの小道を走り、生垣の角を曲がり、勝手口のところで足をすべらせながら急停止して下を見た。割れたガラス、こわれた傘、そして、開いたドアの向こうに赤く染まった顔がふたつ並んで倒れていた。ボブは大きく息を吸い、ガス漏れの悪臭にむせそうになりながら、二人の身体を小道にひきずりだした。ちょうどそのとき、息を切らしたデルフィックの姿が視界に入った。

「いまから——警視——病院へ——大至急」ボブはあえぎながら言った。

デルフィックは無駄口を叩くことなくうなずき、ハンカチを顔に当てて台所に飛びこんだ。

ボブは一階の窓をすべてあけ、アシュフォード警察への連絡は息を切らしている警視に任せて、ミス・シートンを片方の肩に、ヴェニング夫人を反対の肩にかついだ。彼が小道からふたたび姿を見せて介護ホームのほうへ向かうと、村人は歓声を、記者連中は賞賛の叫びを浴びせ、カメラマンはフラッシュを浴びせた。

玄関ホールの奥の診察室からナイト医師が姿を見せ、ひと目見るなり、鼻をくんくんいわせた。

「ガスか？」

「はい、先生」

「時間的には？」

「わかりません」

医者は診察室のドアから一歩脇へどいた。「なかに運んでくれ。一人は診察台に。もう一人はカウチに。アン」階段の上のほうへ声をかけた。「母さんに言ってくれ。下りてきて手伝ってほしい、と――緊急だ。酸素。おまえの助手が舞いもどってきたぞ――今回は厚着だ。ストールがわりに女性二人を肩にかけてるからな。ベッドをふたつ用意してくれ」

あとは待つしかなかった。

デルフィックはメドウズ荘で待った。さきほどロンドン警視庁の総監に電話をして最新状況を報告し、ゆうべの事件に続くけさの騒動を新聞が派手に書き立てるに決まっているので、心の準備をしておいてもらおうとした。荒唐無稽な噂が村に飛びかっていることを考慮して、ミス・シートンの供述がとれしだい、デルフィックから新聞社のほうへ事実に基づく詳しい発表をするのが賢明だろうということで、総監と彼の意見が一致した。

介護ホームに短時間だけ顔を出し、証人二人に事情聴取をするつもりだったが、いまは二人とも眠っていることを確認した。もっとも、今回は医者に文句を言うわけにもいかない。ナイト医師は治療の合間を縫って、ミス・シートンは大丈夫、もうじき意識が戻るだろうとデルフィックに伝えた。彼女がすでに二回嘔吐していることを熱のこもった口調でつけくわえると、警視はほっとした様子だった。ヴェニング夫人のほうは、医者の診立てによると、〝予断を許さない状況〟らしい。容態が悪化しなければ、肺炎を併発しなければ、そして、デルフィックには理解不能の専門用語から成るその他さまざまな症状が起きなければ、〝助かるかもしれない。いまのところは反応なし。嘔吐なし。痙攣すらなし〟とのことだった。医者はきびしい表情で首をふった。「様子を見るしかありません」

デルフィックは困惑しつつ、ボブを連れてメドウズ荘の捜索に出かけるつもりで居間のほうへ行ったが、アン・ナイトが入ってきたのを見て考えなおした。彼女がやってきたのは、病院のスタッフの一人がミス・シートンに付き添っていることと、両親がヴェニング夫人の治療で忙しく、いまのところ自分の出番はないので、母親から刑事さんたちの接待を命じられたということを説明するためだった。「コーヒーか何かお持ちしましょうか？」デルフィックは気を利かせることにした。ナイト夫人の作戦に合わせるとしよう。

「いや、わたしはけっこうです。ちょうど帰ろうと思っていたので。いや、きみはいい」立とうとしたボブに言った。「ミス・シートンの意識が戻るまでここにいてくれ。彼女が話せるようになったらすぐ連絡してほしい。わたしはヴェニング夫人の家のほうへ行っている。ミス・シートンのことは頼んだぞ。わたしが会いに来るまで、どこへも行かせてはならん。何を始めるかわからない人だからな。ぜったい外に出すんじゃないぞ。必要なら、逮捕するなり、傘をとりあげるなり、好きにしていいが、わたしが来るまでここにひきとめておけ」

「そうだ、警視、うっかり忘れるところでした」ボブはレインコートのポケットを探ってミス・シートンの傘をとりだした。こわれていた。その残骸をボブがソファの肘掛けにそっとのせると、翼の折れた小鳥みたいに哀れな姿になった。「ミス・シートンの近くに落ちてたんで、ポケットに突っこんできました。なんか——そのう、置いていくのが忍びない気がして」

二人の刑事は無言で傘を見つめた。その恭しい態度と厳粛な表情を目にしたアンは、二人が旧友の死を悼んでいるかのような印象を受けた。

デルフィックはため息をついた。「残念だ」残骸を手にとった。「もちろん、ミス・シートンに訊いてみるが、おそらく、返してほしいとは言わないだろう。そのときは、わたしが記念にとっておくとしよう」ドアのほうへ行きかけた。「そうそう、部長刑事、ブルーマー夫人に電話して説明しておいてくれ。心配しているだろうから」デルフィックは退散することにした。

外に出ると、ポッター巡査がすでに地元の住民を集めて村まで誘導し、日常の仕事に戻らせていた。デルフィックは記者連中を追い払うために、時間がとれしだい〈聖ジョージとドラゴン亭〉で記者会見を開くと約束した。村人たちがこれ以上勝手な集まりを開かないよう、介護ホームの門のところで見張りをしていたポッター巡査が、熱のこもった表情を警視に向けた。

「ほかに何かわたしにできることはないでしょうか、警視?」

デルフィックは一瞬、うわの空の様子で巡査を見つめ、それから答えた。「よし、頼もうかな、巡査。ほかの任務の邪魔にならなければ、メドウズ荘の捜索を手伝ってもらえると助かる」

「承知しました。いいですとも。うれしいです」

「あそこの娘とルベルとの関係を示すものが何か見つからないか調べてみよう。麻薬の痕跡でもいい。なんでもいい。もちろん、何も出てこないかもしれんが、とにかく調べてみなくては。あの女性——なんて名前だったかな——ほら、ヴェニング夫人のところで家政婦をしている女性がいるだろう。その居所がわかるだけでも収穫だ」デルフィックは小道を歩きはじめた。

ポッター巡査はいまや、ロンドン警視庁からやってきた警視の専属助手となり、横に並んで歩いた。「フラターズ夫人のことですね、警視。すでに出かけたと思いますよ」

ぼうっとさまよっていたデルフィックの心に、フラターズ夫人が不可解にも急に腐敗しはじめている光景が浮かんだ。頭をしゃきっとさせた。睡眠不足がこたえている。

「出かけた？　どこへ？」

「妹さんのところへ。けさ、アシュフォード行きのバスに乗ろうとしてるフラターズ夫人と顔を合わせたときに、本人がそう言ってました。うれしそうな表情じゃなかったです。行きたくないみたいで。でも、ヴェニング夫人から一日か二日、一人にしてほしいと言われたらしい。その気持ちはわかりますよね、警視」

「そうだな」デルフィックはうなずいた。「わかるつもりだ」

命じられたとおり介護ホームで待機していたボブは受話器を戻して、居間のほうへ行った。「ブルーマー夫人に電話しました」アンに言った。「そしたら、ミス・シートンが戻ってきたときのために何か用意しておくと言ってました。子牛肉とハムのパイの冷製にするつもりだから、何時になっても構わないそうです」残念そうな声だった。「ミス・シートンも気の毒に。食欲なんかないと思いますけどね」

アンはケーキの皿をボブに渡し、彼が電話をかけているあいだに淹れておいたコーヒーを注いだ。笑いながら言った。「断言しないほうがいいわよ。ミス・シートンが何をしても、わたしは驚かないと思うわ。あの人、さんざんな目にあって、おまけに朝食をもどしてしまった。ふつうだったら、けさは相当ぐったりしててもいいはずなのに、ぜんぜん平気なのよ。うちの父なんか、あの年齢であそこまで元気な人は見たことがないって言ってたわ。ブーツみたいに頑丈な人だ、どうしてそんなに頑丈なんだろう、って。ところで、ミス・シートンは何をしたの？」

ボブは困惑の表情になった。「じつは、それがよくわからないんです。牧師さんと話をしてて、突然〝ガス〟って言葉を口にしたと思ったら、火傷した猫みたいに駆けだしたそうです。しかし、なぜミス・シートンがガスのことに気づいたのか、どう考えてもわからない」ソファにアンと並んで腰を下ろし、ケーキを食べはじめた。「メドウズ荘の台所の窓が叩き割られてました。傘がこわれたのはきっとそのせいですね。ミス・シートンは次に窓からもぐりこんだに違いない――いや、飛びこんだと言ったほうがいいかな。小さな窓なんです――で、流し台を乗り越えて、オーブンのスイッチを切り、ドアの錠をはずしてヴェニング夫人をひきずりだそうとしたんでしょう。わたしが着いたときは、二人ともドアのそばに倒れてて、ガスの臭いが充満してました」

「そこであなたは二人を抱えあげて、ここまで運んできた」

「まあ、そんなところです」ボブはうなずいた。「車じゃなかったもんだから。電話で救急車を呼ぶことも考えたが、時間の無駄だ。二人をかついでここに連れてくるほうが速いと思ったんです」

アンは彼に笑顔を向けた。「おかげでヴェニング夫人の命が助かったのね」

ボブは考えこんだ。「だが、感謝してもらえそうもない」

「いまは無理だわ、たぶん」アンも同意した。「でも、元気になったら、あとで感謝してくれるかもしれない。死ぬ運命の人は死に、助かる運命の人は助かる。それだけのことだと思うわ」

ボブは彼女を見つめ、このシンプルですばらしい哲学に、このシンプルですばらしい少女に惚れこんだ。彼にじっと見つめられて、アンは困惑した。

「そうだわ、お詫びしなきゃ。お花とチョコレートのお礼を言うのを忘れてた」

今度はボブが困惑する番だった。窓の外に目をやり、芝生を囲む花壇の華やかな色彩に気づいたとたん、惨めな顔になって謝った。「いま気がつきました。よく考えもせずに馬鹿なことをしてしまった。ニューカースルへ石炭を運ぶようなものだ」

「とんでもない」アンは答えた。「わたし、いつも思ってたのよ。石炭が運ばれてきたら、ニューカースルの人たちはすごく感謝するだろうって。仕事の手間が省けるわけだもの」部屋のあちこちに置かれた花瓶の華やかな色彩に、アンは楽しそうに目を向け、チョコレートの箱を差しだした。「これ、どうぞ。すごくおいしいわよ」

ボブは空っぽになったケーキの皿を置いてチョコレートをひと粒とり、カラメル風味のものをかじって言葉を失った。

アンはくすっと笑った。「てっきりミス・シートンへのお見舞いだと思ったのよ。でも、わたし、あの人が好きよ。すごくおもしろい人。おつきあいはほとんどないけど、なぜか大好きなの。可愛い人だわ。そう思わない？」

「むむむ！」ボブはチョコレートから歯を自由にしようとあがいた。

「すごくいやな人もいるのよ。例えば、年老いたミス・ハントとか。ああいう人には誰も我慢できないと思うわ」

「どんな人でも違いはないでしょう」ボブはつぶやいた。

「とんでもない、違うわ」アンは反論した。「そういう人の世話をしてみればわかるわよ。ミス・ハントは午前中の半分のあいだ、文句ばっかり言ってたのよ」

チョコレートとの戦いに勝ったボブは、急いでのみこみ、いっきにしゃべりだした。思ったより大きな声になってしまった。「たいして違いはありません」と叫んだ。赤くなり、声を小さくして話を続けた。「相手にどんな感情を持とうと、違いはないと言ってるんです。いつもそうとは限らないけど。不意に誰かに出会って、自分の気持ちがはっきりわかる場合もあるんです。この人だ、っていう感じで。そういうときって、ぜったいそういう気持ちになるんです」ボブは自分の説明をふりかえって、言いたいことがちゃんと伝わっただろうかと思った。その思いのなかでふっと仕事のことを思いだしてわれに返った。「いましがた、ミス・ハントがどうのと言ってましたね？あの人に何かあったんですか？」

アンはがっかりした。いまいましいミス・ハント。せっかくいい感じのやりとりになってたのに。「いいえ、別に何もないわ。とりあえず、いつものように扱いにくいだけ。けさ、弁護士が面会にくるのを待ってたのに、まだ姿を見せないものだから、へそを曲げてしまったみたい」

「いつまで待っても来ませんよ」ボブは言った。

「あら、来るはずよ」アンは言いかえした。「わたしがミス・ハントに言ったように、あの弁護士さん、たぶん忙しいんだわ。午後になるかもしれないわね。あるいは、明日の朝か」

「いや、来ません。留置場に放りこまれたから」

アンは息をのんだ。「留置場？　トレフォールド・モートンさんが？　そんな馬鹿な。あの人、弁護士なのよ」

「そのせいなんです」ボブは〈御神託〉と一緒にゆうべおこなった捜索の一部始終を、ざっと話して聞かせた。

アンは愕然とした。思わずボブの腕に手を置いた。「あんまりだわ。あなた、ほとんど寝てなかったのね。きっと、いまにも倒れそうでしょうね」

ボブは彼女の手に自分の手を重ねた。「大丈夫です」

「疲れてくたくたのときに、わたしにお花とチョコレートを届けてくれるなんて」

「それは楽にできました。きみのことばかり考えてたから」

「でも……」

ボブは身を寄せた。「わかるでしょう――わかるはずだ――きみのことをどう思ってるか」

アンは手をひっこめようとした。だめだった。「いえ、わたしには……ううん、わかる……でも、そんなはずはない。ああ、あなたには理解してもらえない」絶望のなかで叫んだ。「わたしを見て――ちっともきれいじゃないでしょ」

ボブは彼女を見た。彼の視線がほっそりした身体と糊のきいた制服を通り過ぎ、彼女の顔に据えられた。「そうだね」同意した。

アンは顔を背けた。「ほら――やっぱり」

ボブは背後から抱きしめた。「愛している」と言った。

ナイト医師がドアをあけた。足を止めた。「強迫観念にとらわれているのではないだろうか」と意見を述べた。

アンを抱いたまま、ボブは飛びあがり、はっと気づいて、あわてて彼女を床に下ろした。

医者は興味津々の様子で二人を見守った。「うん、明らかに強迫観念だ」と断言した。「なあ、アン、父さんには口出しする気などさらさらないが、おまえに事実をきちんと知らせて警告しておくのが親の務めだと思う」

アンは父親に笑顔を見せた。「強迫観念ってなんのこと、お父さん」

父親はきびしい表情になった。「その男性の習慣だよ。女性たちをかついで歩きまわり、どこかよその土地に置いてくる。一度なら衝動ですませられるだろう。二度になると――しかも、いっぺんに二度だぞ――重大な懸念を抱くべきだ。しかし、三度も重なると――これはもう強迫観念だ。わたしの知るかぎりでは、これは新たに生まれた症状で、治療法はなさそうだ。おまえのためを思って言ってるんだぞ。おまえは現実をしっかり考慮せねばならん。いつどこで何をしていようと、不意にかつぎあげられ、よそへ運ばれ、まったく違う状況のなかに置かれるかもしれん。そんなことになったら……コホン」空想の翼に乗って思った以上に高く舞いあがったことに気づいて、医者は咳払いをし、飛翔するのをやめて空想の世界から抜けだした。顔を輝かせてボブのほうを向いた。「ところで、きみ、仕事が必要になったら、わたしに連絡してくれ。うちの患者が減るようなことがあれば、きみを猟犬として送りだせば、患者はいくらでも集められる」

大柄なボブは大いに困惑して立ちつくしていた。口を開いて何か言おうとした。説明し、謝罪しようとした。だが、言葉が浮かんでこないため、口を閉じた。

「きみも当然気にしているだろうし」医者は楽しげに目を輝かせて話を続けた。「忘れているのではなく遠慮がちな性格ゆえに、質問したくてたまらないのを我慢しているに違いないから、そちらを先に解決するため、きみの患者たちの最新状況を知らせておいたほうがいいと思う」ボブはぎくっとした。ヴェニング夫人、ミス・シートン――この二人のことをすっかり忘れていた。「そう思ったから、きみとうちの娘との――そのう――議論を邪魔したわけだ。ヴェニング夫人はどうにか助かりそうだ。ただ、心臓の具合が少々気にかかる。事情聴取などもってのほかだ。絶対安静にしていても、一両日中はきわどい状態が続くだろう。いっぽう、ミス・シートンはすこぶる元気だ。超人的な回復力と言えよう。その秘密を知りたいものだ。弾性ゴムでできているに違いない。いつでも好きなときに事情聴取をしてくれてかまわない。家に帰りたがったが、わたしが禁じた。本人にその気がなくても安静が必要だから、ベッドから出ないように命じておいた」

医者の背後でミス・シートンが遠慮がちに咳をした。ナイト医師ははっとふりむき、戸口をふさいだ。「ベッドに戻ってください。ベッドから出ないように言ったはずです」

ミス・シートンは医者に向かって微笑し、片手を差しだした。「ええ、わかっています、先生。とても親切なご意見ですが、もうすっかり元気になりました。これ以上ご迷惑をかけようとは夢にも思いません。看護婦さんから、ヴェニング夫人も少しよくなってきたと聞きました。ほんとにほっとしましたわ。あらためてお礼を申しあげます」ミス・シートンは手をひっこめた。「わたしはやはり、そろそろ失礼しなくては」

14

裁判は終わった。レンジャー部長刑事と一緒にロンドンに戻る列車のなかで、デルフィック警視はなんとなく憂鬱な気分だった。巡回裁判は上首尾に終わった。新聞が〝ジンジャークッキー〟とあだ名をつけた正体不明の少年がどうなったかと言うと、黙秘を続けても結局は無駄だった。裁判のあいだ、医者の監視下に置かれていた。今後も自供するまで病院に閉じこめられ、自供したら刑務所へ送られることになるだろう。いずれにしても、もう逃げられない。被告側の弁護人がなかなか健闘したため、一時は微妙な状況だったが、帽子を台無しにされたとミス・シートンが文句を言いはじめたことで風向きが変わった。傍聴人の笑い声が静まって法廷に秩序がよみがえると、少年の有罪を疑う者はもう誰もいなかった。陪審長は裁判官による事件概要の説示が終わるのも待ちきれない様子でさっと立ちあがり、慣例どおりのやり方ではないものの、全員一致の意見を述べた。「裁判長に認めていただけるなら、陪審団が退廷する必要はありません。いまの説示で述べられたすべての罪状に対して、有罪の評決を下します。陪審団として推測するに、罪状はほかにも多々あると思われます」

トレフォールド・モートンも、横領罪により長期の懲役刑を言い渡された。麻薬の件でも有罪にできる可能性があったが、それはデルフィックの役目ではなく、麻薬捜査班が担当すべきことだった。ブリントン主任警部とアシュフォード警察の面々は大満足。この事件のおかげで、彼らの管区のトラブルがいくつか解決したのだ。

しかし、デルフィック自身は、ルベルを逮捕するのが自分の任務であるという事実を無視するわけにいかないし、いまだ逮捕に至っていない。ルベルのほうが警察より一枚上手だ。ルベルとじかに顔を合わせたと思われる唯一の目撃者はミス・シートン自身で、そのたびに自分の身を守る力が充分にあることを示してきた。この一週間、警察のほうで準備を整え、罠を用意しておいたので、ルベルがミス・シートンに襲いかかってくれば……ところが、ルベルはどうやら、全力を注ぎこんだせいで、襲撃を中断することにしたらしい。いまのところ、ミス・シートンの身は安全だ。しかも、村の巡査が目を光らせてくれている。ルベルはたぶん、どこかよそに現われて、最終的には逮捕されるだろう。

しかし、いまのところ、デルフィックは自分で認めざるをえないように、任務に失敗したのだ。ボブの活躍がなかったらミス・シートンは溺死していただろうから、その手柄は誇ってもいいはずだが、結局のところ、警察の人間は水難救助員ではない。いや、撤回——基本的には似たようなものだ。

デルフィックは笑みを浮かべた。あのこわれた傘を額に入れ、うぬぼれは禁物という自戒をこめて職場の壁にかけておこう。ルベルの面が割れたおかげで、簡単に逮捕できると思われたのだが……。コヴェント・ガーデンにいたミス・シートンがルベルの脇腹を傘の先で小突いて、〝ちょっと……〟と言った瞬間から、彼女が警察に必要な情報を与えてくれたので、デルフィックはそれを追いながら捜査を進め、やがて催眠術にかかったように、彼女がルベルを縛りあげて皿にのせ、警察に渡してくれるはずだと信じるようになっていた。じっさい、ミス・シートンはルベルを渡してくれた——二回も——ただ、警察が無能で、縛りあげることができなかったのだ。犯罪者の動機と背景を透視できる能力を持ちながら、自分が何を見たかを、いや、むしろ何を描いたかを、ミス・シートンがかならずしも自覚しているわけでないのは、なんとも不思議なものだ。ロンドン警視庁の一員として迎えてもいいかもしれない。

麻薬捜査班がヴェニング夫人を罪に問う気がなくて、本当に助かった。夫人はすでに罪の償いをしたと言えるだろう。いずれにしろ、証拠となるのは、ミス・シートンから報告があった会話の内容だけだ。そのときのヴェニング夫人は体調が悪くてまともに話ができる状態ではなかったし、警察のほうはとりあえず、人々が身の破滅と知りながらもどんな経緯で麻薬に溺れていくのかを、新たな角度から知ることができた。

裁判は終わった。ミス・シートンの傘がこわれた瞬間、ボブはなぜか、事件もそろそろ解決だと思った。彼女に傘を持たせると、かならず地獄のような騒ぎになる。だが、傘をとりあげてしまえば、あっというまにすべてが静まる。ルベルの若造を逮捕できなかったのは残念だが、世の中、すべてがうまくいくわけではない。警察にマークされ、コヴェント・ガーデン事件の犯人としてミス・シートンに名指しされる危険がある以上、ルベルはボス連中にとってもはや利用価値のない人間だ。ルベルにしゃべられてはまずいとボス連中が考えれば、たぶん、連中の手で彼を消し去るだろう。そうなればこっちも大いに手間が省けるというものだ……アン・ナイト。美しい名前だ。アン……アン・レンジャー。なぜか、そのほうがさらに美しい。自然な感じだ。この週末、ボブは休暇をとることにした。彼女がロンドンに来ると約束してくれたので、土曜日は二人で食事をしてから芝居を観に行く。そして、日曜は――日曜の予定を何か考えないと――そして……ボブは列車の窓から外を眺め、わくわくする未来を思い描いた。未来は始まったばかりだ。

裁判は終わったようね。ブレイン夫人は窓辺を離れ、クラブ氏が用意したバス二台が向かいのガソリンスタンドの前で止まり、帰ってきた村人を吐きだすのを見ながら、椅子にすわった。

「帰ってきたわよ、エリカ。愚かな連中。どういうつもりでメイドストーンまで裁判を傍聴しに出かけたのか、わたしには理解できないわ。物見遊山に出かけるような調子なんだから」

ミス・ナッテルは冷静だった。「アシュフォードの検視審問のときは、わたしたちも出かけたじゃない」

ブレイン夫人はキッとして顔を上げた。「あら、それはただ、この村に住んでる人の支えになってあげて、むやみと人を疑うのはやめようと思ったからじゃない。もっと利口になるべきだったわ。とにかく、今回はなんの疑いもなかったのよ。家でじっとしてるほうが、はるかに多くのことがわかるし、わたしたちが最初から正しかったことも証明されたわけでしょ」

ミス・ナッテルは心配そうな表情で反論した。「でも、やっぱり、警察へ行ったほうがいいんじゃないかしら、バニー」

「くだらない。警察はいつものように彼女の言葉を信じこんで、いいようにあしらわれるだけだわ。彼女がロンドンから来た人殺しの仲間だってことは、わたしにはとっくにお見通しよ。前からそう言ってたでしょ。そして、今日の午後、それが証明された。あの男がコテージに忍びこむのを見たんだもの。きっと、騒ぎが一段落して、今日は村が空っぽだから、誰にも見られる心配はないって思ったんだわ。あそこに隠れて彼女の帰りを待ってるに違いない。前のときは警察の連中がうようよしてたから、彼女にはチャンスがなかった。火を見るよりも明らかだわ。帰ってきたら――どうせ、みんなと一緒にバスに乗るなんてことはせずに、警察の車を使うに決まってるわね――さっそくあの男と何か企んで、厄介ごとをひきおこすに違いない。まあ、見てなさい」

ああ、裁判が終わった。心配していたほどひどい展開にはならなかった。もちろん、誰も名前を知らないあの赤毛の少年を有罪にするために、わたしが証言をしなくてはならなかったし、被告側の弁護士の態度が無礼千万だったから、いやな思いをさせられたけど。なにしろ、弁護士ときたら、脳が損傷を受けたのは――あ、少年の脳のことだけど――わたしとあの親切なバンの運転手の責任だって言うんですもの。バンの荷台に閉じこめられてひどく揺られたせいだって。でも、そんなに長時間じゃなかったし、わたしが指摘したように、荷台に閉じこめられて揺られてた時間はわたしのほうがずっと長かったのよ。しかも、頭に袋までかぶせられてたけど、脳は損傷を受けなかったわ。帽子がだめになっただけ。

裁判はミス・シートンの予想よりはるかに早く終わった。きわめて分別のありそうな裁判官によってすべてが明らかにされた。陪審団が退廷したあとでかなり待たされるものとミス・シートンは覚悟していたが、退廷はなかった。評決にまったく時間をかけなかったところを見ると、その必要もなかったのだろう。

また、午後からおこなわれたトレフォールド・モートンの裁判にミス・シートンが証人として呼ばれずにすんだのも、まことに幸運だった。ただし、言うまでもなく、万一の場合に備えて待機している必要はあったけれど。だが、モートンはどうやら、他人の財産を横領したことを認めたようだった――弁護士という立場の者がそのような犯罪に走るとは、呆(あき)れてものも言えない。いずれにしろ、たとえわたしが証言台で質問を受けたとしても、横領事件の審理の役には立てなかっただろう。率直に言って、トレフォールド・モートンがそんな悪事を働いていようとは、夢にも思わなかったのだから。

スイートブライアーズ荘の門の前で警察の車が止まり、運転席の警官が飛びおりて車のドアをあけてくれたので、ミス・シートンは礼を言いながら車を降りた。警官は笑みを返し、敬礼をしてから、ふたたび車に乗りこみ、アシュフォードへ帰るために走り去った。

車を用意してくれるなんて、警察もほんとに思いやりがある。考えてみたら、けっこう疲れていることを自分でも認めるしかなかった。あ、いけない。いまの人にチップをあげるべきだった？ そのあたりの判断がほんとにむずかしい。チップを期待している顔ではなかったけど、その反面、世の常として、チップなどいりませんという顔の者のほうが、じっさいにはチップを期待したりしているものだ。でも、もちろん、警官にチップなんてありえない。贈賄罪になってしまう。もっとも、ものの本によると、海外には警官にチップを渡す国もあるらしい。もちろん、アメリカもそうだ。たぶん、社会制度が大きく異なるのだろう。

ミス・シートンは玄関先の短い道を進んでドアの錠をはずす前に、しばらく幸せな気分でたたずみ、コテージを眺めた。

自分の家に帰るって、なんてすてきなのかしら。新学期が始まるのでロンドンに戻らなきゃいけないから、ここにいられるのもあと二日。時間が矢のように過ぎてしまった。ガーデニングの知識を仕入れるつもりでいたけど、次々と騒動が持ちあがったため、腰を落ち着けて勉強するどころではなかった。でも、池のほとりであの凄惨な事件が起きたあと、ここ一週間ほどは静かな日が続いている。気の毒なヴェニング夫人。回復したと聞いて、本当にほっとした。でも、もしかしたら回復しないほうがよかったのでは？　余計な手出しは控えるべきだったのでは？　とっさの判断で行動に出てしまうと、結果にまで思いをめぐらす余裕がないのが難点だ。ナイト医師の話によると、ヴェニング夫人は神経をひどく病んでいるため、不幸な過去と決別できるよう、スイスの介護ホームへ送られたという。もちろん、スイスだったら、空気が――澄みきっている。あら、あれは何？

廊下に置かれたテーブルに、長くて平べったい包みがのっていた。ミス・シートンはそれを手にとった。

あら、誰がこんなものを……？　ミス・シートン自身は何も注文した覚えがなかった。美しく包装されていた。どこかのお店から届いたに違いない。便利な接着テープで留めてある。こういうのを使うと留めるのは楽だけど――テープと格闘しながら思った――はがすときはひと苦労だわ。

茶色の包装紙を破ると、ようやく、細長くて白い厚紙の箱が現われた。ティッシュペーパーに埋もれるようにして、ポリ袋に包まれた黒絹のスリムな傘が輝きを放っていた。黄色い金属製の柄にカードが結びつけてあった。

でも、誰が送ってきたのかしら。

カードを読もうと思って、傘の柄を自分のほうにひきよせた。背後でカタンと音がした。

えっ？　ふりむいた。あら、いけない。傘をぶつけて戸棚の扉を閉めてしまった。ドジね。廊下がどんなに狭いか、ついうっかり忘れてしまう。傘の石突きを見てみた――大丈夫、無事だわ。以前、マーサから、この扉にはいつもかんぬきをかけておくようにと言われた。掛け金がゆるくてすぐはずれてしまうため、暗闇で扉に激突することになりかねないからだ。でも、かんぬきは確かに――ええ、確かに――かけておいたはず。けさ、出かける前に。掃除機をしまったあとで。でも、きっとかけ忘れたのね。だって、マーサは午後からメイドストーンへ出かけてるし、ほかの人がここに来るわけはないんだから。それに、玄関のドアも裏口のドアも錠がおりている。わたしもそそっかしいわね。扉にぶつかって怪我をしてたかもしれない。

ミス・シートンは戸棚の扉にかんぬきをかけた。慎重な足どりで居間に入り、カードの文字を読んだ。

〝ロンドン警視庁犯罪捜査部、アラン・デルフィック警視〟でも、なぜ?

カードを裏返した。こう書かれていた。

〝任務遂行中の損失に対する弁償として。A・D〟ミス・シートンは胸がいっぱいになった。まあ、なんて親切な人なの。おまけに、ステッチがすぐにほつれてしまうストラップよりもJの字に曲がった柄のほうが実用的で、わたしの好みだってことまで知ってるなんて。

柄に何かマークがついているのに気づき、目を凝らした。

まあ、大変。ただの金属じゃなかったのね。ゴールドよ。

誇らしい気持ちで、廊下の壁に並んだフックのひとつに新品の傘をかけた。フックの下に雫受けがついている。

お茶を飲むには時間がやや遅い。それに疲れていた。お茶はやめて、二階へ行ってエクササイズをしよう。体力増強にたいそう効果が出ているようだから、中断するのはもったいない。エクササイズがすんだら、食事のトレイをとりに下り、二階へ持っていってベッドで夕食をとることにしよう。

寝室の隅でゆで玉子タイマーのベルが鳴ったので、ミス・シートンは床に足を下ろした。

どんどん上達していた。足を下ろすスピードが前よりずっと遅くなっていた。もっとも、床に足がついたときは、ドサッとけっこう大きな音がしたようだが。しばらく床にうずくまったまま、頭を低くして、深く規則正しい呼吸を心がけた。あの音は……わたしの足の音じゃなかったのかもしれない。そうよ、誰かが下でノックをしている。ミス・シートンはガウンをはおると、表側の寝室へ急ぎ、窓から覗いてみた。ううん——誰もいない。わたしの空耳だったか、どこかよその玄関がノックされたかの、どちらかね。

七……八……九……ミス・シートンは呼吸数を数えるのをやめて耳をすませた。ぜったい誰かがノックをしている。しかも、この家だ。空気の振動が伝わってくる。腿から足先を離し、両脚を伸ばしてさっと立ちあがると、とたんにふらついた。だめだめ、ゆっくり時間をかけなきゃ。脚を軽くマッサージして、身をかがめて、それから歩きだすのよ。ふたたびガウンをはおって階段を下りた。

玄関ドアのところには誰もいなかった。ミス・シートンは困惑した。さらに二回ノックが響いた。さっきより音が弱い。たぶん、窓に小枝が当たったのだろう。台所へ行った。

下りてきたついでに、夕食のトレイをとって二階へ持っていこう。終わっていないエクササイズはあとひとつだけだし、もう一度始める気にはなれないから。

階段の下から、何かがすべるような音が聞こえ、つづいて戸棚の扉にぶつかる音がした。ミス・シートンは身をかがめてトレイを置いた。

あらあら。たぶん、掃除機ね。けさは急いでたから、あの箱の上にきちんとのせたかどうか確かめる時間がなかった。戸棚のなかを片づけてもっとスペースを作らなくては。でも——今夜はだめ。疲れてくたくた。身体を起こして階段をのぼりはじめた。明日、マーサと二人で片づけよう。戸棚のなかで何が落ちたか知らないけど、もとに戻すのは明日の朝でいいわ。

訳者あとがき

疲れた心を癒してくれるコージーミステリの世界に、なんともユニークなシリーズが誕生した。いや、じつをいうと誕生したのは一九六八年。半世紀後のいまようやく、こうしてご紹介できることになった。

主人公のミス・シートンはロンドンの学校で美術の教師をしているが、そろそろ退職を考える年齢になってきた。折も折、亡き母親のいとこで、ミス・シートンの名付け親でもある女性がケント州の田舎の村で亡くなり、その人が住んでいたコテージが彼女に遺贈される。そこで、退職後の終の棲家にできるかどうかを確かめるため、学校の休みを利用して三週間ほどそのコテージで暮らしてみることにした。

ところが、出発の前夜、オペラを観に行った帰りに殺人事件に巻きこまれてしまう。その一部始終が翌朝の新聞で派手に報道されたため、チャリング・クロス駅を列車で出発したミス・シートンがケント州に到着するころには、すでに村じゅうが彼女の噂で持ちきりだった。

喧騒のロンドンを離れて静かな村の暮らしを楽しむつもりだったミス・シートンだが、人生というのは思いどおりにならないものだ。ロンドンの殺人事件が災いして、予想もしなかった騒ぎが次々と持ちあがり、静かな日々は夢のまた夢となってしまう。

あとがきの一行目にも書いたように、このシリーズはまことにユニークだ。どこがユニークかって？　そうね、あらゆる点が。

その一　ミス・シートンはつねにこうもり傘を持ち歩いていて、本人にそのつもりはないのに、事件に巻きこまれると、これが最強の武器として活躍する。

その二　事件に遭遇すると、ミス・シートンは彼女自身が感じたことを絵で抽象的に表現し、それが事件解決の鍵になる。ロンドン警視庁のデルフィック警視が知恵を絞って絵解きをしていく過程がじつにおもしろい。

その三　ミス・シートンに関する描写がいっさいない。年齢、体型、身長、髪の色、目の色、服装、すべて不明。原書の表紙に彼女の姿が描かれているが、それも黒いシルエットのみ。シルエットからわかるのは、ほっそりタイプであることと、こうもり傘を持ち歩いていることだけだ。著者は彼女の外見を謎のままにしておきたいのかもしれない。

その四　ミス・シートン自身は生真面目な正直者で、どちらかといえば地味な性格だが、やることが派手すぎる。何かが起きたとき、本人は誠実に対処したつもりでも、ものすごく派手な騒ぎをひきおこしてしまうという困った人物である。

その五　このシリーズは一人の作家の作品ではなく、三人が半世紀にわたって書き継いできたものである。

右に挙げたなかでもっともユニークなのは、この最後の点だろう。ミス・シートンのシリーズはもともと、ヘロン・カーヴィックという作家が書きはじめたものだった。カーヴィックはロンドン生まれで、本名はジェフリー・ルパート・ウィリアム・ハリス。俳優としても活躍した人物で、BBCラジオで〈ホビット〉が初めて放送されたとき、ガンダルフの声を担当したことで知られている。シリーズ一作目を発表したのは五五歳のとき。その後一九八〇年に交通事故で亡くなるまでに合計五作を世に送りだしている。最後の作品は一九七五年刊の *Odds on Miss Seeton*。

カーヴィックの死後十年たってから、アメリカでシリーズが再出版されて人気を博し、別の作家二人によって継続されることになった。

一人目はハンプトン・チャールズ（本名ロイ・ピーター・マーティン）。一九九〇年にシリーズを三作だけ刊行している。ブリティッシュ・カウンシルのスタッフとして日本に住んでいたことがあり、ジェイムズ・メルヴィルというペンネームで、神戸を舞台にした警察小説一三作を出している。二〇一四年に死亡。

ハンプトン・チャールズのあとを受けた二人目はハミルトン・クレーン（本名サラ・J・メイソン）、一九九一〜二〇一八年のあいだに彼女が書きあげたのは一六作。

作者が変わったことで作風に変化があったのかどうかは、これからシリーズを読み進めながら確かめていきたいと思っている。二作目 *Miss Seeton Draws the Line* の巻末についている簡単な作品紹介を見てみると、プラマージェンの村以外を舞台にした作品がけっこうある。バッキンガム宮殿へ行ったり、地中海クルーズに出かけたり、フランスの田舎へ旅行したりして、なかなか楽しそうだ。また、ミス・シートンがよそへ出かけるのではなく、逆にプラマージェンの村に王族をお迎えするという作品もある。それから、一九九九年刊の *Miss Seeton's Finest Hour* には、第二次大戦を背景にして若かりし日のミス・シートンが登場する。これも読んでみたい。

最後にシリーズ二作目のご紹介を。ミス・シートンが村に住む少女の似顔絵を描くことになった。ところがいくら描き直しても、その顔がデスマスクのように見えるため、困りはててしまう。いっぽう、ロンドンでは子供ばかりを狙った連続殺人が起き、デルフィック警視が捜査に行き詰まって、ミス・シートンの絵の力を借りようと決心する。

どう考えてもコージーらしくない暗い幕開けだが、さて、ストーリーがどんなふうに展開していくのだろう？　ミス・シートンはどんな騒ぎを起こすのだろう？　四月刊行予定なので、楽しみにお待ちください。

二〇一九年二月

コージーブックス

こうもり傘探偵①

村で噂のミス・シートン

著者　ヘロン・カーヴィック
訳者　山本やよい

2019年2月20日　初版第1刷発行

発行人　成瀬雅人
発行所　株式会社　原書房
〒160-0022 東京都新宿区新宿 1-25-13
電話・代表　03-3354-0685
振替・00150-6-151594
http://www.harashobo.co.jp
ブックデザイン　atmosphere ltd.
印刷所　中央精版印刷株式会社

落丁・乱丁本はお取り替えいたします。
定価は、カバーに表示してあります。
 ISBN978-4-562-06090-0 Printed in Japan